CONEXÃO
WRIGHT · SANTOS - DUMONT

SALVADOR NOGUEIRA

CONEXÃO
WRIGHT·SANTOS-DUMONT
A VERDADEIRA HISTÓRIA DA INVENÇÃO DO AVIÃO

EDITORA RECORD
RIO DE JANEIRO • SÃO PAULO
2006

CIP-Brasil. Catalogação-na-fonte
Sindicato Nacional dos Editores de Livros, RJ.

N715c
Nogueira, Salvador 1979-
Conexão Wright – Santos-Dumont: a verdadeira história da invenção do avião / Salvador Nogueira. – Rio de Janeiro: Record, 2006.

ISBN 85-01-07488-8

1. Wright, Orville, 1871-1948. 2. Wright, Wilbur, 1867-1912. 3. Santos-Dumont, Alberto, 1873-1932. 4. Aeronáutica – História. I. Título.

06-1534

CDD – 629.13
CDU – 629.7

Copyright © Salvador Nogueira, 2006

Ilustrações de miolo: Pedro Meyer

Direitos exclusivos desta edição reservados pela
EDITORA RECORD LTDA.
Rua Argentina 171 – Rio de Janeiro, RJ – 20921-380 – Tel.: 2585-2000

Impresso no Brasil

ISBN 85-01-07488-8

PEDIDOS PELO REEMBOLSO POSTAL
Caixa Postal 23.052
Rio de Janeiro, RJ – 20922-970

EDITORA AFILIADA

SUMÁRIO

1896 7
1897 21
1898 39
1899 55
1900 69
1901 91
1902 113
1903 139
1904 165
1905 193
1906 221
1907 253
1908 275
1909 301
1910 325
1927 343
2003 355
2006 377

1896

— Senhor, acaba de chegar a correspondência do dia. E lorde Rayleigh está aqui. Ele pede para vê-lo, senhor.

— Sim, sim, obrigado. Deixe-o entrar.

Sir John William Strutt, mais conhecido como o terceiro barão Rayleigh de Terling Place, nunca se cansava de visitar lorde Kelvin. A viagem até Glasgow era longa e ele não tinha a oportunidade de ir à Escócia com muita freqüência, mas nunca deixava de se impressionar com a morada do cientista, uma grande casa instalada no *campus* da universidade. "A primeira a ser totalmente iluminada com eletricidade!", Kelvin gostava de lembrar. O escritório era bem arejado, com uma refinada mesa de madeira nobre e um quadro de seu dono (quem mais?) na parede. Da janela, uma iluminação acinzentada, de uma chuvosa tarde escocesa.

— Meu bom Rayleigh, em que posso servi-lo? — perguntou Kelvin, com a típica efusividade. — Já faz tempo que não tenho notícias suas.

— De fato, Kelvin, depois que você deixou a presidência da Royal Society, não tive mais oportunidade de lhe falar. De Londres, trago as mesmas notícias de sempre. Como vão as coisas aqui em Glasgow?

Kelvin, sentado à mesa, fitou o próprio colo por um instante. Um breve sinal de cansaço cruzou seus olhos.

— Os dias parecem cada vez mais longos, meu caro amigo. Está se aproximando o momento em que terei de dar espaço a mentes mais jovens. Felizmente deixarei o cenário da filosofia natural com pouca coisa por fazer.

Rayleigh procurava uma oportunidade para introduzir o motivo de sua visita, e Kelvin parecia ter acabado de lhe dar uma.

— Pois é justamente sobre realizações que venho lhe falar, Kelvin.

O anfitrião fitou-o de lado, com um ar desconfiado.

— De que realizações exatamente?

— Grandes realizações. Estou aqui para pedir seu apoio. Gostaria de promover uma conferência sobre vôo mecânico humano na Royal Society, mas encontro forte resistência entre nossos pares.

— Humpf. Ainda bem que, pelo visto, não levei todo o juízo embora quando deixei a presidência — reagiu Kelvin, num resmungo. — E muito me admira que atravesse o país para pedir meu apoio para esse empreendimento. Você sabe muito bem o que penso a respeito.

O ancião decidiu que talvez não fosse o caso de dar muita atenção a Rayleigh e passou a verificar os envelopes que o criado havia deixado sobre sua mesa. Um deles chamou a atenção, enviado por Baden Baden-Powell, do Exército Real. Teria algo a ver com o telégrafo? Poderia ainda voltar a servir Sua Majestade?

Um vagalhão de pensamentos cruzou sua mente. A vida costumava ser mais emocionante enquanto ele arriscava a própria pele para garantir que o cabo submarino fosse instalado corretamente para a transmissão telegráfica entre o Velho e o Novo Mundo. Aquilo, sim, era um empreendimento audacioso, razoável e digno de esforço. Nada de ficar voando por aí pendurado em asas de morcego.

— Eu sei que você é cético quanto às possibilidades de um homem alçar vôo mecanicamente — ouviu Rayleigh dizer ao fundo, perturbando seus pensamentos. — Eu mesmo o sou, respeito sua posição, mas...

— Não é questão de ser cético. É impossível e ponto final.

Kelvin respirou fundo e, num tom pausado, voltou a falar, enquanto duelava com o envelope que insistia em não abrir.

— Já disse isso aos australianos no ano passado, mas o tema parece me perseguir. Máquinas voadoras mais pesadas que o ar são impossíveis, meu caro Rayleigh, e, se continuar incentivando os malucos que tentam isso, não só estimulará a perda de vidas — o que não é lá grande coisa, considerando sobre quem estamos falando — como acabará com a sua sólida carreira científica — o que me preocupa muito mais.

— Kelvin, respeitosamente, eu acho que deveria prestar mais atenção aos avanços recentes. Leu o relatório do professor Graham Bell, na *Science*?

— Hmmm. E daí?

— O senhor leu?

— Graham Bell pode até ser um grande inventor, mas pelo visto não tem o conhecimento físico necessário para perceber a bobagem em que está se metendo.

— Mas ele estava lá apenas como testemunha. Os experimentos que ele reporta na verdade foram conduzidos pela equipe do professor Langley, secretário da Instituição Smithsonian e um dos poucos norte-americanos nos quadros da Royal Society. Em 6 de maio de 1896, Bell diz ter visto o *Aérodrome Nº 5* do professor Langley fazer um vôo de 3.300 pés por sobre o rio Potomac. E eu cito...

— ...eu não acredito... — murmurou Kelvin.

Rayleigh estava tirando um papel do bolso quando foi interrompido. Virou-se para encontrar o ancião absorto pelo envelope que acabara de abrir. A expressão dele, enquanto balançava a carta no ar, era de total descrença. Ficou claro que Rayleigh esteve falando com as paredes durante o último minuto.

— A sua doença está se espalhando, meu amigo. Veja só o que o major Baden-Powell tem a me dizer — disse

Kelvin, estendendo a mão para entregar-lhe o papel. Ao ler, Rayleigh não pôde evitar um pequeno sorriso, que logo suprimiu, para o bem de sua missão e de sua amizade com Kelvin. — O que vai responder a ele? — perguntou.

— O que vou responder? Como assim, o que vou responder? Obviamente, responderei a ele o mesmo que digo a você. Assim, aproveito melhor o meu escasso tempo falando aos dois simultaneamente.

Kelvin abre uma gaveta e tira um papel, com o timbre da Universidade de Glasgow. Começa a ditar em voz alta sua resposta para Baden-Powell, ao mesmo tempo que escreve.

— 8 de dezembro de 1896. Caro Baden-Powell... e lorde Rayleigh... Temo que eu não esteja no vôo para a "navegação aérea". Tive muito interesse em seu trabalho com pipas; mas não tenho a menor molécula de fé na navegação aérea além do balonismo ou em qualquer das tentativas de que ouvimos falar. Então irá entender que não me interesso em ser um membro da Sociedade Aeronáutica. Sinceramente, Kelvin.

O velho cientista dobrou o papel, abriu a gaveta novamente, tirou dela um envelope e de pronto fechou a carta, que seria enviada naquele dia mesmo para Baden-Powell. Rayleigh, no entanto, tinha a vantagem de estar cara a cara para contra-argumentar.

— Mas você não vê? Esta carta é a prova de que há algo de novo no ar, Kelvin. Os experimentos de Baden-Powell são brincadeiras de criança perto do que outros estão fazendo nesse campo. Aqui mesmo, no Reino Unido, *sir* Hiram Maxim, um americano radicado na Inglaterra, construiu uma máquina de voar.

— Sei, uma engenhoca monumental, tão pesada que nem mesmo um furacão a faria levantar vôo. Rebentou-se há dois anos, após um teste espalhafatoso.

— E o que me diz do *Aérodrome* do professor Langley?

— Que tem o professor Langley?

— Não ouviu nada do que lhe disse um minuto atrás? É mesmo o velho Kelvin, teimoso como uma mula — exasperou-se Rayleigh, tirando um papel do bolso. — Aqui está, um extrato do periódico norte-americano *Science* datado de 22 de maio, assinado por Alexander Graham Bell. Veja o que diz: "Na última quarta-feira, 6 de maio, testemunhei um experimento notável com o *Aérodrome*, do professor Langley, no rio Potomac; de fato, o experimento foi de tal importância histórica que deve tornar-se público." O invento voou por 3.300 pés, descrevendo vários círculos no ar. E Bell termina: "Ninguém poderia testemunhar este experimento sem ficar convencido de que foi demonstrada a praticabilidade do vôo mecânico."

— Hmmm. E o que há de histórico nisso? O professor Langley, que já se dedicou a experimentos muito mais valiosos noutros tempos, agora fez voar um de seus brinquedos. Em primeiro lugar, podemos confiar neste relato?

— Bom Deus, Kelvin, está aqui, na *Science*.

— Pois sim. E por acaso o senhor se lembra de quem foi o principal fundador desse periódico que supostamente deveríamos respeitar?

— Houve mais de um fundador.

— E no grupo havia um certo Alexander Graham Bell?

— Mas isso...

— Então quer me dizer que o homem fundou uma revista, escreveu um artigo nela sobre um brinquedo voador extraordinário, sem provas do feito, e devemos agora acreditar que estamos perto de construir máquinas que nos alçarão aos céus feito pássaros? Por favor, Rayleigh, eu esperava mais de você... além do mais, se fosse algo realmente importante, estaria na nossa própria *Nature*, cuja reputação em muito excede a desse jornaleco do professor Graham Bell. Escute o que lhe digo, meu caro amigo: essa tal de *Science* nunca chegará aos pés das publicações científicas que temos aqui.

— Você é impossível, Kelvin.

— Não, não, mas, por favor, não pare agora, justo agora que eu estou me divertindo. Vamos supor, então, que a maquininha do professor Langley realmente tenha voado. E daí?

— Bem, segundo as informações que chegaram a mim, há planos de construir uma máquina maior, que possa transportar pessoas.

— E o que o faz crer que o vôo bem-sucedido do modelo menor será reproduzido no maior? Se um elefante tivesse asas de águia, também voaria como ela, por um acaso?

— Mas...

— Chegamos, pois, ao cerne do problema, meu caro Rayleigh. Conforme a máquina cresce, rompe-se o equilíbrio entre a resistência do ar, que é proporcional à superfície de um objeto tridimensional e, portanto, cresce com o volume, e a sustentação, que vem de planos bidimensionais, as asas. Quando a escala do invento atinge o ponto em que pode carregar um ser humano, já é impossível obter sustentação suficiente. Você está farto de saber disso. Ademais, homens não são pássaros; não têm a habilidade para voar. É preciso mais do que os aparatos, meu caro, para decolar e se manter no ar. É necessário aprender a controlá-los precisamente, instintivamente, para combater golpes de vento, dias de tempestade, calmarias atmosféricas, vendavais... nenhuma máquina será capaz de contornar todas essas dificuldades por si mesma. E o homem não nasce com os reflexos das aves para fazer isso. Portanto, digo e repito: não importa a máquina, o homem nunca voará. Fim.

Rayleigh estava a ponto de mandar Kelvin às favas, mas resolveu fazer uma última, e desesperada, tentativa.

— E quanto a Otto Lilienthal?

— Rá! O que tem essa pobre alma?

— Essa pobre alma fez mais de dois mil vôos desde 1891. Conseguiu perpetuar seu movimento no ar por mais tempo do que muitos outros, usando uma máquina dotada de asas similares às de um morcego, animal que, como você sabe, não é uma ave, mas um mamífero, e voa.

16

— Oh, sim! Ele fez isso, sim. Mas então, em agosto deste ano, após mais um de seus saltos miraculosos, ele simplesmente perdeu velocidade e despencou do céu, de uma altura de 45 pés. Morreu no dia seguinte, provando exatamente o que estou tentando lhe dizer. Não percebe? É a prova do que estou lhe dizendo. Por mais que os inventos de Lilienthal permitissem que ele ficasse algum tempo no ar, faltaram-lhe os reflexos e a experiência para realmente dominar sua máquina em meio ao ambiente aéreo. O único homem que aprenderá a voar é o homem morto, o que põe fim à nossa interessante, mas em última análise fútil, discussão.

— Kelvin, você e sua mania de ter sempre a última palavra. Pois ponha em sua cabeça o seguinte: eu também sou um cético do vôo humano. Mas, ao contrário de você, tento manter minha mente aberta. Esse homem de quem você zomba produziu a obra que é tida como um clássico entre os aspirantes a aeronautas, estudando o vôo dos pássaros. Você sabe que cheguei a estudar o tema também, e posso dizer que o trabalho do homem era sério. Entre 1891 e 1896, ele construiu 16 planadores. Em seus vôos mais longos, chegou a atravessar 980 pés pelo ar. Não é pouca coisa. É sinal de que talvez algo possa ser feito a respeito dos problemas que nos impedem de voar. Cautela é uma boa medida neste ponto, Kelvin — é tudo que defendo. E mais: se houver algum meio de voar, ele será descoberto nos próximos anos. Uma organização como a Royal Society, que quer estar na vanguarda da ciência, deveria estimular mais pensadores a trabalhar no problema.

— E a se pendurar em asas de morcego e mergulhar com o nariz no chão, como fez o pobre Lilienthal. E pensar que um nosso compatriota, Percy Pilcher, resolveu perseguir os estudos do maluco de Berlim e está agora a fazer as mesmas coisas. Marque minhas palavras, Rayleigh: ele será o próximo a morrer. — Kelvin alisou a longa barba com as mãos, antes de voltar a falar. — Tsc, tsc, tsc... Não, não. Sinto muito. Há uma grande diferença entre vanguarda da ciência e vanguarda da estupidez. Não posso e não vou apoiar essa loucura. Máquinas de voar mais pesadas que o ar são impossíveis. E não pretendo rever toda a literatura que oferece fartas provas do que estou lhe dizendo. Tenho mais o que fazer.

Rayleigh percebeu que o esforço era vão — o velho estava convencido. Aceitando a questão como resolvida, despediu-se com a cordialidade costumeira, apenas ligeiramente abalada pelo debate. E partiu pensando que talvez a Inglaterra — como Kelvin — estivesse mesmo muito arraigada aos velhos preconceitos para dar à luz a arte de voar. Ele não era um particular entusiasta da democracia republicana, mas tinha de admitir que talvez o Império Britânico já estivesse enferrujado demais para perceber o momento dos grandes saltos. Até mesmo Kelvin, que viu no telégrafo um enorme valor, parecia impassível ao potencial nascimento de algumas tecnologias improváveis e, por isso mesmo, extraordinárias. Talvez países de espírito mais jovial e revolucionário, como os Estados Unidos ou a França, soubessem como abraçar com menos resistência os milagres do século vindouro.

1897

Octave Chanute conhecia aquele repórter, o sr. Macbeth. Ele o havia encontrado pela primeira vez no ano anterior, quando fora levado ao acampamento para observar os experimentos, não muito longe de onde eles estavam neste ano. Em Dune Park, perto do lago Michigan, eles encontravam o que Chanute considerava um dos melhores lugares nos Estados Unidos para a condução de vôos com planadores. O ambiente era calmo, as dunas inclinadas forneciam bom ponto de partida para os lançamentos ao ar e o acesso ao local era quase impossível, a não ser que o sujeito soubesse exatamente aonde estava indo — ótimo para evitar bisbilhoteiros. E razoavelmente perto de Chicago, o que facilitava muito para ele.

Lembrava-se de como Macbeth mostrara interesse pelos testes no ano anterior. Como a maioria dos repórteres, ele não hesitava em abrir a boca para falar o que pensava. No ano passado, havia perdido uma manhã inteira resmungando sobre o furo que havia levado do *Tribune* sobre os esforços de Chanute. Como poucos repórteres, no entanto, ele parecia falar coisa com coisa. Embora não conseguisse desvencilhar mentalmente o jornalista da imagem que fazia do personagem homônimo de Shakespeare, Chanute tinha de admitir que nutria uma simpatia pelo rapaz. Tanto que o convidou para acompanhar os experimentos deste ano pelo *Chicago Times-Herald*.

— Então, sr. Chanute, esta é uma continuação dos trabalhos que estavam conduzindo no ano passado? — perguntou Macbeth, enquanto caminhavam na direção do acampamento.

— Não exatamente. Embora eu guarde grande interesse pelos resultados deste ano, que envolvem uma máquina desenvolvida conjuntamente por mim e pelo sr. Herring — lembra-se dele? —, os experimentos desta vez não são meus. Desde o ano passado, o sr. Herring decidiu trabalhar por sua própria conta, com financiamento de um certo sr. Arnot, de Nova York.

Macbeth sentiu seu alarme interno disparar. Chanute, por sua vez, pressentiu a perspicácia do jornalista.

— Portanto, posso lhe dar uma visão genérica de como as pesquisas estão caminhando, mas, para alguns dos detalhes, talvez seja conveniente o senhor conversar com o sr. Herring. Ele estará lá no acampamento, e, se os ventos ajudarem, conduzirá experimentos durante toda a tarde. O que posso lhe antecipar é que temos tido progressos entusiasmantes.

— O senhor considera que estamos perto de resolver o problema do vôo?

— Oh, sim. Graças aos esforços que, modéstia à parte, meu grupo empreendeu no ano passado, somados aos de outros habilidosos e competentes engenheiros, estamos perto de uma solução. Mas a cautela ainda é a arma mais poderosa a se aplicar na tarefa em vista. Desde o ano passado, conseguimos desenvolver um aeroplano cuja estabilidade é sem precedentes. Lembra-se de como as máquinas de Lilienthal eram instáveis e perigosas?

O repórter fez que sim com a cabeça.

— Pois bem. Experimentamos vários desenhos de minha autoria durante o ano passado e o que acabou se mostrando mais promissor foi um aeroplano de "duplo-deque", uma máquina muito elegante, que o sr. Herring aperfeiçoou para os testes desta temporada.

— O problema da estabilidade foi resolvido?

— Não, de fato ainda não. Mas já estamos próximos disso. Na verdade, os experimentos deste ano pretendem dar cabo desse problema. Restarão então duas grandes tarefas a concluir para construir uma verdadeira máquina de voar mais pesada que o ar: projetar um planador que seja capaz de suportar um motor e então conceber o motor que o empurrará na direção do ar.

Os dois chegaram ao acampamento, onde outros velhos conhecidos os esperavam. Macbeth se lembrava deles da temporada passada: William Avery, um dos experimentadores dos planadores; e Augustus Herring, ex-auxiliar de

Chanute, agora conduzindo seus próprios experimentos. Pelo visto, eles também se lembravam dele, ainda que vagamente, pois acenaram conforme se aproximavam. Sentiu falta, no entanto, de William Paul, um entusiasmado experimentador russo cujo sobrenome ele sempre suprimia por preguiça de soletrá-lo aos repórteres. Macbeth se lembrava do invento que ele havia desenvolvido, com financiamento de Chanute: uma incrível máquina alcunhada *Albatross*, que muito se parecia com a ave, mas pouco voava como sua contraparte animal. Não surpreende, afinal, que tenha sido abandonada.

— E então, senhores, como estão as coisas por aqui? — perguntou Chanute aos homens.

— Muito bem, muito bem. Eu mesmo estava me preparando para fazer mais um teste com o duplo-deque — respondeu Herring.

— Pois bem, vamos a ele. O rapaz quer ver como se sai.

Enquanto Herring levava o planador até o topo de uma duna para se preparar para mais um lançamento, Macbeth o interpelou.

— Sr. Herring, não sei se o senhor se lembra de mim...

— Sim, sim, lembro-me de você. Do *Times-Herald*, não é?

— Sim. Gostaria de saber se, à sua conveniência, poderíamos conversar sobre seus experimentos.

— Claro, farei apenas um ou dois testes com esta máquina e depois desço e falaremos dela. Deixe-me só aproveitar o vento bom, pois não é todo dia que o temos por aqui...

— A propósito, como está o vento? — interpelou Chanute.

— Está excelente, 19 milhas em nossa última medição — respondeu Herring.

— Bom, quero ver como o biplano se comporta com esse vento.

— Comportar-se-á bem, Chanute. O desenho é robusto. — Rebateu Herring, com uma pitada de agressividade.

Ele subiu até a duna, com Avery ajudando a transportar o biplano. Cada um dos homens segurava a máquina pelas pontas do plano inferior, dos dois que o invento tinha, um sobre o outro. Atrás, um leme horizontal e outro vertical, destinados a controlar a nave em vôo. O operador ia à frente, segurando-se à máquina em duas barras localizadas ao centro. O dispositivo não era pesado, e Herring rapidamente se pôs na posição do operador, equilibrando a máquina sobre si. Ele correu alguns passos, contra o vento, e então simplesmente se atirou no ar. Seus pés deixaram o chão e ele flutuou, elevou-se um pouco, depois voltou a descer, atravessou cerca de quatrocentos pés até voltar a tocar o chão, num pouso muito suave. Enquanto ele atravessava o ar, Macbeth e Chanute conversavam.

— O invento é muito similar a um que vi no ano passado.

— Sim, é. Como eu disse, o desenho básico foi desenvolvido por mim e por Herring no ano passado. Ele promoveu apenas algumas alterações nessa nova versão, como o sistema de controle do operador. Daí meu interesse no desempenho da máquina, muito embora esses não possam ser qualificados estritamente como meus experimentos.

Enquanto Chanute terminava de falar, Herring já se aproximava.

— Não foi o melhor dos vôos, mas dá para ter uma idéia de como progredimos aqui desde o ano passado.

Macbeth estava surpreso. No ano passado, o vôo recorde havia sido de Avery, uns trezentos pés. Agora Herring faz corriqueiramente cerca de quatrocentos pés e nem se entusiasma. Um ano de muito progresso, pode-se dizer.

— Incrível, sr. Herring, incrível.

— Você não viu o vôo conduzido ontem. Atingimos o recorde até agora, com duzentas jardas — disse Herring, com um orgulho indisfarçável. Chanute parecia incomodado. — Podemos conversar agora, sr. Macbeth.

Os dois se aproximaram da tenda do acampamento, enquanto o jornalista fazia suas perguntas.

— O sr. Chanute disse que seus experimentos têm por objetivo a resolução do problema de estabilidade no ar.

— Não, na verdade isso já foi resolvido, com o desenho que fiz, com a ajuda de Chanute, no ano passado. Estamos apenas realizando os testes finais, após algumas alterações que promovi no planador, para então colocarmos um motor. Isso deve acontecer no ano que vem. E então o problema do vôo humano estará definitivamente para trás.

28

— É assim, é? — Macbeth não pôde esconder a descrença com o falso entusiasmo.

— Sim, sim. Desde já o convido a acompanhar os experimentos que conduzirei no ano que vem, com financiamento do sr. Arnot, um visionário de Nova York que merece receber todos os créditos pela solução definitiva do problema que tem afligido o homem desde o início dos tempos.

— Mas o sr. Chanute não parece concordar... — arriscou o repórter.

— Chanute é um engenheiro competente, mas, não me leve a mal e não escreva que eu disse isso, velho demais. É um sexagenário! Já no ano passado eu dizia a ele que era hora de colocar um motor em nossa máquina e dar por vencido o problema da navegação aérea. Mas ele considera o invento ainda insuficientemente estável, só porque o operador às vezes precisa jogar seu próprio corpo para um lado ou para o outro, para a frente ou para trás, com o objetivo de manter o equilíbrio. A verdade é que isso era um problema para Lilienthal, mas diminuímos tanto a necessidade de intervir no vôo dessa maneira que podemos considerá-lo um caso resolvido.

— Foi isso que levou o senhor a buscar financiamento do sr. Arnot, conduzindo os experimentos sem a participação de Chanute?

— Para ser bem franco, foi, sim. Chanute é um homem competente, mas quer que tudo seja feito do seu modo. E, nesse caso, ele está do lado dos perdedores. É verdade que foi melhor trabalhar com ele do que com Langley, mas não tão melhor. No...

— Langley? Samuel Langley? O astrônomo da Instituição Smithsonian?

— Sim, ele mesmo. Eu trabalhei com ele nas primeiras versões de seu *Aérodrome*. Mas Langley não sabe apreciar o valor das contribuições dos que o auxiliam. É verdade que ele teve sucesso com o *Nº 5* e com o *Nº 6* no ano passado, mas poderia ter sido bem antes caso ele não fosse tão teimoso e não tratasse com tanta pompa suas próprias opiniões, como se fossem verdade absoluta. Chanute era melhor que isso, mas não muito. No ano passado, ele perdeu tempo e dinheiro com a máquina absurda de Butusov, que estava mais para um abutre, dada a quantidade de carniça que ia produzir caso voasse com um operador, do que para um albatroz. Qualquer um podia ver que aquela geringonça não ia voar. No ano que vem, eu terei o primeiro aeroplano capaz de vôo sustentado. E então ele terá de dar o braço a torcer. Tenho de dizer que lamento muito por seus futuros associados.

Não era difícil perceber que Herring apreciava uma briga, pensou Macbeth. Mas também era inegável que seu biplano havia feito avanços dignos de nota. Seu instinto, no entanto, dizia que Chanute ainda era a voz da razão, e que o sucesso da máquina seria impossível sem todo o estudo que o engenheiro de Chicago, agora aposentado, havia dedicado a ela. O repórter tirou o relógio do bolso e percebeu que precisaria logo ir embora, se fosse cumprir o prazo e colocar sua matéria na edição do dia seguinte.

— Sr. Herring, muito obrigado por tudo, mas agora tenho de ir.

— Já vai?

— Temo que sim. O jornal não espera o repórter. Mas agradeço pela hospitalidade.

— Não tem de quê, não tem de quê, nós gostamos de receber repórteres por aqui. E... Macbeth?

O jornalista se virou.

— Pois não?

— Apareça por aqui em um dia ou dois. Aí poderá você mesmo experimentar um vôo e eu lhe mostrarei como nossa máquina é estável e segura.

— Está falando sério, sr. Herring?

— Claro! Eu sempre falo sério!

Era uma oportunidade que Macbeth não gostaria de perder.

O *Chicago Times-Herald* publicou três reportagens sobre os vôos da máquina de Herring sob a supervisão de Chanute, nos dias 5, 8 e 12 de setembro. No dia 7, o repórter foi persuadido a fazer um vôo e a relatar suas sensações. Ele percorreu 110 pés pelo ar, fez um pouso suave e não sofreu ferimentos, conforme Avery e Herring haviam garantido que aconteceria.

Nas instalações do exército francês em Satory, um campo nos arredores de Versalhes, uma criatura alada das mais esquisitas se preparava para tomar vôo. Duas grandes asas de morcego, semidobradas. Ao centro, uma pequena cabine e dois grandes motores a vapor, cada um com potência de vinte cavalos, ligados a duas hélices frontais, com quatro pás cada uma, estilosas. Num olhar desatento, haveria quem a considerasse viva. Definitivamente, tinha uma personalidade própria.

O dia era 14 de outubro, e Clément Ader estava convicto de que se tornaria o protagonista de um evento histórico. "Mais um", ele adicionava mentalmente à frase. O célebre inventor repousava nas entranhas da criatura que ele batizara de *Avion III*.

Havia testemunhas. Além do general Mensier, que já havia presenciado a demonstração de dois dias atrás, também estavam o general Grillon, o tenente Binet e dois outros cavalheiros. Era hora de mostrar a eles quem havia conquistado o desafio de voar como os pássaros.

— Vamos colocar o morcegão para voar! — exclamou Ader para si mesmo, de dentro do *Avion*. O veículo deveria deslocar-se por uma pista circular, para provar sua dirigibilidade. Com o acionamento dos motores, as hélices começaram a girar. A máquina passou então a se locomover sobre as rodas. Ader acompanhava atentamente o medidor de pressão dos motores a vapor: cerca de sete atmosferas. Ao mesmo tempo, percebeu que as vibrações da roda traseira cessaram, como se não mais tocassem o chão. Conforme a máquina continuava acelerando, o balanço das rodas dianteiras também sumiu, voltando apenas ocasionalmente.

Então, uma rajada de vento, inesperada, atingiu o *Avion*. O inventor notou, de dentro da cabine, que a máquina começava a desviar seu traçado da linha branca riscada no chão. "Que infelicidade!", pensou Ader. Decidiu aumentar o giro do motor, a fim de recobrar o controle da nave. Oito, depois nove atmosferas. A velocidade aumentou bastante, e toda a sensação do atrito das rodas com o chão havia cessado. Não havia dúvida: voava!

Ainda assim, o invento insistia em fugir ao curso da linha branca, desviando-se para a direita. Ader desesperadamente forçava o leme para a esquerda, mas seu morcego voador parecia ter vontade própria, insistia em não obedecer aos comandos, seguindo em vez deles o clamor dos ventos. Hora de aumentar ainda mais a pressão dos motores! Os poucos espectadores arregalavam os olhos, assustados; o inventor, em contrapartida, tentava manter a calma. Mas foi apenas questão de segundos até que ele se visse indo na direção da Escola de Fuzilaria. Entre ele e o prédio, uma série de postes e barreiras. O suor frio começou a correr sobre sua testa, até molhar seus bigodes. Cada segundo parecia durar uma eternidade. "Ou o *Avion* começa a me obedecer, ou serei feito em pedaços!", pensou. Insensível a suas preocupações, a velocidade só aumentava. As rodas pareciam a cada instante mais distantes do solo. Um momento de desespero. Ader desliga tudo. O barulho é violento. A máquina beija o chão, em frangalhos. Pouso forçado.

O francês sai da máquina, ajeita suas roupas. Num segundo, já está recomposto, de volta à empáfia habitual. A fumaça saía por todos os cantos.

— Fantástico! Isso é FANTÁSTICO! Vejam só a distância! Pelo menos trezentos metros! Que vôo! Extraordinário! — exultou Ader.

— O senhor só pode estar brincando — discordou Mensier.

— Como assim? Dois dias atrás, eu havia prometido ao senhor, general! Nada mais de saltos ocasionais! Eu vos daria um vôo! E cá está! Um vôo completo! Decolagem, navegação aérea, pouso!

— Chama isso de "navegação"?! Pois se estava à deriva, sr. Ader! Chocou-se contra tudo que via à frente! Foi incapaz de seguir a linha branca!

— Um infeliz golpe de vento, general! Mas a máquina respondeu aos meus comandos, posso lhe assegurar. O Ministério da Guerra ficará muito feliz quando eu incorporar minhas descobertas obtidas nesse experimento ao desenho do *Avion IV*. Ah, já posso até vê-lo em minha mente...

— Lamento, sr. Ader — Mensier trocou a exaltação por um tom grave. — Não haverá mais experimentos. Este projeto está terminado.

— Como assim, terminado? Mas nós mal começamos! — respondeu o inventor, dando pouca trela ao militar.

— Recomendarei ao Ministério da Guerra que não mais financie a construção desses aparelhos.

— Rá! Muito engraçado, senhor general, muito engraçado. O senhor não pode negar que o meu *Avion* decolou.

— Sabemos muito bem que o vôo foi *favorecido* pelo vento, sr. Ader. Não venha com essa conversa. Já vimos dois dias atrás e acabamos de testemunhar novamente. Talvez devesse trocar as asas de morcego por outras de galinha. Pois seu *Avion*, sr. Ader, só salta e cisca. Voar que é bom...

— Um ultraje! O senhor me respeite, ouviu bem? A França me deve muito. Quando for até um telefone para comunicar os resultados ao governo, usará um invento meu, ouviu bem? E os velocípedes que vê circulando por Paris, eu os inventei! Portanto, sr. Mensier, não me venha dizer que não entendo do meu ofício, ouviu bem? Eu exijo falar com o ministro da Guerra. Imediatamente.

Os risos dos oficiais ao fundo, irrompidos pela piada de Mensier, subitamente cessaram. Um momento de tensão.

— Não será possível. Lamento. Agora é melhor que vá recolher os destroços da máquina — reiterou o militar, semblante fechado.

— Ah, mas não foi isso que me disseram depois que demonstrei o potencial do meu *Éole*, não é mesmo? Sete anos atrás, quando me elevei sobre os ares e percorri cinqüenta metros sem tocar o solo com aquela máquina — na verdade um protótipo do *Avion* que agora demonstrei, repito, com sucesso —, o Ministério da Guerra ficou muito interessado, não foi? Tanto que me fez trazer a máquina para este mesmo campo, a fim de realizar demonstrações e testes secretos no ano seguinte, não é? E então decidiu financiar o desenvolvimento de uma máquina maior, projeto no qual venho trabalhando quase incessantemente, não é certo? E agora, quando acabo de atingir meu maior sucesso, após mais de vinte anos de estudos aeronáuticos, o senhor general vem me dizer que o governo francês não terá mais interesse no projeto, por recomendação sua? Tem alguma idéia do que está fazendo?! — Ader quase não respirava, tomado pela fúria.

— Sim. Estou acabando com a sangria de recursos públicos para um projeto que não foi — nem irá — a lugar algum. Ao menos, não voando — disse Mensier, num tom arrogante. Ader não agüentou.

— Que sabe você de vôo, seu soldadinho? Eu já voava num balão, ajudando meu país na guerra contra os prussianos, enquanto o senhor ainda estava no ginásio! Quer me dizer que sabe mais sobre o que é voar do que eu?! Seu, seu... seu insolente!

Ader virou as costas e foi embora. Enquanto puxava os destroços de seu *Avion III*, bradava ao general Mensier.

— Quem dominar os céus dominará o mundo! Deus queira, minha França o fará! E, quando o dia chegar, minhas palavras ressoarão em sua mente! Lembrar-se-á do dia em que impediu sua pátria de se elevar acima das outras nações, ao impedir que Clément Ader tomasse de assalto os céus com seu *Avion*!

— Humpf. Bonitas palavras, sr. Ader. Mas sua invenção de bom só tem mesmo o nome — replicou Mensier, ao se afastar.

1898

— Quanto?! Poderia repetir, por favor? — perguntou Alberto Santos-Dumont, descrente.

— Duzentos e cinqüenta francos. Por uma ascensão de três ou quatro horas, com todas as despesas pagas.

Alberto estava admirado. Da última vez em que entreteu a idéia de fazer um passeio num balão, anos atrás, os poucos que se dispuseram a oferecer o serviço queriam mil francos, mais as despesas extras de quaisquer avarias que o pouso provocasse. Lembrou-se de que o balonista daquela época já havia derrubado uma chaminé de uma usina numa descida, o que, então, pareceu a Santos-Dumont um empreendimento com custo potencial demasiado alto — para não dizer arriscado. E agora este senhor, Henri Lachambre, oferecia a mesma oportunidade, por apenas 250 francos!

— E as avarias? — argüiu o brasileiro.

— Mas nós não vamos ocasionar avarias — respondeu o francês, com um sorriso.

— Garante então que não há risco algum? — Alberto ainda não parecia convencido. — Mas em quanto ficarão os estragos da descida?

— Isso sempre depende do aeronauta, meu jovem. Mas se voar com meu sobrinho, aquele ali, que já realizou diversas ascensões e jamais causou estrago algum, é certo que estará seguro. Caso seja do seu agrado, e para lhe dar maior confiança, podemos fechar o preço em 250 francos, mais as passagens de trem para o retorno. Sejam quais forem os prejuízos após o vôo, não pagará um centavo a mais.

Era uma oportunidade irrecusável, e Alberto sabia disso.

— Negócio fechado, sr. Lachambre — respondeu ele, tentando conter a euforia.

— Muito bem, então. Esteja em Vaugirard amanhã pela manhã, e fará sua ascensão — instruiu o experiente balonista.

Santos-Dumont mal podia esperar. Já admirava Lachambre e seu sobrinho, Alexis Machuron, desde que ficou sabendo que os dois haviam sido os projetistas do balão que, no ano passado, partira rumo ao pólo Norte, levando o sueco Salomon August Andrée e mais dois exploradores. O desafio envolvido o atraía mais que qualquer outra coisa. E pensar que amanhã voaria rumo aos céus num artefato de natureza similar, ainda que de menor porte, dava-lhe calafrios. Estava ansioso. Pouco dormiu.

Logo cedo, Alberto rumou para Vaugirard. No caminho, pensava em como gostava daquela cidade. Apesar de brasileiro, considerava Paris como se fosse sua, tamanha a intimidade e o prazer que lhe proporcionava. Imaginou como ela devia ser ainda mais formosa vista do alto. Num instante, chegou ao parque de aerostação. Queria ver todos os preparativos para a subida.

Lachambre deu ordem para que começassem a bombear gás para dentro do invólucro, que então estava estendido no chão como um imenso tapete. Aos poucos o aeróstato começou a tomar forma, ganhar rigidez. Não muito tempo depois, lá estavam, 750 metros cúbicos de gás flutuando por sobre uma barquinha de vime. Antes do meio-dia, tudo estava pronto para o vôo. Alberto adentrou o cesto e, segurando um saco de lastro, aguardou ansiosamente a liberação do balão para o vôo livre. Machuron então deu a ordem.

— Larguem tudo!

Os auxiliares soltaram o aeróstato, que passou a navegar ao sabor do vento. Para Alberto, no entanto, a sensação era oposta. A atmosfera parecia imobilizada, e criava-se a ilusão de que o balão estava imóvel; em vez dele, o chão é que se movia e descia num ritmo acelerado.

Atingiram os 1.500 metros de altitude. Lá embaixo, Alberto via campos, aldeias, bosques, estradas, todos desfilando diante de si. Estava extasiado. Aos 23 anos, o sonho do vôo, que havia muito cultivava, finalmente se realizava. As casas pareciam de brinquedo. Avistou o Arco do Triunfo, a Champs Elysées. As pessoas pareciam formigas. Nas alturas, nada se ouvia de suas vozes.

Logo ele desviou sua atenção da paisagem e passou a admirar Machuron. Notou como comandava a aeronave, controlando suas subidas e descidas, tentando guiá-la tanto quanto possível pelas correntes que a transportavam pelo ar. Tudo pareceu muito simples para o jovem brasileiro, que agora, mais do que nunca, se convencia de que seu lugar era no ar. As corridas de automóveis podiam ser emocionantes, mas nada se comparava à aerostação.

Subitamente, o balão ganhou outra atitude, respondendo aos comandos dos elementos: uma nuvem bloqueara a luz do sol e o gás no interior do invólucro esférico se esfriava, murchando-o. O aeróstato começava a perder altura. Machuron pediu ajuda.

— Solte o lastro aí desse lado!

Com o peso extra da areia contida nos sacos de lastro lançado ao vento, o balão voltou a subir. Santos-Dumont percebeu como era precário o controle da aeronave. Ao fundo, já se ouvia o badalar dos sinos: meio-dia, hora do almoço. Os dois homens atacaram o que Alberto havia trazido para a refeição aérea: ovos duros, vitela, frango, doces, queijo, frutas, champanhe, café e licor. "Que sala de refeições ofereceria mais maravilhosa decoração?", pensou o brasileiro consigo mesmo.

Enquanto comiam, a aeronave entrou numa nuvem. Perderam todos os pontos de referência, nada se via além da névoa, por todos os lados. O indicador do barômetro a bordo estava subindo com rapidez. Num instante, havia se elevado em cinco milímetros — o balão se precipitava em direção à terra. Às cegas, os dois soltaram mais lastro, reduzindo o ritmo de descida. Logo estavam abaixo das nuvens, a trezentos metros do solo. Avistaram uma aldeia ao longe e a localizaram no mapa.

O vento arrastava o balão para cima e para baixo, a seu próprio juízo. Vez por outra a corda-guia, que fica dependurada na barquinha e é usada para a realização do pouso, se arrastava pelo chão. Não muito depois, o cesto de vime já roçava a copa das árvores.

— Não há nada que se possa fazer para dar direção ao aeróstato? — perguntou Santos-Dumont, desacorçoado. Nisso, a corda-guia se prendeu aos galhos de um carvalho, impedindo o avanço do balão. Machuron bradava, enquanto a nave estremecia, tomada pela fúria atmosférica.

— Observe a manha e o humor vingativo deste vento. Estamos presos à árvore, e veja com que força ele procura arrancar-nos! Que propulsor a hélice seria capaz de vencê-lo? Que balão alongado não se dobraria em dois?

Alberto ouvia com atenção, mas já começava a formular em sua cabeça algumas idéias sobre como voar com mais propriedade. Dobraria os ventos, se fosse preciso. Machuron interrompeu seu fluxo de pensamento, com problemas mais urgentes. Mais uma vez, ordenou que soltassem o lastro, e logo o balão irrompia céu acima, escapando das árvores.

Para evitar que subissem demais — o lastro a essa altura já estava quase no fim —, Machuron decidiu abrir a válvula de manobra e dar vazão ao gás do invólucro. Voltaram a descer, e a corda-guia já se arrastava novamente pelo solo. O vento seguia inclemente. O balão voava na direção da floresta de Fontainebleau. Usaram os últimos punhados de lastro para contorná-la e se protegerem do vento atrás das árvores, onde poderiam fazer um pouso mais seguro. Lançaram a âncora e liberaram completamente a válvula. A barquinha logo estava no chão. Machuron e Santos-Dumont desceram e observaram enquanto o invólucro perdia todo o gás, murchando sobre o solo. Tiraram algumas fotografias.

Haviam descido no parque do castelo de La Ferrière, propriedade de Alphonse de Rothschild, um dos homens mais ricos da França. Trabalhadores de um campo vizinho trouxeram uma carruagem e os dois recolheram as peças de seu balão, partindo em seguida para a estação de trens mais próxima. Alberto esteve pensativo durante todo o retorno a Paris. Pouco menos de duas horas no ar haviam mudado completamente os planos de sua vida.

— Sr. Machuron, estou decidido a construir eu mesmo um balão, para que possa aprender a manobrar nos ventos. Quero me familiarizar com os desafios do ar.

— Excelente idéia, sr. Dumont. Pelo pouco que vi, o senhor tem o talento e a habilidade exigidos para o domínio adequado de um aeróstato. Pois saiba o senhor que acabamos de receber, em nossa oficina, uma seda japonesa de grande formosura e peso insignificante...

Enquanto o barco atravessava o lago Michigan, Chanute passava em revista o que esperava encontrar em Saint Joseph naquele 11 de outubro. Não podia deixar de lado a oportunidade — se fosse realmente algo como o que seu antigo associado estava prometendo, ele nunca se perdoaria por ter recusado o convite. Mas, para ser franco, preferiria não ter de passar mais um dia com Augustus Herring.

Nada contra a competência do homem. Na verdade, era a arrogância que o irritava. Sentia uma pontada de raiva toda vez que se lembrava de como Herring havia abandonado o trabalho que estavam desenvolvendo com o biplano. Isso para se apropriar totalmente do desenho original e com ele prosseguir por conta própria. Talvez Chanute tivesse continuado a estudar aquele projeto se Herring permanecesse com ele. Mas o apressadinho já achava que era hora de transformar a máquina de planar numa que voasse — era exatamente isso que ele agora dizia ter feito com sucesso.

Somente uma promessa dessas para fazê-lo tomar um barco na noite do mesmo dia. Havia recebido o convite pela manhã. Sem demora, tomou todas as providências para comprar uma passagem de barco que o levasse das imediações de Chicago a Saint Joseph, onde Herring conduzia seus experimentos. O frio do outono nos Grandes Lagos não chegava a incomodar, mas a brisa do barco também não era exatamente reconfortante.

Chegou à outra margem nas primeiras horas da manhã e foi recebido por Herring, que parecia mais entusiasmado do que nunca. Nervoso até, pensou Chanute. Os dois homens se cumprimentaram e de pronto rumaram para o local em que o engenheiro conduzia seus novos experimentos. A máquina estava instalada num galpão impressionante, ao lado de uma praia que servia como campo de provas. No caminho até lá, Herring colocava Chanute a par dos avanços.

— Por esses dias — disse ele — realizei o que facilmente pode ser tido como o maior feito da história das máquinas voadoras, sr. Chanute! Não o chamaria aqui por menos que isso! Precisava ter visto! Partindo do plano, elevei-me a um ou dois pés de altura, atravessando cerca de cinqüenta pés. Graças à força do meu motor...

— Pois vim aqui justamente para vê-lo repetir este que é, sem sombra de dúvida, um grande feito, sr. Herring — interrompeu Chanute, cortando de pronto a pompa de seu ex-pupilo. — Mas gostaria de obter mais detalhes sobre o vôo em si. O senhor conseguiu controlar a máquina durante o vôo? Operá-la?

— A coisa toda foi muito curta, em uns sete segundos estava terminado. Mas percebi que a máquina continua respondendo aos comandos do regulador que criei. Exatamente como no ano passado, se o senhor se lembra...

— Lembro-me do ano passado. Mas, se não me falha a memória, naquela ocasião ainda era preciso usar o peso do corpo para controlar os rumos do planador. Isso foi resolvido?

— Mas se já está resolvido do jeito que está, sr. Chanute! O corpo continua — e sempre continuará — tendo um papel importante para estabelecer o equilíbrio da máquina voadora. O que podia ser feito pela estabilidade do invento no ar já foi feito.

— Humpf. Sabe muito bem que não concordo com sua visão desse problema. Mas não estou aqui para concordar ou discordar.

Herring então abriu a grande porta do galpão, para revelar a máquina em seu interior. Bem parecida com a que Chanute conhecia. As duas asas biplanas, curvadas, cobertas com seda chinesa, as barras para o piloto, o regulador de Herring, ligado por um elástico aos lemes traseiros. Mas um elemento trazia um ar inegavelmente novo. Bem no centro, um motor. Ligado a ele, duas hélices, uma à frente e outra atrás das asas.

— Qual é a potência do motor? — perguntou Chanute.

— É um motor de ar comprimido com dois cilindros, movido a gasolina. Muito leve. Sua potência fica em torno dos três cavalos. É mais do que suficiente.

— Ar comprimido? Mas, pelo que entendo, um motor desses não pode operar por muito tempo — retrucou Chanute.

— Trinta segundos, mais ou menos. Mas, de acordo com minhas estimativas, é o suficiente para impulsionar um vôo real de pelo menos um minuto. Isso se o vento ajudar, naturalmente.

— Gostaria muito de ver a máquina no ar. Poderíamos proceder com uma tentativa agora?

— Sim, sim, claro. Vamos ver como está o vento. Ajude-me a empurrá-la para fora, sim?

Chanute, apesar da idade e da atitude cautelosa para com as afirmações grandiosas de Herring, estava tão ansioso por ver o invento tomar os ares que não hesitou um instante. Pôs-se logo a empurrar o biplano para fora.

Silver Beach, como era chamada a praia, parecia um lugar adequado para a realização dos testes. Não contava com um declive tão grande quanto o de Dune Park — o que ajudaria a verificar o poder do motor de Herring para erguer a máquina —, mas tinha os mesmos ventos que tantas vezes ajudaram seus planadores a ganhar a atmosfera.

Herring checava o anemômetro.

— Sim, parece que temos vento para um teste, sim. Dezessete milhas por hora, acho que devem bastar — disse. Chamou seus auxiliares para ligar o motor. Um barulho ensurdecedor tomou conta do ambiente. Não era só o ronco do dispositivo de ar comprimido; as hélices girando numa velocidade estonteante contribuíam em muito para o ruído. Herring foi logo se posicionando abaixo da máquina, segurando as duas barras.

— Vamos ver o que se pode fazer pelo senhor, sr. Chanute!

O engenheiro aposentado de Chicago só aguardava. O ceticismo sempre fora um dos traços de sua personalidade, especialmente com relação a tipos muito falantes. Diante de seus olhos, o aspirante a aviador erguia o planador sobre seus braços. A máquina parecia não ter peso. A cena era chamativa, impressionante para os homens da ciência, insólita para os incrédulos.

Herring deu alguns passos contra o vento, planador sobre os ombros. Ameaçou tirar os pés do chão, sentiu que não era a hora. Acelerou o passo. Mais cinco, seis, sete pés. Oito. Dez. A máquina parecia não querer se erguer. Herring ficou preocupado. Ensaiou mais alguns passos, mas logo se deu conta de que lhe faltaria espaço para voar, caso conseguisse decolar. Diminuiu os passos. O motor exauriu seu combustível e parou. Nada.

— Temo que o vento não esteja forte o suficiente — disse Herring, desapontado. — Para o vôo de cinqüenta pés, peguei um de 25 milhas.

Chanute se encontrava num misto de satisfação e decepção. Era sempre agradável ver uma criatura tão convencida quanto Herring confrontar o fato de que ainda havia muitos problemas a solucionar. Estava convencido de que as dificuldades não seriam superadas simplesmente sendo ignoradas, como costumava fazer seu ex-pupilo. Primeiro desistiu de dar mais estabilidade e controle ao planador, considerando a questão resolvida. Agora, com um motor seriamente deficitário e uma máquina incapaz de decolar, dizia também ter a solução ao alcance da mão. Prepotência a toda prova.

Em compensação, Chanute se frustrava com o fato de que a navegação aérea dos veículos mais pesados que o ar ainda não estava solucionada. Talvez fosse preciso esperar que outros pioneiros, com idéias mais claras e inovadoras, atacassem o problema. Lembrou-se do mais abastado deles.

— Pois é, sr. Herring... talvez o motor do professor Langley possa fazer mais. Tenho notícias de que um *Aérodrome* em tamanho real está sendo construído neste exato momento... — disse Chanute, acertando um nervo.

— Langley?! Humpf. Acho melhor desistirmos então... Langley... — exasperou-se Herring. Ele definitivamente nutria um ódio profundo pelo secretário da Instituição Smithsonian. Seu principal e (não tão) secreto objetivo sempre fora o de não somente desenvolver uma máquina voadora, mas desenvolvê-la *melhor* e *antes* que Langley o fizesse. Chanute sabia disso — não podia perder a chance de provocar seu ex-associado.

Tentando disfarçar o próprio embaraço e tirar de sua mente Langley e seu milionário *Aérodrome*, Herring se preparou para uma nova tentativa. Sentou-se por alguns instantes à espera de um vento mais potente. Quando chegou às 19 milhas por hora, decidiu que era hora de tentar de novo. Procedeu ao ritual, tal qual havia feito antes. Chanute apenas observava, calado. Nos primeiros passos, o inventor já percebeu que não iria a lugar algum. Persistiu, com um fio de esperança. Nada de decolar.

Ao longo daquele dia, o inventor conduziu outras três tentativas, todas malogradas. Seu planador com motor não ia sair do chão para Chanute. "De que adianta essa porcaria voar só quando ninguém está aqui para vê-la?", pensou Herring. Em compensação, a paciência do engenheiro de Chicago — à razão inversa de sua satisfação interior — só fez diminuir ao longo da tarde. Ao fim do dia, disse a seu ex-associado que precisava partir.

— Não pode ficar até amanhã? — perguntou Herring, frustrado. — Estou certo de que teremos boas condições para um vôo amanhã.

— Lamento, mas tenho assuntos urgentes a tratar em Chicago. Realmente preciso voltar — disse Chanute, lembrando a si mesmo em silêncio que não gostaria de passar mais um minuto com aquele falastrão. Jurou: era a última vez que daria atenção a Herring.

— Que infelicidade, professor Chanute. De todo modo, procurarei mantê-lo a par de meus resultados aqui.

— Sim, faça isso — disse o sexagenário, sem a menor convicção. Cumprimentou-o e partiu.

Alguns dias depois, Augustus Herring declarou ter feito um segundo vôo com seu invento motorizado, dessa vez superando a marca anterior: 72 pés de distância, cobertos em oito a dez segundos. Apesar dos relatos posteriores na imprensa, Chanute não deu o menor crédito à façanha.

1899

Wilbur Wright não é exatamente o tipo mais falante que se vê por aí. É bem fácil flagrá-lo perdido em pensamentos, na fachada da sua loja de bicicletas, na West Third Street, em Dayton, Ohio. Ele se sentia em casa quando o assunto era o trabalho mecânico — gostava de projetar e construir bicicletas. Vendê-las era algo que seu irmão Orville tinha mais talento para fazer. Desde pequeno, aliás. Quando Wilbur tinha 12 anos, ajudava o irmão mais novo, então com oito, a construir pipas, que Orville vendia para os meninos da rua, com muito sucesso.

Foi bom que os dois tivessem decidido tocar os negócios da Wright Cycle Company em parceria. Os dois filhos mais novos do bispo Milton entraram no ramo em 1892. Em menos de sete anos, já estavam a ponto de captar uma renda anual de cerca de 3 mil dólares — "um bom dinheiro", pensava modestamente Wilbur, o mais reflexivo dos dois. Ele costumava servir como porta-voz da dupla onde quer que fosse preciso, mas não tinha o hábito de se expressar sem antes consultar o irmão. Quem conhecia os Wright os descrevia como o mais perto que duas pessoas podem chegar de se tornar uma única entidade, embora tivessem seus desentendimentos, aqui e ali.

Há uns três anos, mais ou menos, Wilbur colocou uma idéia em sua cabeça. Queria porque queria projetar uma máquina voadora. Desde os 12, ele construía helicópteros impulsionados por tiras de borracha, um invento do francês Alphonse Pénaud. Mas agora, duas décadas depois, achava que a coisa era para valer. Sentia que suas habilidades como construtor de bicicletas serviriam bem à tarefa. Nada como o mestre da confecção de um invento inerentemente instável, mas ainda assim manobrável e prático, conceber outro invento de instabilidade similar, conferindo-lhe a praticidade exigida para um meio de transporte. Era assim que ele via a coisa toda. Mera questão de engenharia.

Wilbur e Orville editavam uma pequena publicação em Dayton quando ouviram falar da morte de Otto Lilienthal, o inventor de Berlim, em 1896. Aquilo os despertou a perseguir a meta que havia escapado ao alemão. Mas faltava-lhes um ponto de partida. Wilbur passou a admirar os falcões em vôo sobre um rio nas cercanias de Dayton, na esperança de que os pássaros lhe dessem alguma dica de como se controlar no ar. No íntimo, ele sabia que tal esforço exigiria uma imensa dose de abstração. Não tinha a esperança, tão natural a Lilienthal, de encontrar a chave para o sucesso numa reprodução exata dos mecanismos dos seres alados. E a idéia foi crescendo muito devagar. No começo, admirar as aves era quase uma distração. Após um ou dois anos, os irmãos decidiram literalmente estudar a questão. De um livro na biblioteca do pai, tiraram algumas informações sobre a anatomia dos pássaros. A natureza, entretanto, ainda era a fonte primária de observações.

Uma das coisas que captavam a atenção de Wilbur nos falcões era a forma como essas criaturas faziam curvas no ar. Uma das asas se elevava ligeiramente, a outra se abaixava, e a ave descrevia o arco desejado em meio aos humores da atmosfera. Debatendo o assunto com Orville, seu irmão mais novo concluiu que a atitude das aves não era muito diferente da de um ciclista, fazendo uma curva em sua bicicleta. Ele também precisava inclinar o corpo para obter melhor controle de seus movimentos. Por analogia, uma máquina de voar precisaria ter a mesma capacidade de controle lateral.

Isso já existia? Orville, mais afoito, queria logo partir para o papel e, em seu tempo livre fora da temporada das bicicletas, durante o inverno, pôr-se a pensar numa forma de reproduzir em asas mecânicas o movimento das aves. Wilbur, com os pés no chão, decidiu que, antes de mais nada, precisariam rever tudo o que tinha sido publicado sobre esforços anteriores. Sem muita discussão, os dois concordaram que deviam procurar a organização nos Estados Unidos que parecia estar mais por dentro dessa onda de vôo humano. Wilbur se viu escrevendo uma carta à Instituição Smithsonian.

30 de maio de 1899.

À Instituição Smithsonian,
Washington

Caros senhores:

Tenho me interessado pelo problema do vôo mecânico e humano desde quando, menino, construí vários
bastões de tamanhos variados ao estilo das máquinas de
Cayley e Pénaud. Minhas observações desde então me
têm convencido mais firmemente de que o vôo humano é possível e praticável. É apenas uma questão de conhecimento e habilidade, como em todos os feitos
acrobáticos. Os pássaros são os ginastas mais bem-trei-
nados do mundo e são especialmente bem-equipados
para seu trabalho, e pode ser que o homem nunca se
iguale a eles, mas ninguém que viu um pássaro perseguir um inseto ou outro pássaro pode duvidar de que
os feitos realizados exigem três ou quatro vezes o esforço exigido no vôo normal. Acredito que ao menos o
vôo simples seja possível para o homem e que os experimentos e as investigações de um grande número de
pesquisadores independentes irão resultar no acúmulo
de informação e conhecimento e destreza que finalmente levará ao vôo bem-sucedido.

Os trabalhos sobre o assunto que tenho e consulto
são os livros de Marey e Jamieson publicados pela Ap-
pleton's e várias revistas e artigos enciclopédicos. Estou

a ponto de começar um estudo sistemático do assunto em preparação para o trabalho prático a que pretendo devotar o tempo que me restar do meu negócio regular. Desejo obter estudos como os que a Instituição Smithsonian publicou sobre o assunto e se possível uma lista de outros trabalhos impressos na língua inglesa. Sou um entusiasta, mas não um excêntrico, no sentido de que tenho algumas teorias próprias sobre a construção adequada de uma máquina voadora. Desejo tomar conhecimento de tudo que já é sabido e então, se possível, adicionar meus esforços para ajudar os futuros pesquisadores que irão obter o sucesso final. Não sei em que termos os senhores distribuem suas publicações, mas, se me informarem do custo, eu remeterei o valor.

Sinceramente,

Wilbur Wright

Não tardou a receber uma resposta da venerável instituição.

2 de junho de 1899.

Caro senhor:

Em resposta à sua carta de 30 de maio, estou autorizado a incluir aqui uma lista de trabalhos relacionados à navegação aérea, que provavelmente irão se encaixar melhor às suas necessidades. Também envio a você, separadamente, vários folhetos que tratam do assunto, publicados pela Instituição Smithsonian.

Respeitosamente,

Richard Rathbun
Secretário-assistente

Na lista de publicações enviada pela instituição, havia uma obra de Samuel Langley, *Experiments in aerodynamics*, e uma de Octave Chanute, *Progress in flying machines*. Além delas, os Anuários Aeronáuticos de 1895, 1896 e 1897, publicados pela W. B. Clarke & Co., de Boston, Massachusetts. Wilbur conseguiu todos os volumes indicados, exceto o de Langley. Mandou então um dólar, pelo correio, à Smithsonian, para que eles remetessem o livro.

O que se seguiu foi uma intensa sessão de leitura. E a constatação dos dois foi a de que alguma coisa faltava nos controles de planadores até então estabelecidos. Os lemes dos inventos — quando seus criadores se davam ao trabalho de colocá-los nas máquinas — respondiam pelo controle de ascensão e descida e pelos movimentos à direita e à esquerda, mas nada fazia menção aos movimentos de rotação lateral que eles observavam nos falcões. O máximo esforço que viam dessa movimentação era causado pela própria ginga do corpo do piloto, nos planadores de Lilienthal e Chanute. Precário, para dizer o mínimo.

Os irmãos então decidiram se concentrar nessa minúscula parte do problema, para começar. Como dar controle lateral a um planador?

Tentaram diversos sistemas articulados de asas que pudessem reproduzir o movimento das aves. Além de desengonçados, os dispositivos não tinham o menor jeito de que iriam funcionar de uma maneira prática ou que pudessem ser controlados adequadamente por um piloto humano. Os esforços pareciam se complicar a cada nova rodada de idéias. E a necessidade de cuidar dos negócios em meio à temporada de bicicletas não ajudava.

Era uma tarde de meados de julho, e uma senhorita dá as caras na oficina dos Wright.

— Olá. Estou procurando um tubo para minha bicicleta. Poderia me ajudar, por favor? — disse ela, voz suave, firme.

Wilbur deixou a oficina e foi até a frente da loja, para atendê-la.

— Pois não, venha comigo, senhorita.

Abriu um armário e pegou uma caixa estreita e longa. Tirou um tubo de dentro dela.

— Saberia me dizer se este seria o tamanho para sua bicicleta?

— Acho que sim, mas não estou certa. O senhor poderia instalá-lo para mim? Espere um instante que vou buscar a bicicleta lá fora.

Ele esperou até que ela retornasse. Por um instante, viu-se atraído pela jovem, fitando seu traseiro enquanto ela ia buscar seu veículo. Voltou depressa, bicicleta danificada, com a barra interna quase dobrada ao meio.

— Nossa, como a senhorita foi fazer isso?

— Não, na verdade a bicicleta é do meu irmão. Estou fazendo um favor a ele ao trazê-la para consertar — sorriu. Belo sorriso, pensou Wilbur.

— Então, o senhor poderia...

— ...Ahnnn... Sim, sim, claro, claro. Com sua licença — pegou a bicicleta e levou até a oficina. Trocou a barra rapidamente, certificando-se de que havia ficado bem presa. Voltou.

— Prontinho, novinha em folha, senhorita.

— Ah, muito obrigada... quanto eu lhe devo?

Wilbur pegou a caixa do tubo, para conferir o preço. Enquanto a mocinha procurava o dinheiro em sua bolsa, o mecânico de bicicletas se viu torcendo a pequena caixa, brincando. Ele não prestava muita atenção às suas ações, até notar que, ao aplicar pressões de forma transversal nas duas pontas da caixa, ela se contorcia, de forma que uma ponta se erguia e a outra se abaixava. Num lampejo, ele havia compreendido tudo. Pegou o dinheiro e voltou para a oficina, sem dizer uma palavra.

— Como é que é, Ullam?! Não estou entendendo nada! — exclamou Orville.

— Veja só. Imagine duas asas de um biplano, formadas por uma estrutura semi-rígida. Se aplicarmos uma pressão deste lado e deste aqui, as asas se curvam — Wilbur tentava explicar, rabiscando a idéia num papel timbrado da Wright Cycle.

— Peraí... como está confuso esse seu desenho, rapaz!

Cansado de rascunhar, o irmão mais velho pensou que talvez fosse mais fácil simplesmente reproduzir o seu lampejo inicial. Foi até a oficina e pegou a caixa. Torceu-a na frente de Orville.

— Vê? Quando eu aperto simultaneamente aqui e aqui, as asas sobem numa ponta e descem na outra. É assim que teremos controle lateral para nossa máquina voadora!

A idéia adentrou a mente de Orville como que por etapas. Ele foi compreendendo aos poucos.

— Hmmm... sim... sim... pode funcionar — disse, tomando a caixa em suas mãos e torcendo-a ele mesmo. Notou que era um movimento quase natural. — Mas como vamos testá-la?

— Façamos planos para um modelo em escala menor. Podemos projetá-lo como uma pipa, para que cordas atuem sobre as superfícies provocando essa... "torção de asa"? — perguntou Wilbur, inseguro sobre o nome da inovação que havia pouco engendrara.

— Sim, "torção de asa" soa bem — Orville estava mais interessado no funcionamento do que no nome. — Muito bem, então. Talvez devamos basear nosso biplano no de Chanute, que pareceu dar tão bons resultados. Se a... "torção de asa"... funcionar na pipa, partiremos para a construção de um planador capaz de carregar um homem.

Wilbur mal podia se conter. Precisava colocar a idéia em prática o quanto antes. Em todos os momentos livres que tinham, os dois se puseram a projetá-la. Na verdade, acabou saindo um aparato bem simples. Dois planos ligados por vários suportes flexíveis. A largura do invento era de cerca de cinco pés. Uma estrutura à frente servia como um leme horizontal. Quatro fios ligavam a estrutura das asas a dois bastões manuseados pelo operador, que, do chão, poderia girá-los apropriadamente para causar o efeito de torção de asa.

Ao final de julho, a pipa manobrável estava pronta. Orville não estava por perto, mas, impaciente, Wilbur decidiu que precisava testá-la. Então, numa manhã de céu claro no início de agosto, ele levou seu invento para a rua e tentou empiná-lo, à moda das pipas tradicionais. A pequena máquina subiu com facilidade. A certa altura, Wilbur virou os bastões, de forma a causar a torção de asa. A pipa então se inclinou sobre seu próprio eixo, iniciando uma leve curva para a direita. Animado, o mecânico de bicicletas inverteu os bastões, e o invento passou à tendência oposta, inclinando-se para a esquerda e iniciando uma curva naquela direção. Ele brincou um pouco mais com a pipa, em êxtase. Pela primeira vez na história da navegação aérea, alguém havia desenvolvido um sistema funcional e simples de controle lateral em aeroplanos.

Wilbur estava completamente ciente do que havia acabado de realizar. Tanto que não podia esperar um minuto sequer para levar a notícia até Orville. O irmão mais novo estava acampando com amigos a algumas milhas dali, mas isso não o impediu. Recolheu a pipa para dentro da oficina, montou sua bicicleta e saiu pedalando em ritmo acelerado. Em menos de uma hora, havia encontrado Orville.

— Funciona! FUNCIONA! A torção de asa! — exclamou.

— Você concluiu a pipa? — perguntou Orville, sorriso nos lábios. Ele sabia o que isso queria dizer: uma grande aventura se abria diante dos dois. Wilbur apenas fez que sim com a cabeça, aproveitando a pausa para recuperar o fôlego. À volta deles, os amigos não entendiam nada.

— Então precisamos iniciar os planos para construir a versão maior, em escala real. E, para colocá-la no ar, precisaremos de um lugar melhor que Dayton — prosseguiu Orville, pegando sua mochila. Wilbur apenas o fitava, sem reação, até ser trazido de volta à Terra pelo irmão.

— O que está olhando, Ullam?! Vamos embora! Temos muito trabalho pela frente!

Em 30 de setembro, Percy Pilcher, o experimentador britânico seguidor de Otto Lilienthal, morre num acidente aéreo, a bordo de seu planador *Hawk*. Ele já estava prestes a testar uma versão motorizada de seu monoplano quando o acidente aconteceu.

1900

O jovem escorregava as mãos por seus suspensórios enquanto caminhava ao redor da máquina, colocada sobre um pedestal. Era realmente impressionante, com suas grandes asas de morcego e duas hélices à frente. Não tinha dúvida de que, ao menos para ele, aquela era a mais interessante peça do acervo da Exposição Universal de Paris.

— Não é incrível? — perguntou ele a um senhor que também a observava, a seu lado, com um ar satisfeito.

— Você acha mesmo, meu jovem?

— Claro! O senhor não?

— Bem, a modéstia me impede de comentar com tamanho entusiasmo, embora me deixe feliz vê-lo eufórico assim. Pois se fui eu mesmo que a construí!

— O senhor é Clément Ader?

— A seu dispor, meu jovem! E o senhor é...?

— Uau! Não imaginei que o senhor estivesse por aqui. — O rapaz estendeu a mão para cumprimentar o famoso inventor francês. — Gabriel Voisin, senhor.

— Pois, sr. Voisin, fico muito feliz que tenha aprovado meu aparelho. Olhe bem para ele. Isto, meu jovem, é o futuro!

— O senhor quer dizer que... pretende realmente fazê-lo voar?

— Não, meu rapaz. Não pretendo. De jeito nenhum. O que realmente quero dizer é que o *Avion III* já voou.

Voisin estava descrente. E boquiaberto.

— Sério? Quando foi? Não me lembro de ter lido nada a respeito...

— É claro que o senhor não leu, sr. Voisin. Pois nada foi dito aos jornais pelo Exército da República, que foi quem financiou a construção e os testes deste aparelho que agora se apresenta diante do senhor.

— Quer dizer que o Exército já está cheio dessas máquinas voadoras?

Ader hesitou um instante para responder.

— Hmmm... É embaraçoso dizer isso, mas eu receio que a resposta seja não. Os míopes generais decidiram encerrar os testes prematuramente, antes que eu pudesse demonstrar o controle e a capacidade de vôo completa desse projeto. Tudo que consegui fazer foi um vôo de trezentos metros, alguns anos atrás. Mais do que qualquer um jamais havia feito na história do vôo mecânico, mas ainda assim os idiotas acharam que o *Avion* não tinha futuro! Estúpidos retardados!

— Mas, se o projeto estava num estágio tão avançado, por que o senhor não prosseguiu com os estudos por conta própria?

— Ah, meu rapaz, o tempo dos grandes inventos passou para mim. A idade já começa a me alcançar. O que a França mais precisa agora é de jovens entusiasmados como o senhor, dispostos a levar o projeto da aviação adiante!

— O tema da navegação aérea sem dúvida me interessa.

De fato, Voisin, em parceria com seu irmão Charles, já havia construído várias pipas baseadas nos modelos do australiano Lawrence Hargrave, chegando até mesmo a montar um planador nesses moldes. Mas nunca imaginou que já fosse o tempo de pensar numa máquina motorizada, capaz de vôo dinâmico. Ader acabara de atentá-lo para isso.

— Se interessa a você, então o estude, meu rapaz! Estude tudo o que já foi feito! E vá além! Pois não tardará o dia em que máquinas mais pesadas que o ar ganharão os céus! Espero vê-lo numa delas, em pouco tempo!

Voisin pensou. Por que não? Aos vinte anos de idade, talvez devesse mesmo passar menos tempo bebendo pelas madrugadas e se divertindo com o mulherio, para dedicar seus esforços a um projeto mais nobre. Voar, mesmo antes de conhecer Ader, já parecia o mais interessante e desafiador deles. Ele agradeceu ao inventor pela confiança e prometeu que pensaria sobre o assunto. Não tardou a mergulhar nos estudos sobre planadores. Um mês depois, iniciava planos para uma máquina com motor.

Octave Chanute recebia muitas cartas. De todos os experimentadores de aeroplanos, ele provavelmente era o que mais as recebia. Fora beneficiado por origem. Nascido em Paris, partiu para a América ainda menino, quando o pai foi convidado para dar aulas de história no Jefferson College, perto de Nova Orleans. Tornou-se cidadão dos Estados Unidos em 1854. Por causa de sua família, era bem versado na língua francesa. Isso permitia que acompanhasse com riqueza de detalhes os progressos tanto nos Estados Unidos e no Reino Unido quanto na Europa continental, onde a França sem dúvida era o país mais ativo. A troca de correspondência, vinda dos dois lados do Atlântico, tomava boa parte de seu tempo livre.

Em 14 de maio, ele recebeu um envelope cujo remetente desconhecia. Isso também era normal — muitos lhe escreviam à procura de mais informações sobre experimentos, alguns apresentavam propostas para a condução de trabalhos aeronáuticos em parceria e havia até os que diziam ter resolvido o problema da navegação aérea, pedindo que fossem mencionados em artigos futuros do engenheiro nas publicações especializadas. Abriu a carta e encontrou um denso relato de cinco páginas, manuscritas. O papel tinha o timbre de um fabricante de bicicletas.

Dayton, Ohio, 13 de maio de 1900

Sr. Chanute, Eng.
Chicago, Ill.

Há alguns anos tenho sido afligido pela crença de que o vôo é possível ao homem. Minha doença aumenta em gravidade e eu sinto que logo ela me custará uma quantidade maior de dinheiro, se não minha vida. Tenho tentado organizar meus assuntos de modo que possa devotar todo o meu tempo durante alguns meses para experimentar nesse campo.

Minhas idéias gerais sobre o assunto são similares àquelas tidas pela maioria dos experimentadores práticos, quais sejam: que o que é principalmente necessário é destreza, em vez de maquinário. O vôo do falcão e de navegadores similares é uma demonstração convincente do valor da destreza, e da ausência parcial da necessidade de motores. É possível voar sem motores, mas não sem conhecimento & destreza. Isso eu considero ser uma felicidade, pois o homem, pela razão de seu intelecto superior, pode esperar mais razoavelmente se igualar aos pássaros em conhecimento do que se igualar à natureza na perfeição de seu maquinário.

Após ler os dois primeiros parágrafos, o engenheiro costumava ser capaz de dizer se a carta mereceria toda a sua atenção ou se deveria simplesmente ignorá-la. Neste caso, não tinha tanta certeza. Chamou-lhe a atenção o estilo simples, direto, mas algo sofisticado, poético, da missiva. Prosseguiu.

Presumindo então que Lilienthal estava correto em suas idéias dos princípios segundo os quais o homem deveria proceder, imagino que seu fracasso tenha ocorrido principalmente pela inadequação de seu método e de seu aparato. Sobre seu método, o fato de que num período de cinco anos ele passou apenas umas cinco horas no total em vôo é suficiente para mostrar que seu método era inadequado. Até mesmo os mais simples feitos intelectuais ou acrobáticos nunca poderiam ser aprendidos com tão pouca prática, e mesmo Matusalém nunca poderia ter se tornado um estenógrafo especialista com uma hora por ano para praticar. Eu também penso que o aparato de Lilienthal era inadequado não só pelo fato de que ele fracassou, mas porque minhas observações do vôo de pássaros me convencem de que as aves usam métodos mais positivos e energéticos de recuperar o equilíbrio que o de alterar o centro de gravidade.

Podia não ser importante, mas o remetente certamente sabia como captar a atenção de Chanute.

Com essa afirmação geral dos meus princípios e crença, procederei a descrever o plano e o aparato que tenho a intenção de testar. Ao descrevê-los, meu objetivo é aprender até que ponto planos similares foram testados e demonstrados como falhas, e também obter sugestões que o seu grande conhecimento e experiência poderiam permitir que me desse. Não faço segredo dos meus planos pelo fato de que acredito que nenhum ganho financeiro irá para o inventor da primeira máquina voadora, e que apenas os que estão querendo dar e receber sugestões podem esperar ligar seus nomes à honra de sua descoberta. O problema é grande demais para um homem sozinho e sem ajuda resolver em segredo.

Aqui o rapaz conquistara o velho engenheiro. Descreveu exatamente a forma como Chanute percebia o problema do vôo e a melhor maneira de resolvê-lo. Além do mais, ficou satisfeito com a deferência a seu trabalho como estudioso.

Meu plano então é este. Eu devo em uma localidade adequada erigir uma torre leve com cerca de 150 pés de altura. Uma corda passando por uma polia no topo servirá como uma espécie de fio de pipa. Ela será contrabalançada de forma que, quando a corda for estendida por 150 pés, irá manter uma tração igual ao peso do operador e do aparato, ou quase igual. O vento irá soprar a máquina para longe da base da torre e o peso será mantido parcialmente pela tração para cima da corda e parcialmente pela ascensão do vento.

"Não! Não! Não!", pensou Chanute. Experimentos sustentados por corda apresentam mais elementos desconhecidos e riscos para o operador do que lançamentos livres ao vento. Conhecia alguns inventores que tentaram arranjos parecidos, mas nunca lhe pareceu uma boa forma de ganhar tempo no ar. Virou o verso da primeira página da carta, marcou nela o tema, o remetente, a data, e iniciou uma lista de "pontos a responder". Era um procedimento razoavelmente comum para Chanute, que tratava suas cartas com todo o método que cabia a um engenheiro. Não fazia isso para toda a correspondência, mas sempre que era importante. Mais um ponto para o missivista. Prosseguiu com a leitura.

Minha observação do vôo dos falcões me leva a crer que eles recuperam seu equilíbrio lateral, quando demasiadamente desequilibrados por uma rajada de vento, por uma torção da ponta das asas. Se a borda traseira da ponta da asa direita é torcida para cima e a da esquerda para baixo, o pássaro se torna um moinho de vento e instantaneamente começa a virar, tendo uma linha que vai de sua cabeça à cauda como eixo.

Muito interessante.

Acho que o pássaro também em geral retém seu equilíbrio lateral parcialmente ao apresentar suas duas asas em ângulos diferentes ao vento e parcialmente ao puxar uma asa, reduzindo sua área. Tendo a crer que o primeiro é o método mais importante e usual. No aparato que pretendo empregar, faço uso do princípio de torção. Em aparência é muito similar à máquina de "duplo-deque" com que os experimentos do senhor e do sr. Herring foram conduzidos em 1896-7. O ponto em que difere em princípio é o de que as hastes cruzadas que impedem que o plano superior se mova para a frente e para trás são removidas, e cada ponta do plano superior é movida para a frente ou para trás independentemente com respeito ao plano inferior por uma alavanca adequada ou outro arranjo. Com essa solução o plano superior inteiro pode ser movido para a frente ou para trás, para obter equilíbrio longitudinal, ao mover ambas as mãos para a frente ou para trás juntas. O equilíbrio lateral é ganho ao se mover uma ponta mais do que a outra ou ao movê-las em direções opostas. Se o senhor fizer um tubo quadrado de cartolina com duas polegadas de diâmetro e oito ou dez de comprimento e escolher dois lados para seus planos, o senhor irá de imediato ver o efeito de torção ao mover uma ponta do plano superior para a frente e a outra para trás, e como esse efeito é obtido sem sacrificar a rigidez lateral. Minha idéia é encaixar a cauda rigidamente às hastes traseiras que conectam os planos, tendo como efeito que, quando o plano superior é atirado para a frente, a ponta da cauda é elevada, de forma que a cauda ajude a gravidade a restaurar o equilíbrio longitudinal. Meus experimentos até agora com esse aparato foram confinados a máquinas com cerca de 15 pés quadrados de superfície, e foram encorajadores o bastante para me induzir a fazer planos para um teste com uma máquina em escala real.

Agora, Chanute estava impressionado. Não havia compreendido completamente a descrição do missivista, e por um instante cogitou procurar uma caixa de cartolina que se prestasse ao miniexperimento sugerido. De todo modo, parecia uma proposta altamente engenhosa.

> Meus negócios exigem que meu trabalho experimental seja confinado aos meses entre setembro e janeiro e eu ficaria particularmente agradecido por conselhos sobre uma localidade adequada onde eu possa depender de ventos de cerca de 15 milhas por hora sem chuva ou tempo muito inclemente. Estou certo de que essas localidades são raras.

Chanute se pôs a pensar. A região dos Grandes Lagos dificilmente seria um bom lugar para experimentos durante o inverno. Talvez a ensolarada San Diego, na Califórnia, fosse melhor. Mas muito distante. A Flórida também tem algumas praias que poderiam servir. O engenheiro confessa desconhecimento de caso. Poderia haver outras regiões melhores, de cuja existência nem sequer teria ouvido falar.

> Eu tenho o seu *Progress in flying machines* e seus artigos nos Anuais de '95, '96 & '97, como também seus artigos recentes no *Independent*. Se o senhor puder me dar informação sobre onde um relato dos experimentos de Pilcher pode ser obtido, eu ficaria muito grato pela gentileza.
>
> Sinceramente,
>
> Wilbur Wright

Relatos sobre Pilcher, morto no ano passado, são bem raros, lembrou Chanute. Mais fácil é encontrar reportagens de jornal sobre o inventor britânico, mas esses textos normalmente não são lá muito úteis aos experimentadores sérios. E, apesar de estar apenas se iniciando nos experimentos de vôo, Wilbur Wright parecia uma pessoa séria.

De posse da lista no verso da carta, Chanute foi à caça das referências bibliográficas pedidas pelo rapaz de Dayton. Redigiu um carta no dia 17, num tom legitimamente entusiasmado e amistoso.

— Então, Ullam, Chanute respondeu?

— Sim, respondeu. E mais rápido do que eu esperava. A carta chegou hoje.

— E então — Orville estava mais preocupado do que curioso —, o que ele achou?

— Não aconselhou o uso de máquinas presas a cordas, mas deu todas as referências de experimentadores que tentaram algo semelhante.

— E sobre a torção de asa, ele disse alguma coisa?

— Nem uma palavra — disse Wilbur, num tom triunfal.

— Ainda acho que você não deveria ter explicado tão detalhadamente os nossos planos. Afinal, ele também é um experimentador. Pode se apropriar de nossas idéias.

— Bubo, temo que você esteja um pouco paranóico com isso. Ainda se passarão muitos anos antes que alguém sequer possa tentar aproveitar-se de outro inventor no desenvolvimento de máquinas voadoras. No momento, o melhor que todos fazem é trocar informações e resultados, para aprimorar a ciência do vôo. E o sr. Chanute disse concordar comigo nisso.

— Hummm... não sei. Poderíamos pelo menos ter esperado para testar o mecanismo num aparelho em tamanho real, antes de revelarmos a nossa idéia.

— Já testamos o princípio na pipa. Funciona, Bubo.

O diálogo todo estava sendo travado na sala de estar da casa dos Wright. Wilbur estava em pé, apoiado numa cadeira de madeira, tamborilando nervosamente os dedos no encosto. Orville estava espalhado no sofá, brincando com um lápis e ocasionalmente riscando arcos em pleno ar. Já era tarde da noite, mas a casa não estava com sua lotação máxima. O bispo dormia. A irmã Katharine, mais jovem e única mulher entre os cinco filhos de Milton, estava recolhida em seu quarto. Reuchlin e Lorin, os dois mais velhos, já não moravam mais lá. O primeiro havia se mudado para Kansas anos antes. Lorin foi e voltou, mas em 1892 casou-se e estabeleceu residência própria em Dayton. Visitava a família com freqüência. A mãe, Susan Catherine, morrera em 1889, em pleno 4 de julho. O feriado da Independência nunca era visto com muita alegria entre os Wright. E a casa andava bem vazia. Não é à toa que Wilbur e Orville preferiam a oficina de bicicletas.

— E sobre a madeira? — irrompeu Orville.

— Que tem a madeira?

— Perguntou a Chanute sobre ela?

— Não, não perguntei.

— O que está pensando em usar?

— Ainda não me decidi. Temos usado pinho...

— Aquilo era uma pipa, Ullam. A madeira não tem a resistência adequada. Acho que devemos procurar alguma outra coisa.

— Eu sei, eu sei — reconheceu Wilbur. — Pensei em abeto, mas não se encontra em parte alguma nas redondezas. Ninguém vende isso, e precisamos do comprimento adequado.

— É... não é qualquer um que vende ripas inteiriças de 18 pés... — disse Orville, rindo.

— Chanute certamente sabe onde conseguir abeto para o que queremos fazer. Perguntarei a ele e torçamos para que responda prontamente, sim?

Wilbur sentiu fome. Havia um pedaço de pão na cozinha esperando por ele. Deu as costas para Orville, mas o irmão não desistiria tão fácil da conversa.

— E quanto ao local? Ele disse alguma coisa sobre o local?

Wilbur hesitou por um momento, por fim se virou para responder.

— Sugeriu San Diego ou algumas praias da Flórida. Mas disse que poderia haver outros lugares melhores.

— Precisamos resolver isso.

— Não resolverei nada de estômago vazio.

Wilbur voltou a dar as costas ao irmão e finalmente foi buscar sua recompensa na cozinha.

Finalmente ele estava lá: Kitty Hawk.

A casa era grande, mas o espaço, ironicamente, só fazia por reforçar a ausência de móveis em seu interior. É certo que era menor que a residência de sua família. Contudo, levando em conta o fim de mundo em que estava, era uma construção de fazer inveja. Wilbur tinha certeza de que não havia mais de duas casas maiores que essa nas redondezas. A construção tinha função dupla: era o posto de correio local e residência para William Tate, um homem surpreendentemente culto para a região em que morava. O pequeno povoado na Carolina do Norte, apesar da gente humilde e hospitaleira, estava longe de ser um exemplo de civilização.

Ainda assim, Wilbur estava feliz. O local à sua volta era tudo o que Tate e o Escritório de Clima dos Estados Unidos haviam prometido em suas cartas. Embora não estivesse na lista original de Chanute, parecia mesmo o melhor lugar que eles poderiam encontrar para seus experimentos. Ventos bons e constantes de noroeste, grandes dunas de areia, poucas árvores, poucos bisbilhoteiros. Bill também não havia faltado com a palavra no que diz respeito à hospitalidade. Receber um estranho em sua casa, ainda mais um cujo objetivo declarado era construir uma máquina voadora, demonstrava o tipo de generosidade (e coragem) que Wilbur gostava de ver. Não sabia se seria capaz da mesma coisa, caso um maluco aparecesse em Dayton para passar uma temporada em sua residência. Provavelmente não.

Bill Tate o recebera de braços abertos. Sua mulher, Addie, tocava com ele o serviço do correio. E Wilbur gostava muito do sobrinho dos dois, Tom, que parecia ser o mais interessado de todos no planador que a cada dia ganhava mais definição. Wilbur trabalhava intensamente nele desde que chegara. Addie ajudou costurando parte do cetim usado para recobrir a estrutura das asas. Os irmãos acabaram adotando o pinho. Embora Chanute tivesse dado o endereço de uma firma de Chicago que vendia abeto, os Wright acabaram seguindo a opção mais barata. E o barato saiu caro. Só conseguiram ripas suficientes para fazer planos com 16 pés de comprimento, de ponta a ponta. As plantas, cuidadosamente desenhadas por Orville, estipulavam um comprimento total de 18 pés. A sustentação seria menor do que a desejada, mas ainda assim suficiente para a temporada de experimentos, pensava Wilbur.

Embora estivesse ali sozinho, havia quase um mês fora de casa, em meio a um grupo de desconhecidos, existia uma vida, um brilho em seus olhos que fazia muito não se via. Desde que sua mãe havia adoecido, pelo menos. De todos os irmãos, ele era o que mais sentia sua falta. Na verdade, era mais que saudade. Tinha uma certa empatia por ela. Sabia que sua própria saúde também era frágil e que provavelmente seria o próximo — talvez até antes de Milton. Mas esses pensamentos não o arrebatavam enquanto trabalhava na construção de seu primeiro aparato voador. Estava ali, absorto em seu trabalho mecânico, quando ouviu barulho vindo da fachada. Vozes.

— Por favor, estou procurando o sr. Wilbur Wright — dizia um homem a Bill Tate, que foi abrir a porta.

Wilbur levantou-se. Ao chegar à sala de estar, não se conteve.

— Bubo!!! — exultou, correndo para abraçar Orville.

— Ullam! Como vai você? — retribuiu o irmão, recebendo-o nos braços, um pouco surpreso pela efusividade.

— Que bom que chegou! Você precisa ver como está ficando! Estará pronto em mais alguns dias! Como estão as coisas em casa? Desde quando está na cidade?

— Ei, calma, calma. Acabo de chegar. Montei minha barraca a mais ou menos uma milha daqui. Então procurei pela casa do sr. Tate, conforme as instruções — Bill acenou com a cabeça, cumprimentando Orville ao ser mencionado. — Mas me conte, como está progredindo a construção do aparato?

— Tudo indo muito bem! Os Tate estão ajudando em tudo que podem e as plantas que você riscou para a máquina parecem perfeitas. Infelizmente tive de fazer algumas adaptações, por conta da falta de madeira — disse Wilbur, coçando a nuca, nos poucos cabelos que ainda lhe restavam. — Teremos um comprimento de asa de apenas 16 pés, contra os 18 que havíamos projetado.

— Ah, mas dará tudo certo! Rapaz, estou feliz em te ver! Em casa, papai e Kate mandam lembranças. O velho Milton na verdade está muito preocupado com você.

— É, eu sei. Também, com todas essas histórias de experimentadores que morrem com seus aparelhos... Lilienthal, Pilcher... mas já escrevi uma carta a ele, dando notícias daqui. Tentei tranqüilizá-lo, dizer que não temos um motor, que só faremos vôos a no máximo uns poucos pés de altura, que não há perigo algum...

Wilbur reduziu o ritmo da fala ao terminar a frase, enquanto mentalmente questionava sua veracidade.

No início de outubro, com a providencial ajuda de Orville, a máquina estava pronta para testes. Era mesmo uma beleza. Um leme horizontal à frente, chamado de elevador (por controlar a ascensão no ar), um leme vertical atrás, fixo, apenas para garantir a estabilidade. O operador iria deitado, sobre o plano inferior, bem ao centro. À frente, ele tinha controle sobre o elevador. Atrás, com os pés, controlava o mecanismo que provocava a torção de asa. Wilbur mal podia esperar para subir a bordo. Mas lembrou-se do pai, pensou na mãe e decidiu que o bom senso deveria vir primeiro.

Ele e Orville então começaram a bateria de testes "empinando" o planador, amarrado por fios, como uma pipa. As encostas arenosas de Kill Devil Hills, próximo a Kitty Hawk, eram possivelmente o melhor lugar que encontrariam em todo o mundo, exultava Wilbur. Nos primeiros testes, a pipa gigante se comportou exatamente como sua irmã menor, no ano anterior. Os controles, inclusive a torção, funcionavam perfeitamente. A condução pelo ar parecia tão estável que uma das primeiras decisões foi dar cabo do leme traseiro. Wilbur estava convencido de que o leme frontal seria capaz de resolver qualquer problema de perda súbita de sustentação, impedindo que o operador do planador sofresse o mesmo destino de Lilienthal.

Uma coisa, no entanto, perturbava os irmãos. A força de sustentação obtida pelo planador era muito inferior à que originalmente haviam calculado. Não havia meio de fazê-lo se manter no ar pelo tempo que antes julgavam possível. Será que uma redução em dois pés no comprimento de asa pode ter comprometido de tal maneira o desempenho da máquina? Wilbur checou e rechecou seus cálculos, feitos com base na magnífica tabela de Lilienthal para taxas de sustentação com base em área de asa, e tudo parecia de acordo.

Algumas coisas compensavam essa decepção. A iniciativa de tirar o leme traseiro e, mais ainda, colocar o piloto deitado, em vez de em pé, como acontecia no planador de "duplo-deque" de Chanute, haviam reduzido drasticamente a resistência do ar. Isso, por sua vez, tornava muito mais fácil tirar a máquina do chão e mantê-la suspensa. A seqüência de testes foi exaustiva. Orville queria voar, mas Wilbur não deixaria até que ficasse demonstrado que a máquina era segura.

Foi só falar... Em 10 de outubro, um acidente. Sem feridos, exceto o planador, que foi seriamente danificado. Os dois se puseram a reconstruí-lo e retomaram os testes, mais uma vez empinando a máquina como uma pipa. Num deles, atendendo a pedidos, levaram a bordo o jovem Tom, que queria de todo modo "brincar" de voar. Foi quando a confiança no aparelho se elevou a tal ponto que concordaram em tentar vôos planados, partindo do alto de uma duna.

Os dias voaram. Em 23 de outubro, chegava a hora da despedida. Prometendo retornar no ano seguinte, os Wright deixaram a família Tate e partiram para Dayton. Os dois estavam revigorados. Sentiam-se como depois de uma longa temporada de férias. Na bagagem, informações preciosas sobre seus primeiros experimentos. Wilbur havia realizado 12 vôos planados e ficara, somando tudo, cerca de dois minutos no ar. Nada na escala de suas projeções mais otimistas, intrigado pela baixa sustentação do aparelho, mas satisfeito com os controles de elevação e torção de asa. E o mais importante, o que fazia o coração de Wilbur palpitar de emoção, é que os irmãos definitivamente estavam imersos no mundo da experimentação aeronáutica.

1901

Nem era dia quando Alberto se levantou. Embora o ar não oferecesse nenhuma evidência de que as primeiras horas da manhã seriam adequadas para estripulias aeronáuticas, o brasileiro compensava isso com inabalável vigor e entusiasmo. Às 4:30 da manhã, em plena sexta-feira, era visto em Paris com alguns mecânicos, conduzindo seu dirigível do parque do Aeroclube da França, em Saint-Cloud, até o hipódromo de Longchamp. Não fosse a hora, sua presença certamente não teria passado despercebida. Desde que iniciou suas experiências, Santos-Dumont não tardou a ser reconhecido pelos cidadãos de Paris como o homem dos ares.

E quanto progresso ele havia feito, em tão pouco tempo. Em 1898, logo após seu primeiro vôo, havia decidido tornar-se um projetista de balões. O primeiro, pequeno, ele chamou de *Brasil* — uma tentativa de, no ar, matar as saudades da terra natal. O segundo, maior para levar mais gente, foi batizado, natural e seqüencialmente, *L'Amérique*.

Mas, desde a primeira subida, Alberto estava mesmo intrigado com a possibilidade de dar direção a um aeróstato. Ainda naquele ano, após dominar a arte do vôo livre, deu o passo seguinte, tido como impensável pela maioria dos balonistas: projetou e fez voar um dirigível. Equipado com um motor movido a petróleo — saído diretamente de um triciclo com que costumava disputar corridas com outros *bons vivants* parisienses —, nascia o singelo *N° 1*.

A barquinha do piloto ainda lembrava muito a dos balões, mas a forma alongada do invólucro, como um longo charuto, não deixava enganar. Para os observadores, era uma verdadeira temeridade manter tão próximos um motor de explosão e um saco cheio de hidrogênio, gás altamente inflamável. Mas a convicção e a coragem de Alberto pareciam suprimir quaisquer riscos. No final das contas, os resultados não foram nada que pudesse ter sido chamado de sucesso estrondoso e imediato. Ainda assim, seu criador seguia vivo e bem, completado o primeiro passo na direção do controle de vôo.

No ano seguinte, outros dois modelos saíram da mente fértil do inventor. O *N° 2* e o *N° 3*, é bom que se diga, eram bem diferentes entre si. O primeiro seguia de perto seu predecessor (inclusive nos resultados obtidos). O segundo ganhou um invólucro mais cheio e menos extenso, similar a uma bola de rúgbi. Em 1900, surgiu o meio-termo, *N° 4*, com algumas importantes inovações. O invólucro não era nem tão comprido quanto o do *N° 2*, nem tão curto quanto o do *N° 3*. E Santos-Dumont abandonou a barquinha de balão, que até então lhe havia servido tão bem, em troca de uma nacele, estrutura alongada que dava equilíbrio ao dirigível. Ele se sentava sobre ela quase como numa bicicleta. Agradou-lhe tanto o desenho da aeronave que Alberto se deu por satisfeito apenas fazendo pequenas modificações no modelo durante aquele ano. Aliás, o *Nº 4* fora motivo de grande orgulho. Lembrava-se com afeição das demonstrações que dera em setembro de 1900, arrancando mais cumprimentos dos membros do Congresso Internacional de Aeronáutica, dentre eles o norte-americano Samuel Langley. Tão entusiasmado ficou o secretário da Instituição Smithsonian que fez questão de assistir, dias depois, a um ensaio rotineiro do aeronauta brasileiro, a quem mais uma vez cobriu de elogios. Com tanto sucesso, não é surpresa que Santos-Dumont tenha guardado a construção de seu modelo seguinte só para 1901. E, naquele 12 de julho, mesmo com o tempo nublado, o inventor estava ansioso para testá-lo pela primeira vez. O *Nº 5* levava consigo um poderoso motor a petróleo de 15 cavalos, ligado a uma hélice que dava ao balão força suficiente para enfrentar a maioria dos ventos.

O brasileiro apreciava sobremaneira a ascensão inaugural de cada um de seus inventos. Era como o primeiro encontro com a criatura amada, um misto de hesitação e excitação, sentimento, apreciação, reconhecimento. Não demorou muito a se apaixonar pelo seu *Nº 5*. Na verdade, pensando melhor, via-o mais como um filho: Alberto já o amava antes mesmo de nascer.

E lá estavam os dois, no ar, circulando o hipódromo, a uma altura de 150 a duzentos metros. Ao completar a décima volta ao redor da pista, Alberto fez as contas e estimou ter concluído um percurso de mais ou menos 35 quilômetros. Não pôde deixar de pensar que aquele trajeto parecia muito mais emocionante para os cavalos do que para os pássaros, e decidiu que era hora de um passeio de verdade. Rumou na direção de Puteaux, um centro industrial situado uns dois quilômetros a oeste de Paris. De repente, um barulho ensurdecedor, e um susto: o apito seqüencial da sirene de cada uma das fábricas fez o coração de Alberto quase saltar pela boca. Rapidamente refeito, deu duas ou três voltas por ali e depois regressou a Longchamps.

Todas as manobras foram executadas com tamanha facilidade que o inventor decidiu então tentar a maior das proezas: circunavegar a Torre Eiffel, símbolo máximo da modernidade parisiense. Seus amigos e mecânicos ali presentes bem que tentaram dissuadi-lo.

— Mas olhe a névoa que recobre a cidade, *Monsieur Santôs*! Nem se pode ver a torre daqui!

— Não se preocupe, meu amigo, eu sei onde ela fica! — retrucou Alberto.

— E de que adianta ir até lá se a Comissão do Aeroclube não foi comunicada e não está reunida?! Se tiver sucesso e regressar em menos de trinta minutos, terá sido em vão, não poderá clamar pelo prêmio!

Alberto parou e pensou. Sim, o Prêmio Deutsch! Ele lembrava de forma vívida o dia em que Henri Deutsch de la Meurthe, o magnata do petróleo, se apresentou no Aeroclube da França, com uma expressão recatada e uma proposta bem audaciosa. Daria 100 mil francos ao primeiro que conseguisse com um balão dirigível ir de Saint-Cloud à Torre Eiffel, contorná-la e regressar em até trinta minutos, num percurso total de 11 quilômetros.

Era o tipo de desafio que atiçava a audácia de Alberto. Desde 9 de abril do ano anterior, quando Deutsch o concebeu, o aeronauta brasileiro estava determinado a vencê-lo. Para isso, precisaria comunicar qualquer tentativa à Comissão do Aeroclube com 24 horas de antecedência, a fim de que se fizesse avaliação justa e imparcial do resultado obtido. Se conseguisse realizar a façanha naquele dia, de nada valeria. Ainda assim, não pôde rejeitar a oportunidade.

— Faço hoje apenas pelo *sport* — disse o inventor, dando as costas aos amigos e partindo em seguida. Destino: Torre Eiffel.

Ainda sem poder vê-la, Alberto voava com confiança. Quando estava por sobre os jardins do Trocadéro, a uns duzentos metros do Campo de Marte, a sorte pareceu tê-lo abandonado. Uma das cordas de manobra do leme rompeu-se, prejudicando o funcionamento e multiplicando os riscos de uma queda. Era preciso consertar. Puxou a corda-guia para mudar o centro de gravidade da aeronave, colocando-a numa posição diagonal, com a frente apontando para baixo — passou a descer lentamente, indo pousar em meio às plantas. Logo apareceram alguns homens por lá.

— Precisa de algo, *Monsieur Santôs*?

— Uma escada. Uma das cordas do leme rebentou-se, preciso subir até lá para consertá-la.

Em poucos minutos, lá estava uma grande escada de madeira, equilibrada por quatro ou cinco prestativos parisienses. Alberto subiu uns vinte degraus, até alcançar a corda. Sem mais, deu-lhe um nó, atando as pontas soltas, puxou-as como que para verificar a firmeza do improviso e desceu. Não lhe tomou mais que um minuto colocar o dirigível em seu estado normal de operação. "Que seja meu único incidente", agourou o inventor. Voltou à nacele e iniciou a subida. O invólucro estava tão cheio quanto nas primeiras horas do dia, o que proporcionou uma rápida ascensão. E lá se ia *Monsieur Santôs* mais uma vez na direção da imensa torre do engenheiro civil Gustave Eiffel.

Conforme Alberto se aproximava de seu objetivo, o povo de Paris parecia mais alvoroçado lá embaixo. Jogavam chapéus para cima, acenavam para o inventor, ouvia-se vez por outra um grito de encorajamento, que Alberto escutava baixinho, distante. Fez uma ampla curva ao redor da Torre Eiffel, para delírio dos transeuntes. O orgulho estufava-lhe o peito. "Queria que meu pai estivesse vendo", pensou o brasileiro. Sentia muita falta do pai, falecido em 1892. Uma forma de homenageá-lo era seguir expressamente suas instruções. O sr. Henrique Dumont, grande cafeeiro de São Paulo, havia deixado a Alberto dinheiro mais do que suficiente para seu futuro. Pediu então ao filho, percebendo desde cedo os talentos do jovem, que não se preocupasse em ganhar a vida, mas que estudasse, e que tentasse a sorte investindo contra os problemas da mecânica. À sua própria maneira, Alberto sentia que estava fazendo exatamente o que lhe fora instruído.

Por isso, já havia decidido: caso ganhasse o Prêmio Deutsch, não ficaria com o dinheiro. Em vez disso, daria parte da quantia a seus mecânicos e o resto faria com que fosse distribuído entre os pobres de Paris. O objetivo maior do inventor, de fato, era arrebatar os corações das pessoas, não seus bolsos. Ganhar a disputa certamente ajudaria nessa "missão". "Disputa...", pensou ele, logo após contornar a torre e partir na direção de Longchamps. "Cá para nós, sei muito bem que não há disputa alguma. Eu sou o único balonista em todo o mundo civilizado que está em condições de vencer o Prêmio Deutsch."

Tamanha era a confiança de Alberto que ele mesmo instituiu uma outra competição no Aeroclube. Ao vencedor do chamado Prêmio Santos-Dumont seriam entregues 4 mil francos. Bastava para isso realizar as proezas exigidas por Henri Deutsch, mas sem a limitação de tempo imposta pelo milionário do petróleo. Detalhe: o proponente, Alberto, estava automaticamente impedido de participar.

Ovacionado pela população, o aeronauta regressou a Longchamps, onde alguns mecânicos e entusiastas aguardavam, preocupados com a demora. Contando o tempo que levou para consertar o dirigível no Trocadéro, o inventor havia consumido uma hora e seis minutos. Descansou um pouco, conversando com quem ali estava, e partiu mais uma vez. Voou por sobre o rio Sena a duzentos metros de altitude e foi guardar a aeronave em Saint-Cloud. Lá, comunicou:

— Pois que convoquem a Comissão do Aeroclube. Amanhã, às 6:30 da manhã, tentarei vencer o Prêmio Deutsch.

— Os engenheiros têm evitado, até anos recentes, qualquer coisa relacionada à navegação aérea.

Assim Octave Chanute abriu sua apresentação à distinta platéia da Sociedade de Engenheiros do Oeste, em 18 de setembro de 1901. A reunião em Chicago contava com a presença de cerca de sessenta pessoas, salvo uma ou outra exceção, todas do sexo masculino.

— Os que se aventuraram, apesar da aversão associada a esse estudo, ficaram de pronto satisfeitos com a noção de que o grande obstáculo no caminho era a falta de um motor leve o bastante para sustentar seu próprio peso e o de um aeroplano no ar. Quinze anos atrás o motor a vapor mais leve era o motor marinho, pesando sessenta libras por cavalo-vapor, enquanto o motor a gasolina pesava muito mais; o da locomotiva pesava duzentas libras por cavalo-vapor. Durante os últimos 15 anos uma grande mudança aconteceu. Motores a vapor foram produzidos com peso de apenas dez libras por cavalo-vapor, e motores a gasolina foram reduzidos a 12,5 a 15 libras por cavalo-vapor, de forma que o *status*, no que diz respeito aos engenheiros, mudou imensamente, e há alguma esperança de que, ao menos para alguns propósitos limitados, o homem possa enfim ser capaz de voar. Há, no entanto, antes que isso possa acontecer — antes que um motor possa ser aplicado a uma máquina voadora —, um importante problema a resolver: o da segurança e estabilidade. Eu tive a honra de contar a vocês, uns quatro ou cinco anos atrás, algo sobre o progresso que havia sido feito até aquele momento. Desde então mais avanços foram obtidos por dois senhores de Dayton, Ohio — o sr. Wilbur Wright e o sr. Orville Wright —, que executaram alguns experimentos muito interessantes em outubro de 1900. Esses experimentos foram conduzidos numa praia da Carolina do Norte, e foram mais uma vez retomados em julho último. Esses senhores foram audazes o bsatante para tentar algumas coisas que nem Lilienthal, nem Pilcher, nem eu mesmo tivemos coragem de tentar. Eles usaram superfícies muito maiores em comprimento do que as que eram até então consideradas seguras, e obtiveram resultados memoráveis, parte dos quais tive o privilégio de ver numa visita que fiz ao acampamento deles cerca de um mês atrás. Achei que seria interessante para os membros desta sociedade serem os primeiros a saber dos resultados obtidos, e portanto eu tenho a honra de apresentar-lhes o sr. Wilbur Wright.

Aplausos crepitam pelo auditório, e o palestrante se levanta e toma a frente. Wilbur, vestido num terno escuro e usando uma boina que escondia sua calvície, estava nervoso.

Esfregava as mãos uma na outra, ao iniciar sua apresentação. Começou por exaltar os sucessos de seus predecessores, qualificando todos os avanços como fruto quase exclusivo de três homens: Lilienthal, Pilcher e Chanute. Enfatizou a necessidade que via em dominar o controle de um aeroplano, mais do que obter propulsão suficiente para colocá-lo no ar. Então as luzes se apagaram, ficando apenas uma pequena iluminação para que ele continuasse a ler sua apresentação, e iniciou-se uma projeção de algumas das imagens obtidas por ele e por Chanute durante a temporada de experimentos daquele ano.

Primeiro ele reportou os sucessos do ano passado, com o teste bem-sucedido do sistema de equilíbrio lateral baseado na torção de asa, para depois atualizar os membros da sociedade de engenheiros sobre os "avanços" de 1901. Ele não usou as aspas, mas certamente pensou nelas. Apesar de terem construído e voado com sucesso o maior planador já projetado pelo homem (feito que muito impressionava o entusiasmado Chanute), Wilbur viu no novo invento mais problemas do que no primeiro que haviam construído. E o pior, o que lhe feria fundo, ele não podia identificar a fonte das dificuldades.

A menos grave era a falta de sustentação. Por alguma razão, o planador dos Wright, com sua envergadura impressionante de 22 pés, se recusava a obedecer à tabela elaborada por Lilienthal e se apoiar adequadamente nos ventos para se manter no ar. Isso já havia acontecido no ano anterior, mas o crescimento do planador tornou a situação ainda mais intrigante.

A pior, no entanto, era o perigo. Wilbur sempre soube que a experimentação nessa área era arriscada, mas agora sentia que a situação havia fugido ao controle. O planador gigante parecia muito mais arredio. O sistema de controle lateral continuava funcionando, mas vez por outra a máquina tendia a erguer a frente mais do que devia, ameaçando uma perda de velocidade e uma queda abrupta, seca. Em mais de uma situação, ele e Orville enfrentaram essa dificuldade, e somente forçando o elevador frontal ao limite eles conseguiram recobrar o controle e obter um pouso suave. Fosse apenas um pouco pior, poderiam ter tido um fim trágico da temporada em Kitty Hawk. No entanto, a ausência de um acidente não impediu Wilbur de ficar deprimido. Ao deixar a Carolina do Norte, estava convencido de que ainda seriam necessários mais cem anos de pesquisa até que o homem dominasse os humores dos ventos e de fato voasse.

Apesar desses sentimentos, ainda presentes, Wilbur conduziu sua apresentação com um tom equilibrado e clareza tranqüilizante. Depois que o nervosismo de falar em público passou, sua voz ganhou mais firmeza, e ele evitou imprimir dramaticidade ao relato. Concluiu reforçando as conclusões mais claras que os experimentos haviam proporcionado. Entre elas, que a torção de asa e a posição horizontal para o operador da máquina haviam se consagrado nos testes, mas que mais trabalho precisava ser feito no sentido de entender como se obtém sustentação suficiente para realizar um vôo planado duradouro. Talvez a tabela de Lilienthal estivesse errada, afinal.

Ao concluir, foi mais uma vez ovacionado. Chanute foi o primeiro a caminhar na direção dele e cumprimentá-lo pela apresentação.

— Meus parabéns, sr. Wright, uma apresentação muito clara e precisa!

— Obrigado, sr. Chanute. Eu é que agradeço pela oportunidade.

— O privilégio foi nosso. Estou certo de que todos os presentes apreciaram a palestra, mas depois que falar com eles poderei dar mais detalhes do que acharam. Sei que aquela mocinha sentada na terceira fileira gostou muito — arrematou Chanute, com um sorriso no canto da boca.

— Eu... eu não reparei — desconversou Wilbur. — Como já havia escrito ao senhor, o nervosismo era tanto por falar a tão ilustre platéia que pouco efeito teve em mim a presença de mulheres.

Um pequeno instante de desconforto emergiu disso, até Chanute decidir levar o assunto para o lado sério.

— Interessou-me especialmente sua posição relativa à tabela de Lilienthal. O senhor acredita que há um erro nela, é correto?

— Sim, como sabe, eu e meu irmão estamos muito intrigados com a discrepância entre os números de *Herr* Lilienthal e nossos resultados. Mas estou desenvolvendo um meio de testá-los em laboratório. Em breve teremos em nossa oficina um dispositivo que permitirá o cálculo preciso do empuxo obtido por diversas superfícies. Pretendemos realizar esses testes antes de iniciar os planos para a construção de um terceiro planador.

— Sim, sei que outros experimentadores já tentaram realizar testes similares em laboratório, mas anseio pelos resultados de vocês. — Chanute terminou a frase e tocou o ombro de seu amigo. — Deixe-me aproveitar a ocasião para agradecê-los pessoalmente por terem recebido o sr. Huffaker e o sr. Spratt em seu acampamento, em Kitty Hawk.

— Eu e meu irmão é que ficamos gratos. Eles foram muito prestativos e certamente a ajuda veio bem a calhar na condução dos testes — disse Wilbur, tentando parecer o mais convincente possível. — Temos lá os Tate, que são sempre muito gentis, mas foi bom ter também pessoas com experiência em trabalhos no problema do vôo.

Na verdade, Wilbur havia tomado verdadeira repulsa de Huffaker. Pior que ele só mesmo os mosquitos, que não perdoaram os homens do acampamento. Pouco antes do início dos experimentos, Kitty Hawk fora varrida por fortes tempestades. Depois delas, os mosquitos vieram e desferiram sem perdão suas ferroadas. Nem mesmo o edifício de madeira que eles ergueram para montar e guardar seu planador os protegeu dos ataques. Na ocasião, Wilbur marcou em seu diário que não sabia o que era pior, se Huffaker ou os insetos. Depois que o tempo passou, e o ex-auxiliar de Langley não estava mais por perto para atazanar, o veredicto foi que os mosquitos ainda eram mais insuportáveis.

105

— Mas vamos, vamos para minha casa, lá conversaremos mais. — Chanute conduziu Wilbur suavemente pelo braço, interrompendo seus pensamentos desagradáveis. O mecânico de Dayton cumprimentou mais dois ou três engenheiros na saída e partiu com o amigo. Dormiria na casa dele e rumaria de volta a Ohio, de trem, na manhã seguinte.

E lá ia Alberto, circunavegando a Torre Eiffel. A população de Paris, sempre entusiasmada com os feitos do aeronauta, atirava seus chapéus para cima e bradava em sinal de encorajamento. Parecia a primeira vez que tal cena ocorria. Não era. Lá em cima, o inventor já não se sensibilizava tanto. Na verdade, a tensão era o sentimento dominante a duzentos metros de altura.

Depois do feito de 12 de julho, Santos-Dumont já era visto no mundo inteiro como o príncipe dos céus. A imprensa não quis esperar a vitória no Prêmio Deutsch para decretar concluída a conquista da dirigibilidade dos balões. De toda parte, o inventor brasileiro recebeu grandes homenagens. A que mais lhe tocou veio dos Estados Unidos. Uma fotografia de um colega inventor — possivelmente o mais famoso e sagaz de todos eles —, com os dizeres:

> A Santos-Dumont
> O Pioneiro dos Ares
> Homenagem de Edison

Recebera honra similar vinda de Guglielmo Marconi, assim como cartas de ídolos como H. G. Wells e Jules Verne, e um convite da famosa atriz francesa Cécile Sorel para jantar, acompanhado por flores. Mas o que realmente o entusiasmava eram as reações exclamativas da imprensa, dos amigos e da gente; Alberto queria fazer mais manchetes. No dia seguinte à primeira circunavegação da Torre Eiffel, conforme havia prometido, partira em seu N° 5 à caça do Prêmio Deutsch. Deixando Saint-Cloud às 6:41 da manhã, concluiu com sucesso o caminho de ida. Na volta, em compensação, o vento contrário se fortaleceu, e o motor de seu invento ameaçou falhar em várias ocasiões. Para evitar acidentes com a aeronave, fora obrigado a descer prematuramente no parque do barão de Rotschild. A conquista do prêmio ficaria para outra ocasião.

Alberto então preparou tudo para 8 de agosto. Naquele dia, mais uma vez o N° 5 conseguiu contornar com sucesso a Torre Eiffel. A confiança do inventor para enfrentar o perigo era cada vez maior e, graças a seus feitos, avistar uma aeronave voando pelos céus de Paris não parecia mais um evento sobrenatural. No ar, entretanto, autoconfiança em excesso pode ser fatal. Logo após contornar o monumento, sem explicação, o balão de Alberto começou a se contrair, fazendo seus fios se afrouxarem e descerem.

As hélices os atingiram. Cortaram uma, duas, três das cordas de piano que prendiam a nacele ao invólucro de gás. O brasileiro desligou o motor o mais rápido que pôde, para impedir a completa destruição de seu invento, a centenas de metros de altitude. Mas o vento, inclemente, fez de tudo para arrastar o dirigível desfigurado na direção da torre. Alberto poderia ter soltado o gás do balão, para amortecer a queda. Pensou que tal ação fosse atirá-lo violentamente contra a torre e decidiu seguir em frente. O balão perdeu altitude em disparada. Foi se chocar contra o telhado de um edifício. De repente, uma forte explosão. O invólucro estourou a 32 metros de altura, e a nacele ficou suspensa por cima do bloco dos edifícios do Trocadéro. Santos-Dumont ficara preso na barquinha do veículo.

A população de Paris, que a tudo testemunhou, estava alvoroçada com o tamanho do acidente. Quem não viu, ouviu. Os bombeiros da guarnição de Passy observaram tudo e logo se encaminharam para o local. Ao chegar ao topo do edifício, viram Santos-Dumont, pendurado no que restou do *Nº 5*, a uns 15 metros de altura. Lançaram uma corda. O inventor, surpreendentemente sem ferimentos, agarrou-se a ela e escalou o edifício. "Nessas horas é bom pesar 51 quilos", pensou Alberto. Os bombeiros se espantaram com a bravura do aeronauta, que fez de tudo para convencê-los de que nada extraordinário havia ocorrido.

— Não foi nada, oficial. Muito obrigado pela ajuda.

— *Monsieur Santôs*, o senhor está bem? O dirigível ficou em pedaços!

— Não se preocupe com ele. Pois pretendo iniciar a construção de um novo aparelho imediatamente. E não tardará a me ver mais uma vez contornando a torre.

Assim partiu o inventor, convincentemente bancando o homem mais frio do planeta e já planejando uma versão atualizada de seu dirigível. Vinha aí o *N° 6*, com que ele tentaria finalmente vencer o desafio de Henri Deutsch.

Mais uma vez a Comissão do Aeroclube foi convocada. Naquele 19 de outubro, Santos-Dumont partiu de Saint-Cloud às 2:42 da tarde. O dia estava nublado, como o glorioso 12 de julho, e isso animava o brasileiro. Em apenas nove minutos, já estava contornando a Torre Eiffel. Teria confortáveis 21 para fazer a viagem de volta. Mesmo assim, relembrando os episódios anteriores, Alberto tentou não cantar vitória antes da hora. Atitude sábia.

O vento contrário parecia lutar para impedi-lo de chegar a tempo. E o motor mais uma vez quis traí-lo, ameaçando panes durante vários trechos do percurso. Lutando contra tudo isso, ele ainda assim concluiu a jornada. Passou a linha de chegada em alta velocidade, com 29 minutos e 15 segundos desde a partida, e os mecânicos não conseguiram imediatamente prender o dirigível para ajudá-lo a descer. Quando finalmente o balão foi agarrado, o relógio marcava trinta minutos e quarenta segundos. Segundo uma mudança de última hora nas regras do concurso, o cronômetro só parava quando o balão estivesse preso ao chão. Afinal, havia ou não sido conquistado o Prêmio Deutsch?

A polêmica estava instaurada na Comissão do Aeroclube, composta por várias figuras ilustres da sociedade parisiense, entre elas o marquês Albert de Dion e Henri Deutsch.

Ainda lá de cima, sem saber de nada, Santos-Dumont gritava:

— Ganhei?

A multidão não se conteve na euforia, declarando-o vencedor, mas o inventor voltou a perguntar, desta vez já no chão, falando com Deutsch.

— Ganhei?

— Na minha opinião você ganhou o prêmio, meu caro amigo, embora tenha chegado alguns segundos atrasado.

— Quanto tempo eu gastei? — perguntou Alberto, apreensivo.

O marquês Albert de Dion calculou e estocou.

— Meu amigo, você perdeu o prêmio por quarenta segundos.

A multidão em volta se revoltou. Alberto estava ali, envolvido por seus admiradores, braços cruzados, com um ar de indignação. O marquês parecia feliz por vê-lo derrotado, mas viu que a situação era instável e podia sair do controle.

— Precisamos cumprir o regulamento! — gritou ele ao povo.

Nisso, Deutsch de la Meurthe pede silêncio para se manifestar. Depois de trocar olhares com os membros da Comissão, ele repetiu a Alberto, num consternado tom de desculpas.

— É necessário que cumpramos o regulamento.

Alberto perdeu as estribeiras.

— Eu sei que ganhei o prêmio, e se não recebê-lo não farei outra tentativa. Não serei eu o perdedor, e sim os pobres de Paris.

A multidão mais uma vez foi chamada à ação. Deutsch tentou novamente apaziguar.

— Ofereço-lhe 10 mil francos para os pobres.

Alberto nem se deu ao trabalho de responder. Instruiu ao mecânico que recolhesse o *N° 6* e partiu em seu automóvel, totalmente arrasado.

Alguns dias depois, numa reunião secreta realizada no Aeroclube da França, depois de uma tentativa de apedrejamento de sua sede, Santos-Dumont foi declarado vencedor do Prêmio Deutsch, por 13 votos a nove. A sorte da votação foi influenciada pelo ativismo do príncipe Roland Bonaparte, que ameaçou levar o caso aos tribunais caso o brasileiro não fosse reconhecido. Alberto distribuiu parte do prêmio a seus colaboradores e o restante da quantia a 3.950 pobres de Paris. Após o resultado, o inventor cortou sua associação com o Aeroclube. Sua popularidade era maior do que nunca.

1902

O editor da *American Inventor* coçou a cabeça, com um ar indeciso. Reclinado sobre sua mesa, avaliava alguns papéis. Não tardou até que Joe notasse a expressão perturbada de seu superior.

— O que foi, chefe? Problemas?

— Veja você mesmo — disse o editor, estendendo a mão para entregar ao jornalista uma carta, acompanhada por fotografias. Joe começou a lê-la. Escrita no dia 17 de janeiro, a missiva descrevia uma curiosa máquina voadora nas palavras de seu próprio inventor, um tal de Gustave Whitehead.

Esta nova máquina foi testada duas vezes, em 17 de janeiro de 1902. Foi projetada para voar apenas sobre curtas distâncias, mas a máquina se comportou tão bem no primeiro teste que cobriu quase duas milhas sobre a água em Long Island Sound e pousou na água sem acidente com a máquina ou com o operador. Foi então rebocada de volta ao local de partida. No segundo teste, começou do mesmo lugar e navegou comigo mesmo a bordo na travessia de Long Island Sound. A máquina se manteve estável ao cruzar o vento a uma altura de cerca de duzentos pés, quando surgiu em minha mente a idéia de tentar guiá-la num círculo. Assim que virei o leme e fiz um propulsor girar mais depressa que o outro, a máquina se curvou e voou para o norte, com o vento a uma velocidade assustadora, e virou-se progressivamente até que eu visse o local de partida ao fundo. Continuei a virar, até me aproximar da terra novamente, quando reduzi os propulsores e a afundei gentilmente, submergindo apenas um pouco na água, ela prontamente flutuando como um barco. Meus homens então a puxaram para fora da água e, como o dia estava para terminar e o tempo estava mudando para pior, decidi levá-la para casa até a primavera.

O percurso do vôo no primeiro teste foi de cerca de duas milhas e, no segundo, cerca de sete milhas. O último teste foi um vôo circular, e como retornei com sucesso ao meu ponto de partida com uma máquina até então não testada e mais pesada que o ar, considero a viagem um grande sucesso. Até onde eu saiba, é a primeira do tipo. Este relato até agora não foi publicado em lugar algum.

Não tenho fotografias tiradas do *Nº 22*, mas envio algumas do *Nº 21*, já que essas máquinas são exatamente iguais, exceto pelos detalhes mencionados. O *Nº 21* fez quatro viagens, a maior delas de 1,5 milha, em 14 de agosto de 1901. As asas de ambas as máquinas medem 36 pés de ponta a ponta, e o comprimento da máquina inteira é de 32 pés. Ela corre no chão a cinqüenta milhas por hora, e no ar viaja a cerca de setenta milhas. Acredito que, se desejado, ela pode voar a cem milhas por hora. A potência embarcada é consideravelmente maior que a necessária.

Acreditando, com Maxim, que o futuro da máquina aérea está num aparato sem o invólucro de gás, escolhi o aeroplano e continuarei estudando-o até que eu tenha tido sucesso completo ou morra na tentativa de tê-lo.

Logo que eu levar minha máquina para fora nesta primavera, relatarei a vocês. Descrever a sensação de voar é quase impossível, porque, na verdade, um homem fica mais apavorado do que qualquer outra coisa.

Crendo que isso vá interessar a seus leitores, coloco-me à disposição,

Muito sinceramente,

Gustave Whitehead

Joe terminou de ler, deu uma olhada nas imagens enviadas pelo missivista — fotos de uma máquina elegante, com duas asas similares às de um morcego, e um corpo que lembrava mesmo um barco —, mas não ficou tão impressionado. O jornalista entregou o material ao editor, com um ar de desdém.

— Vamos lá, chefe. Qual é o drama? É obviamente uma fraude. Esses inventores adoram exagerar seus feitos. Não há uma foto da máquina em vôo. Só a palavra dele não basta para comprovar nada.

117

— Eu sei, Joe, eu sei. Mas não tão depressa. Eu chequei esse cara. Houve, de fato, nos jornais, vários relatos dos vôos que ele teria feito em 14 de agosto do ano passado. Ele é relativamente famoso por sua habilidade na construção de motores. Na verdade, um alemão, Gustav Weisskopf. Conheceu Otto Lilienthal. Estudou com ele. Esteve de passagem pelo Brasil e, enfim, estabeleceu-se em Bridgeport, Connecticut. Até a *Scientific American* já reportou algo de suas máquinas.

— Bem, se o cara é para valer, então por que você não pede simplesmente uma confirmação do feito? Sei lá, uma fotografia, algo do tipo...

— Eu já fiz isso.

— E...?

— Veja o que recebi — o editor mais uma vez estende o braço e entrega uma única folha a Joe.

Editor, *American Inventor*

Caro senhor:

Sua carta do dia 26 foi recebida. Sim, era uma máquina voadora em tamanho real e eu mesmo voei sete milhas e voltei ao meu ponto de partida.

Em ambos os vôos descritos em minha carta anterior, eu mesmo voei na máquina. Isso, é claro, é novo para praticamente todo o mundo, mas eu não ligo muito para receber publicidade, exceto a que vem de uma boa publicação como a sua. Tais relatos podem ajudar outros que estão trabalhando na mesma linha. Assim que puder vou tentar de novo. Nesta primavera eu farei fotografias da *Máquina Nº 22* no ar e fornecerei ao senhor as imagens obtidas durante seu vôo. Se o senhor quiser vir e tirar as fotos em pessoa, tanto melhor. Tentei isso antes, mas no primeiro teste o tempo estava ruim, um pouco chuvoso e um céu muito nublado, e as imagens feitas não saíram direito. Eu não posso fazer nenhuma exposição prolongada da máquina quando em vôo por conta de sua alta velocidade.

Incluo um pequeno rascunho mostrando o curso que a máquina tomou em seu vôo mais longo, em 17 de janeiro de 1902.

Imaginando que isso será satisfatório, coloco-me à disposição,

Sinceramente,

Gustave Whitehead

— Bem, se o cara é sério, por que não publica?

— Joe, o que ele está dizendo é que conseguiu fazer um vôo sustentado e controlado com uma máquina mais pesada que o ar. Você tem idéia de quanto o governo dos Estados Unidos está gastando para conseguir a mesma coisa? É coisa séria... a nossa reputação, ao publicar isso, está em jogo aqui. Uma coisa é uma reportagem de jornal. Eles adoram inventar histórias para fisgar leitores. Mas aqui isso não funciona.

— Bem, tenhamos em mente que é apenas uma carta. Por que não a publicamos, com uma nota alertando para a falta de provas? Talvez abrir o jogo com o leitor seja a melhor saída. Assim não somos furados, caso seja verdade, mas também não compramos as mentiras do alemão, caso sejam mesmo mentiras.

— Hmmm. Pode ser. Vou ver o que faço disso.

Na auspiciosa edição de 1º de abril de 1902, a *American Inventor* publicou a missiva de Whitehead. Acompanhada dela, uma nota dos editores.

> Os leitores de jornal vão se lembrar de vários relatos das performances do sr. Whitehead no verão passado. Provavelmente a maioria das pessoas os descartou como fraudes, mas parece que a resposta há muito buscada para o problema mais difícil que a Natureza impôs ao homem está gradualmente sendo alcançada. O editor e os leitores das colunas aguardam com interesse as prometidas fotografias da máquina no ar. A similaridade desta máquina com a máquina voadora experimental de Langley é bem evidente na ilustração, reimpressa de uma edição anterior. O sr. Langley, é bom lembrar, foi o primeiro a demonstrar a possibilidade de vôo mecânico.

Após essa publicação, nenhuma fotografia ou experimento com o *Nº 22* de Gustave Whitehead voltou a aparecer na imprensa. Se novos testes foram realizados, o inventor guardou-os para si mesmo.

Alberto já estava se adaptando a viver entre os grandes. Depois de seus sucessos com os dirigíveis *Nº 5* e *Nº 6*, a aclamação popular em Paris e as manifestações entusiasmadas vindas das partes mais remotas do globo, o aeronauta se sentia como o representante e máximo especialista de seu ofício. A mesma opinião tinham seus admiradores. E agora, lá estava ele, sendo recebido pelo presidente dos Estados Unidos da América.

A imprensa local, obviamente, cercou todos os eventos que pontuaram a visita de Santos-Dumont ao país. Três dias antes, em 13 de abril, o brasileiro havia encontrado Thomas Edison, em Menlo Park. Os dois trocaram elogios e falaram sobre as possíveis intersecções entre aeronáutica e eletricidade, num ambiente de admiração e respeito mútuo. Uma conversa de inventor para inventor.

Agora, no entanto, era diferente. Alberto estava sendo recebido pela autoridade máxima do maior país das Américas, terra que então abrigava os mais famosos inventores da atualidade. Havia um charme indescritível no ambiente que circundava a Casa Branca, uma mistura da pompa que caracterizava a aristocracia européia com o ar moderno, jovial e inspirador daquela nação. Mas Theodore Roosevelt tinha mais que uma cerimônia de homenagens em mente quando convidou o inventor a visitá-lo. Ele queria aconselhamento.

— Estou feliz em vê-lo, sr. Santos-Dumont. Em nome do povo americano, gostaria de parabenizá-lo por elevar o nome de todas as nações das Américas junto ao seu. Sabe o senhor que meu filho se interessa muito pelos seus experimentos aéreos? Ele espera que logo sua aeronave aterrisse nos jardins da Casa Branca...

— Sou eu que agradeço muitíssimo pelas boas-vindas que tenho tido neste país, pelo qual sempre tive a maior estima. E digo o seguinte: se um dia tiver o privilégio de pousar na Casa Branca, ficarei feliz de levar seu filho a dar uma volta com minha aeronave — respondeu o brasileiro, num inglês perfeito, com um leve sotaque britânico.

— Nesse caso, não será o menino que você levará, mas a mim mesmo — brincou Roosevelt.

Após se cumprimentarem, foram ao gabinete do presidente, um espaço reservado ao qual a imprensa não teria acesso. Lá, os dois se sentaram e o estadista revelou o assunto que queria tratar com o aeronauta.

— Pois sabe, sr. Santos-Dumont, que eu tenho acompanhado com muita atenção os progressos da navegação aérea. Não só pelos feitos extraordinários que temos visto nos últimos tempos, mas especialmente pelas implicações que tais avanços, muitos deles devidos em grande parte ao senhor, podem ter no cenário de conflitos entre as nações.

— Compreendo perfeitamente, senhor presidente. E deixe-me dizer que considero louvável e salutar a sua postura. Como naturalmente o senhor sabe, o espaço deve se tornar cada vez mais importante em cenários de *warfare*.

— Sobre isso gostaria de ter seus conselhos de especialista. Para que fins, num conflito, um balão dirigível como os que o senhor tem construído e pilotado com tanta mestria poderia ser empregado?

— Bem, senhor presidente, a mais óbvia aplicação é o reconhecimento de territórios e o monitoramento da movimentação de pessoal em terra. Na verdade, é uma aplicação que já tem sido posta em prática com os balões livres por algum tempo. O dirigível amplifica esse potencial, ao colocar um vigia com controle total de movimentos por sobre um campo de batalha, longe do alcance da artilharia, mas perto o bastante para acompanhar o andamento de um conflito. Tive uma conversa interessante com o sr. Edison, e discutimos, entre outras coisas, formas de tornar esse reconhecimento aéreo ainda mais ágil e útil para o exército. Além disso, quem conduziu experimentos por sobre a água constatou que é possível distinguir objetos claramente, mesmo a grandes profundidades. Os dirigíveis são, portanto, a única forma conhecida de monitorar o movimento de submarinos. Seu desempenho nesse caso é sem igual e tem o potencial para revolucionar as táticas de guerra.

— Sim, sim, parece-me bastante claro que os balões são realmente úteis nesse sentido. Mas pergunto-me se eles poderiam ser igualmente valiosos tomando parte diretamente num conflito. Poder-se-ia, por exemplo, atacar submarinos sob as águas com artilharia instalada a bordo de um dirigível?

— Não se pode descartar essa possibilidade, senhor presidente, mas temo que ainda falte agilidade a essas máquinas para que elas possam não só carregar armas mas também dispará-las de forma efetiva contra um inimigo e, ao mesmo tempo, proteger-se do fogo adversário. Devo lembrar-lhe que o invólucro de gás, ainda que eu tenha conseguido reduzir suas dimensões em meus inventos, é grande e preenchido com uma substância deveras inflamável. Um tiro poderia muito bem explodir o balão e facilmente derrubá-lo.

Roosevelt não parecia surpreendido com as respostas; claramente estava bem informado sobre o assunto, e foi essa a impressão que passou ao inventor. O presidente se levantou para pegar um charuto, acendeu-o e estendeu a caixa a Alberto, que fez um discreto gesto negativo com a mão. A autoridade então voltou a se sentar e retomou a conversa, prendendo o charuto entre os dentes.

— Echa também é a avaliachão que che fasch no Echérchito e na Marinha dosch Echtadosch Unidosch, chenhor Schantosch-Dumont. — Tirou então o charuto da boca para prosseguir. — O que me leva à pergunta que realmente gostaria de fazer-lhe. Qual é a sua percepção dos trabalhos que têm sido feitos no setor de aeroplanos?

Alberto limpou a garganta antes de dizer, ganhando preciosos segundos para formular uma resposta.

— Tenho a mais profunda convicção de que os aeroplanos podem muito bem ser o futuro da navegação aérea, senhor presidente — começou ele. — No entanto, quero que me entenda bem, é exatamente isso que tenciono dizer, sem coloquialismos. No atual estado de coisas, os avanços do motor a petróleo ainda não apresentam suficiente confiança para inspirar a construção de uma máquina voadora mais pesada que o ar. Conheço as pesquisas de Lawrence Hargrave, um cientista australiano muito renomado, e de outros grandes inventores que trabalham no problema, mas até hoje é praticamente um consenso que os aeroplanos ainda não amadureceram o suficiente para substituir os dirigíveis, que só agora acabam de atingir a maturidade.

— Entendo... — Roosevelt preparava o terreno para tocar num assunto delicado. — Há muitos que concordam com o senhor nisso. Diga-me uma coisa. O senhor conhece o sr. Samuel Langley?

— Sim, naturalmente. Recebi uma visita do sr. Langley em Paris.

— E qual foi a sua impressão dele?

— Um cientista muito capaz e astuto, não tenho a menor dúvida.

— Pois bem. O governo dos Estados Unidos está investindo uma considerável quantia nas pesquisas do sr. Langley. Cinqüenta mil dólares americanos saídos do Departamento de Guerra, para que o senhor tenha uma idéia. Essas pesquisas ele diz que irão conduzir ao primeiro aeroplano prático e capaz de vôo sustentado. — Roosevelt se levantou e calmamente caminhou em torno da cadeira de Santos-Dumont, enquanto prosseguia. — Em seus últimos relatórios, ele diz que fará o primeiro lançamento de sua máquina, com um operador a bordo, no ano que vem. Acontece que nem todos os congressistas acreditam em seu sucesso, o que me deixa numa situação um pouco desconfortável. Qual seria a opinião do senhor a esse respeito?

Santos-Dumont não sabia muito bem o que dizer.

— Bem, senhor presidente, não tenho acompanhado com tanta proximidade o trabalho do sr. Langley, mas posso lhe assegurar que é um cientista da mais alta capacidade, e não consigo imaginar nenhuma pesquisa de sua lavra que fosse menos que totalmente digna da atenção dos Estados Unidos da América. Como eu disse, ainda acho que é cedo para que os aeroplanos dominem o cenário da navegação aérea, mas estou convencido de que será a partir de esforços como os que o sr. Langley tem promovido ao longo de muitos anos que essas máquinas irão florescer e construir o futuro. E admiro este país por tratar tal assunto com a prioridade demonstrada pelos investimentos que o senhor acaba de me relatar.

"Langley me deve uma", pensou o brasileiro, que logo após a refeição na Casa Branca visitaria o secretário da Instituição Smithsonian.

— Muito bom. Podemos nos encaminhar para o almoço? — desconversou Roosevelt, conduzindo o aeronauta. Na refeição que se seguiu, nada se falou sobre Langley ou aeroplanos. Ao final, o presidente foi cordial.

— Mais uma vez, sr. Santos-Dumont, agradeço pela visita. Espero que tenhamos nova chance de receber tão ilustre filho das Américas brevemente em nosso país. Entendo que ficará por mais alguns dias entre nós. — Roosevelt tentava dar a impressão de que aquele encontro era menos importante do que de fato teria parecido ao aeronauta.

— Sim, tenho planos de permanecer em Nova York até o final do mês — respondeu Santos-Dumont.

— Excelente. Desejo-lhe então uma boa estada nos Estados Unidos e um regresso seguro ao continente europeu.

Os dois homens trocaram um aperto de mãos e Alberto foi conduzido à saída por um dos assessores do presidente norte-americano.

Apenas três dias após a visita de Alberto à Casa Branca, desembarcou em Nova York um dos mais famosos e celebrados cientistas de todos os tempos: William Thomson, mais conhecido como lorde Kelvin. Seu semblante parecia dos mais desgastados, dada a idade avançada, somada à extenuante viagem de navio que acabara de enfrentar. A imprensa, alheia a isso, foi recebê-lo no cais do porto. Cansado, Kelvin não parecia muito disposto a atendê-los. Até que alguém lhe perguntou sobre o assunto do momento: que lhe parecia a aeronave de Santos?

— A aeronave de Santos? — perguntou Kelvin, subitamente recuperando parte do vigor, como que despertado de um sono profundo. — Ah! Vocês querem minha opinião, eu lhes darei facilmente. Acho que ela não tem nenhum valor prático. A aeronave de Santos-Dumont é um devaneio e um embuste. A idéia de balões impulsionados por remos é antiga e nunca teve utilidade prática. Não posso conceber como Santos-Dumont causou tamanha sensação. Seu plano é inútil, inútil. — Balançando a cabeça negativamente e gesticulando em sinal de desaprovação, arrematou. — Porque uma aeronave desse tipo para transportar passageiros, isto é, passageiros que pagariam por isso, não é viável.

O ruidoso aparelho de telefone tocou na casa de Octave Chanute, assustando o velho engenheiro. Já era tarde para receber uma ligação, e o dono da casa não tinha a menor idéia de quem o estaria chamando.

— Alô?
— Professor Chanute?
— É ele.
— Olá, professor. Aqui quem fala é Augustus Herring. Há quanto tempo, hein? Como vai o senhor?

Chanute respirou fundo. "Ah, não! O que será que ele quer?" Fazia algum tempo que não tinha notícias de seu antigo associado. Depois do encontro de 1898, os dois chegaram ainda a trocar algumas alfinetadas, movidas basicamente por correspondência. Na época, o engenheiro de Chicago estava convencido de que não queria mais ter negócios com este homem. Mas o tempo é o remédio para todos os rancores.

Agora, Herring lhe parecia apenas um construtor de máquinas voadoras com um ego maior do que sua limitada capacidade. Competente, mas muito menos do que se dizia. Isso se cura com lições de humildade.

— Olá, sr. Herring. Eu vou bem, obrigado. Ocupado. E o senhor, que notícias traz?

— Bem, sr. Chanute. Estou ligando justamente por isso. Estou com problemas... e sem trabalho. Perdi todo o financiamento para meus próprios experimentos e preciso pagar minhas contas. Aí ouvi dizer que o senhor estava planejando retomar os seus testes e imaginei que talvez eu pudesse lhe oferecer meus serviços como auxiliar.

Chanute pensou por um instante. Ele de fato poderia arrumar algo para ocupar Herring, mas estava em dúvida se deveria ou não fazê-lo. Por fim, decidiu ser generoso.

— Sim, não sei quem disse isso a você, mas é verdade — disse Chanute. — Estou pensando em reconstruir duas das máquinas de 96 e 97. A de duplo-deque, que você conhece bem, e a de asas múltiplas. Já tinha arrumado quem as fosse reconstruir, mas talvez seja possível repassar o trabalho a você.

— Oh, professor Chanute! Eu seria muito grato! Estou realmente precisando do serviço. O senhor pretende voltar a testá-las na região dos Grandes Lagos?

— Não, na verdade, não. Pretendo enviá-las a Kitty Hawk, um povoado na Carolina do Norte. O responsável pelos experimentos será o sr. Wilbur Wright, um rapaz de Ohio. Muito competente, por sinal. Era ele quem ia reconstruir as máquinas, com o objetivo de comparar o desempenho delas com o obtido por um invento de sua própria criação.

— Entendo. Será que ele se incomodaria se o senhor passasse a mim a responsabilidade de reconstruir? Tenho as plantas aqui comigo, e minha familiaridade com os projetos certamente facilitaria sua construção pelo menor custo possível. — Herring estava mesmo tentando conseguir o serviço. — Além disso, ainda tenho partes da minha máquina de duplo-deque, que poderiam ser usadas para a reconstrução a um preço muito baixo.

— Façamos o seguinte. Escreverei amanhã mesmo uma carta ao sr. Wright. Se ele concordar, passarei a você a tarefa. Está bem?

— Perfeitamente, sr. Chanute. Desde já, agradeço muito pela confiança.

— Não tem de quê, sr. Herring, não tem de quê. Tenha uma boa noite, sim?

— Boa noite.

Depois de desligar, Chanute refletiu e concluiu que seria mesmo melhor, até para garantir a fidedignidade dos experimentos, ter Augustus Herring como o homem responsável pela reconstrução. Sentimentos à parte, o engenheiro de Chicago escreveu a Wilbur Wright no dia seguinte, 24 de maio, perguntando se haveria problemas em passar o serviço. Não houve objeções.

Em 5 de outubro, o acampamento dos Wright em Kitty Hawk estava bastante agitado. Além das corriqueiras presenças da família Tate, haviam chegado ao local Octave Chanute e Augustus Herring. Durante a viagem, o engenheiro de Chicago havia prometido a seu antigo associado a mais espetacular sessão de vôos planados que ele já havia visto — ou feito. Agora era a hora de os irmãos de Dayton não deixarem o amigo se passar por mentiroso.

Wilbur e Orville haviam chegado à Carolina do Norte um mês e meio antes. Promoveram reformas em suas instalações e começaram a montagem da nova versão de seu invento. Por conta dos descontroles inusitados da máquina construída no ano anterior, decidiram restituir no desenho do planador uma cauda vertical traseira, fixa. Feito de abeto, como o de 1901, o aparelho tinha uma envergadura de nada menos que 32 pés. O elevador frontal agora ganhou a forma de uma elipse.

No dia 19 de setembro, começaram os testes. O controle de vôo estava muito melhor do que no ano anterior, o que deixou Wilbur confiante. Os experimentos realizados com túnel de vento em Dayton sem dúvida ajudaram a tornar o projeto mais robusto e elegante. No entanto, novos perigos também foram revelados. Ao tentar fazer uma curva leve no ar, o ritmo com que o planador virava aumentava de maneira acelerada. Orville chamou a manobra assustadora de "escava-poço", por razões não tão difíceis de imaginar. Apesar disso, Wilbur estava tão satisfeito com os resultados que decidiu deixar seu irmão mais novo, pela primeira vez, assumir o posto de operador. Aconteceu no dia 23. A máquina foi quase destruída, e os reparos só foram concluídos no dia 29.

Com base na nova experiência de pilotagem e na observação dos testes, Orville sugeriu que eles tornassem a cauda traseira móvel, convertendo-a num leme, para evitar esse perigo. Ligaram-na ao sistema de torção de asa e o veículo se comportou muito bem. Até onde todos sabiam, era a primeira máquina totalmente controlável no ar, nos três eixos.

As mudanças ficaram prontas em 8 de outubro, e os Wright estavam ansiosos para mostrar a Chanute o tamanho do progresso. Herring também via tudo atentamente, fazendo anotações mentais de cada diálogo ou informação relevante que ouvia.

George Spratt, da Pensilvânia, estava de volta. Ele fora um dos indicados de Chanute que estiveram com Wilbur e Orville ali mesmo, no ano passado. Edward Huffaker, o outro, ex-funcionário de Langley, não voltara — felizmente, pensava Wilbur, que ainda se ressentia com a empáfia do sujeito. E Lou — Lorin Wright, um irmão mais velho — completava a trupe.

— Hoje verá como progredimos, sr. Chanute — disse Wilbur, logo pela manhã, enquanto todos se sentavam no acampamento, tomando café e se preparando para um dia de intensa atividade. — A máquina está se comportando tão bem que até Orville foi capaz de pilotá-la. Não sem quase destruí-la no processo, naturalmente.

Todos caíram na gargalhada, exceto a vítima da piada, que virou para o irmão e fez uma careta.

— Espero que esteja sendo cauteloso como eu havia recomendado, sr. Wright — disse Chanute a Wilbur, em tom grave. — É como eu sempre digo: melhor fazer menos com segurança do que tentar uma façanha maior correndo o risco de sofrer um acidente.

— Não se preocupe, sr. Chanute. Estamos tomando todos os cuidados e anotando cuidadosamente os resultados. Os anemômetros que nos emprestou, a propósito, estão servindo muito bem, obrigado — respondeu Wilbur.

— E, pelo que temos visto, as tabelas de Lilienthal estavam mesmo equivocadas — prosseguiu Orville, num assunto que sabia ser do interesse do engenheiro de Chicago. — As máquinas estão voando de acordo com os números corrigidos que obtivemos em nossos experimentos no aparato que construímos em nossa oficina.

Lorin manifestou curiosidade, e Orville se pôs a explicar.

— É um dispositivo simples, na verdade. Uma espécie de caixa, onde podemos controlar precisamente a entrada de ar e realizar experimentos com superfícies em seu interior, obtendo medidas precisas de suas reações. Os cálculos deram certinho quando ampliados para as superfícies em tamanho real que usamos para os planos de nossa máquina.

Wilbur virou a caneca de café, colocou-a no chão, bateu as duas palmas das mãos nas coxas, levantou-se num salto e convocou os colegas.

— Vamos ao trabalho, então?

Todos se levantaram, Chanute o mais lento deles, e se encaminharam para perto da costa, onde conduziriam os testes do dia. Herring pilotaria o triplano de Chanute, que no final acabou sendo construído por um certo sr. Lamson, e seu próprio biplano, quase idêntico ao que experimentara em 1896 e 1897. A vedete dos esforços, no entanto, era o planador dos irmãos Wright. A máquina confirmou todas as expectativas.

Os irmãos corriqueiramente realizavam vôos planados de quatrocentos pés. Atingir os quinhentos também não era incomum e, por vezes, chegavam a seiscentos pés. Em altura, atingiam sessenta pés. Todos ficaram admirados com o desempenho e, sobretudo, com o controle da máquina. Para Chanute, que já havia achado os testes do ano anterior extraordinários, os resultados eram verdadeiramente admiráveis.

— Sr. Wright, imagino que, com essa qualidade nos experimentos, já esteja preparando os papéis para requerer uma patente que proteja as inovações — disse Herring ao final do dia.

— Sim, estamos fazendo isso, sim — respondeu Orville, atravessando Wilbur, que estava prestes a formular uma resposta menos grosseira e mais detalhada.

— Acho que deveríamos discutir esse assunto de forma minuciosa — prosseguiu Herring —, para evitar que haja um conflito entre o pedido de vocês, naturalmente muito justo, e as inovações que pertenceriam a outros. Afinal, claramente o projeto de vocês é derivado do biplano que eu e Chanute desenvolvemos em 1896.

O engenheiro de Chicago, mais uma vez irritado com a truculência de seu ex-associado, tomou a frente, com o objetivo de pôr um fim à conversa.

— Sr. Herring, há tantas inovações maravilhosas no aparelho Wright que estou certo de que eles não terão problemas em encaminhar um pedido de patente bastante razoável, sem gerar interferência alguma em outras patentes.

Um clima de indisposição ficou no ar. Mas o trabalho os distraiu, e os dias mais uma vez fluíram com incrível velocidade em Kitty Hawk. Chanute e Herring partiram juntos no dia 16, fazendo uma parada em Washington, D.C. O primeiro teve um encontro com alguns conhecidos, e falou rapidamente com o amigo Samuel Langley. Dali, voltou a Chicago. O segundo aproveitou a passagem para deixar uma carta endereçada ao secretário da Instituição Smithsonian. Pedindo um emprego, Herring queria aplicar o que havia acabado de aprender em Kitty Hawk. Langley ficou profundamente interessado nos resultados dos Wright, embora não tenha gostado da idéia de ter de pedir informações a seu ex-auxiliar. No dia seguinte, escreveu uma carta a Chanute.

Caro sr. Chanute:

Foi uma fonte de grande lamento para mim que eu tenha sido compelido a sair num compromisso na tarde de ontem, vendo-o tão pouco, uma vez que eu queria, entre outras coisas, conversar com o senhor sobre a parte aeronáutica da Exposição de St. Louis. Não sei se o senhor disse algo mais ao falar com o sr. Manly, mas eu gostaria muito de obter alguma descrição dos resultados extraordinários que o senhor disse terem sido recentemente obtidos pelos irmãos Wright.

Tenho hoje uma carta do sr. Herring, que esteve na cidade, falando de algumas idéias que ele gostaria de submeter sobre a possibilidade de carregar pesos maiores para o motor, com base principalmente nas superfícies dos arranjos, formas e curvaturas necessários. Eu entendo que ele passou as últimas semanas com o senhor, e imagino que ele pode ter estado com o senhor nesses testes dos Wright e os teve em mente para dizer o que diz. Não me senti, no entanto, disposto a trazê-lo de volta para trabalhar na Smithsonian.

Da próxima vez que vier a Washington, por favor lembre-se de que ninguém está mais interessado em sua visita do que eu, e dê-me bastante tempo para que possamos ter uma boa conversa.

Sinceramente,

S. P. Langley, secretário

Chanute respondeu assim que pôde e, dois dias depois, Langley já estava redigindo nova correspondência.

Caro sr. Chanute:

Li cuidadosamente sua comunicação do dia 20. No entanto, já tomei minha decisão sobre o cavalheiro em questão, e não encorajei o pedido indireto que ele fez para se reintegrar à equipe da instituição.

Após vê-lo, eu quase decidi ir, ou enviar alguém, para ver os notáveis experimentos de que me falou, pelos irmãos Wright. Telegrafei e escrevi a eles em Kitty Hawk, mas não tive resposta, então suponho que seus experimentos estejam encerrados. O senhor poderia por favor me informar o endereço deles?

Sinceramente,

S. P. Langley, secretário

Depois de enfrentar a truculência de Herring, Wilbur e Orville não ficaram muito animados de receber em seu acampamento Samuel Langley — homem que sabidamente estava desenvolvendo um aeroplano e poderia se apropriar das idéias da dupla de forma indevida. Sem responder às comunicações enviadas pelo secretário da Smithsonian, os dois prosseguiram com seus experimentos. No dia 28 de outubro, abandonaram o acampamento e tomaram o caminho para Dayton, já planejando a construção de uma máquina motorizada no ano seguinte. No total, os dois realizaram mais de setecentos vôos planados. Em uma carta para casa, Orville descreveu a situação: "Agora nós temos todos os recordes!".

1903

Octave Chanute encontrou uma platéia surpreendentemente entusiasmada em Paris. Lá, com todo o *frisson* aeronáutico ocasionado pelas peripécias de Santos-Dumont, poucos haviam se dado conta de como o campo de pesquisa do "mais pesado que o ar" estava progredindo. Ao que parecia, a França havia abandonado por completo o interesse por aeroplanos assim que foram confirmados os fracassos de Lilienthal, na Alemanha, e Pilcher, na Inglaterra. Ninguém se deu ao trabalho de checar o que os americanos andaram fazendo nesse meio-tempo. Ou melhor, ninguém exceto o capitão Ferdinand Ferber, que já havia algum tempo conhecia os experimentos dos Wright e tentava reproduzi-los com uma cópia do planador feito pelos irmãos em 1901 — sem muito sucesso.

Com sua palestra no Aeroclube da França, Chanute estava prestes a mudar radicalmente esse quadro. Apresentando-se a um seleto grupo de entusiastas, dentre eles Henri Deutsch de la Meurthe e Ernest Archdeacon, um rico advogado e co-fundador do Aeroclube, o engenheiro de Chicago alertou os franceses para o fato de alguns experimentadores estarem bem próximos de resolver o problema do vôo. Em sua fala, recontou os experimentos que ele próprio promovera desde 1895, até chegar aos resultados mais espetaculares, obtidos no fim do ano anterior pelos irmãos Wright.

Santos-Dumont, que havia revogado sua afiliação ao Aeroclube depois de toda a confusão do Prêmio Deutsch, não estava presente. Ao final, para todos os que estiveram lá, havia ficado claro que os franceses estavam bem atrás dos Estados Unidos no desenvolvimento dessas máquinas voadoras. A visão do próprio Chanute, após um *tour* por boa parte da Europa, era exatamente a mesma: não havia ninguém à frente dos irmãos Wright.

Ao deixar as dependências da instituição, o engenheiro americano levou consigo toda a pompa francesa. O clima remanescente era de completo desgosto. Archdeacon, com seu típico espírito de liderança e efusivo nacionalismo, ergueu sua voz acima das demais para dar direção à balbúrdia estabelecida após a palestra de Chanute.

— Isto é inaceitável! INACEITÁVEL! Como podemos deixar a glória de desenvolver a primeira máquina voadora mais pesada que o ar escapar de nossos dedos, para ir parar na América?! Como a terra dos irmãos Mongolfier pode ficar atrás dos americanos?! Convoco o Aeroclube a imediatamente organizar ações para impedir que isso aconteça!

Precisamos fomentar a aviação agora, antes que seja tarde demais para clamar a honra da primazia!

Frases dispersas de apoio foram ouvidas em todo o salão. Archdeacon mais uma vez impôs ordem.

— Proponho que formemos, aqui mesmo no Aeroclube, um Comitê de Aviação, que tratará de organizar prêmios para estimular nossos engenhosos inventores a bater os americanos nessa disputa tão cara à nossa nação.

Com o apoio irrestrito de todos os membros, o advogado estabeleceu seu comitê no mês seguinte.

Durante a passagem pela França, Chanute também foi procurado por um editor da revista *L'Aérophile*. O jornalista pedia a ele fotografias e autorização para publicar um perfil de Wilbur e Orville. Para provar que mágoas do passado haviam ficado para trás (a *L'Aérophile* certa vez havia se referido ao engenheiro como "ladrão" em suas páginas), Chanute prometeu que faria o possível para conseguir as fotos dos Wright para o artigo — tarefa que ele já antecipava dificílima, dada a timidez e reclusão extrema dos rapazes de Dayton.

Com efeito, os editores estavam muito bem informados sobre a qualidade dos trabalhos da dupla americana. Na edição daquele mês, abril de 1903, a revista divulgou uma carta que o capitão Ferber teria acabado de enviar a Archdeacon, convocando-o a montar um grupo nacional de inventores capaz de bater a América no desenvolvimento do mais pesado que o ar. Múltiplas fontes agora confirmavam: seria preciso agir depressa e com eficiência para manter a França na dianteira da pesquisa aeronáutica.

Alheio a tudo isso, Alberto seguia em seu ritmo frenético, apesar de duas perdas recentes e doloridas. Em maio do ano anterior, um de seus amigos, o brasileiro Augusto Severo, morrera na explosão do dirigível *Pax*, com que pretendia executar experimentos aéreos em Paris, à moda de seu conterrâneo famoso. Pouco depois, em junho, recebera a notícia de que sua mãe havia falecido, em Portugal.

Influenciado pelas circunstâncias, após passar uma temporada em Mônaco, considerou por alguns dias a possibilidade de se transferir para os Estados Unidos ou para a Inglaterra. Mas acabou sentindo saudades de Paris e decidiu que lá iria permanecer, em meio ao povo que sempre o aclamara. Já não possuía mais um hangar em Saint-Cloud, depois de ser "despejado" pelo Aeroclube. Então, montou instalações ainda maiores para seus inventos, numa área recém-adquirida em Neuilly-Saint-James, nos arredores parisienses. Era de lá que partiriam os novos vôos do aeronauta.

O dirigível da vez era o *Nº 9*, o mais versátil e jeitoso de todos. Depois do *Nº 6*, que fora destroçado em Londres e deixado para exposição no Palácio de Cristal dos ingleses, veio o *Nº 7*, que ficara retido na América pela alfândega (nem mesmo Samuel Langley, com toda a sua influência, conseguira livrar o aparelho da burocracia norte-americana). O *N° 8* jamais existiu — o supersticioso Alberto considerava esse número de mau agouro, depois do acidente em 8/8/1901.

Dirigibilidade conquistada, seu objetivo agora era popularizar o vôo. Queria provar que, mais que controlado, o balão podia ser um meio de transporte prático — um carro aéreo, por assim dizer. Para isso, Alberto começou uma série de demonstrações com o *N° 9*, graciosamente apelidado de *Baladeuse*, nome tomado de empréstimo de um pequeno automóvel. Primeiro, ousou levar seu balão de Neuilly à sua casa, na esquina da rua Washington com a avenida Champs Elysées, no coração de Paris. A multidão delirou ao ver *le petit Santôs* manobrando o *Baladeuse* por entre os edifícios, para por fim estacioná-lo em frente à sua residência. Entrou, passou alguns minutos lá dentro, à guisa de tomar um café, e tornou a sair, sob efusivos aplausos.

Em seguida, para confirmar a segurança do invento, ousou levar um menino com ele num vôo. O jovem Clarkson Potter, de apenas sete anos, não teve medo ao fazer uma pequena viagem aérea acompanhado por Alberto. O inventor também havia instalado um farol no *N° 9*, fabricado na oficina do amigo Louis Blériot, para realizar o primeiro vôo noturno de um dirigível.

Alberto experimentava o auge da fama — adorava ser o centro das atenções. De outro lado, temia que seu leque de inovações com o dirigível estivesse perto do fim. Já planejava o *N° 10*, um "ônibus-dirigível" para vários passageiros, mas não conseguia mais evocar tantas manchetes como fizera no glorioso ano de 1901. Sentia falta disso.

Um belo dia, em meados de junho, Alberto recebeu uma visita feminina em seu hangar em Neuilly-Saint-James. Não era incomum ver mulheres rondando o pequeno brasileiro, cuja enigmática personalidade transpirava um charme quase irresistível. Dessa vez, a visitante era Aída d'Acosta, uma linda cubana de 18 anos, radicada nos Estados Unidos. Santos-Dumont vira nela algo que não costumava perceber em suas outras companhias femininas, uma intrepidez, coragem, força sem iguais. Não tardou até Aída expressar ao inventor seu ardente desejo de voar.

— Quer dizer então que teria coragem de deixar que a conduzissem num balão livre? *Mademoiselle*, sou muito grato pela confiança! — disse Alberto.

— Não! — contrariou a determinada donzela. — Não quero ser conduzida! Quero voar sozinha, dirigir livremente, como o senhor!

Ordinariamente, Santos-Dumont jamais permitiria que alguém voasse sozinho em um de seus inventos, mas a moça, tão graciosa e inspiradora, tinha algo que convenceu Alberto. Concordou em lhe dar algumas lições e, em 29 de junho, lá ia Aída d'Acosta, pilotando o *Baladeuse*. Nas ruas de Paris, alguém avistou o balão, e logo todos gritavam "*Santôs! Santôs!*", até que alguém notou a diferença. "Mas... é uma senhorita!!!"

A história do vôo se espalhou mais depressa do que Santos-Dumont poderia conter. Embora os pais de Aída tenham ido até o inventor para implorar que não revelasse o nome da aspirante a aeronauta (para eles, uma genuína *lady* só figurava nos jornais em anúncios de casamento e em notas de falecimento), não foi possível reter o segredo. Aída d'Acosta havia se convertido na primeira mulher a pilotar um dirigível. Depois do fato, a cubana voltou ao *high society* de Nova York e nunca mais teve contato com Alberto. Na verdade, os dois nunca conversaram muito. O aeronauta era tímido demais para isso, e muitos suspeitavam que a delicadeza quase feminina de Santos-Dumont escondesse mais que a timidez. De todo modo, o inventor conservou em sua mesa do escritório um porta-retrato com a fotografia de Aída.

E, como dizem os americanos, o *show* tem de continuar. Então, em 14 de julho, data comemorativa da Revolução Francesa, o *Baladeuse* surpreendeu as tropas em revista durante seu desfile. Na presença do presidente francês, lá do alto, Santos-Dumont deu uma salva de 21 tiros. Lembrou-se de Roosevelt e da conversa que tiveram. Os parisienses, por sua vez, estavam extasiados com mais essa demonstração reverente do inventor. Ao retornar a seu escritório, Alberto redigiu uma carta ao Ministro da Guerra, colocando à disposição do governo da França, em caso de hostilidade com um país qualquer que não fosse das Américas, sua flotilha de aeronaves.

— Ferber está querendo vir nos ver em Kitty Hawk — disse Wilbur.

— Problema dele.

Orville nem cogitou a hipótese de permitir que o capitão do Exército francês lhes fizesse uma visita na Carolina do Norte. Não agora que estavam tão próximos de algo realmente espetacular.

— Se estivéssemos apenas planejando vôos planados, vá lá. Mas não com o que temos em mente, Ullam. Você viu o que ele escreveu a Archdeacon. Ele quer ver a França nos superar.

— Concordo completamente com você. Tanto que nem sequer cogitei a hipótese de vender-lhe a máquina do ano passado, ou mesmo de construir outra para ele, como ele nos pedia. Estamos numa competição agora, isso é muito claro para mim — respondeu Wilbur, demonstrando ponderação.

— E, se quisermos ganhar, precisaremos ser mais discretos do que nunca. Não é porque já entramos com nossos pedidos de patente que temos alguma garantia. Até que eles sejam concedidos, precisamos impedir a todo custo que outros tomem conhecimento dos nossos resultados e se apoderem de nossos meios, ou podemos ficar para trás e perder a prioridade.

— Sim, eu sei, eu sei, eu sei... Às vezes você me trata como se eu fosse a mais ingênua das criaturas, Bubo — desabafou Wilbur, que se irritava com a postura de Orville em todas as questões práticas e legais relativas às máquinas dos dois. — Já instruí Chanute a excluir qualquer menção ao procedimento de torção de asa dos nossos inventos no artigo que ele está escrevendo para uma publicação na Europa, para que isso não impeça o andamento dos pedidos de patente.

— Por falar em artigos, o que disse a Chanute sobre nossa desistência de figurar num perfil de *L'Aérophile*? Ele está pressionando muito você?

— Para dizer a verdade, essa história toda me chateia imensamente. Ele promete nossas fotos e informações sobre nós a esses sujeitos e depois vem nos cobrar, como se devêssemos isso a ele. Eu não *quero* aparecer nessa revista. Não quero tirar foto porcaria nenhuma. E tive de desapontar o sr. Chanute.

— O que você disse a ele? — insistiu Orville.

— Falei que recusávamos a proposta, por falta de material para preencher todo o espaço que gostariam de dedicar a nós. E fui bem claro: "Sério, nós preferiríamos não aparecer."

— Muito bem! Está vendo? Não foi tão difícil dizer não ao Chanute.

— Humpf. Não foi fácil também. De toda forma, nada me anima mais do que nossos experimentos neste momento! — Um brilho emergiu dos olhos de Wilbur. — E pensar que, dois anos atrás, eu achava que nunca chegaríamos a isso. Achei que talvez morrêssemos sem ver um homem realizar um vôo mecânico.

— Pois é, Ullam. Escreva aí minhas palavras: seremos nós — disse Orville, arregalando os olhos, com ar triunfante. — Vamos ganhar dinheiro, rapaz!

— Primeiro o mais importante, Bubo... — acautelou-se Wilbur. Ainda que concordasse com o irmão, precisava ver a máquina voando antes que pudesse alimentar qualquer projeto de vendê-la. A patente era um começo, mas como hesitaram para pedi-la! Chanute já havia recomendado esta ação fazia pelo menos um ano, mas os dois ficaram postergando. Agora, teriam de esperar o longo processo até a concessão e... Orville interrompeu seus pensamentos.

— Quando acha que poderemos partir para Kitty Hawk? — perguntou.

— Possivelmente no final de setembro, se tudo der certo e Charlie puder cuidar da oficina para nós como no ano passado — disse Wilbur.

— Mal posso esperar.

— E então, como foi? — perguntou Langley, ansioso, enquanto Charles Manly adentrava sua sala, na secretaria da Instituição Smithsonian, em Washington. Seu auxiliar hesitou um instante antes de responder.

— Err... temo que não muito bem, sr. Langley.

— Quantos pés a máquina percorreu no ar antes de tocar a superfície do rio? — o tom do secretário ainda era entusiasmado, mas já se notava uma cautelosa inquietação.

— Eu... eu não saberia dizer, senhor. Foi tudo muito rápido. Num momento eu estava acelerando a toda velocidade na catapulta, quarenta pés por segundo. No seguinte, já estava sentindo a água gelada do Potomac envolver meu corpo e o *Aérodrome*. E, rapaz, como estava gelada... — murmurou Manly.

— Você quer.... você quer dizer que a máquina mergulhou direto na água?

— Hmm... já que é o senhor quem está colocando desse modo, essa não seria uma má descrição, não.

— Mas... mas... o que deu errado? — Langley já imaginava as perguntas que teria de responder aos repórteres. No fundo, essa era a razão pela qual não fora pessoalmente ao local dos experimentos. É verdade, tinha compromissos em Washington, mas nada que não pudesse ser remarcado tendo em vista uma ocasião tão especial, o primeiro lançamento do seu aeroplano motorizado capaz de carregar um homem.

— Olhe, sr. Langley, eu sinceramente não sei. Acho que a melhor coisa a fazer é termos calma para analisar cuidadosamente o que sobrou da máquina. Sabe, para tentarmos determinar com precisão...

— O que... o que... sobrou?? — "as notícias ruins não iam acabar nunca?", pensou o velho astrônomo.

— Pois é. A máquina mergulhou com tamanha força na água, de bico, que pouco sobrou da pobrezinha. A boa notícia é que o corpo principal sobreviveu, com as peças mais caras, incluindo o motor. Mas as asas e os lemes foram completamente destruídos, assim como as hélices propulsoras. — Manly então fez uma pausa. — Eu... eu não sei, mas a impressão que tive é a de que o aparato careceu de estabilidade no ar... — as últimas palavras saíram baixinhas, já antevendo a reação de Langley.

— IMPOSSÍVEL! IM-POS-SÍ-VEL! Sabemos muito bem que o veículo é estável, já vimos os resultados dos pequenos *Nº 5* e *Nº 6*, sem contar as demonstrações com o modelo em um quarto de escala, há dois anos e em agosto agora. Se houvesse qualquer problema de estabilidade, já apareceria ali. Talvez seja um problema com a propulsão, mas isso também é improvável. Fizemos todos os cálculos precisamente. A máquina *deveria* ter voado!

— Bem, não voou. Será que pode haver um problema com a catapulta de lançamento? Certamente não pareceu, pois fui arremessado com uma bela força e percorri o trilho de setenta pés em menos de dois segundos!

— Pode ser, Manly, pode ser. Precisamos verificar. As peças estão lá embaixo?

— Sim, estão.

— Inclusive a estrutura de lançamento do trilho?

— Sim.

— Pois vamos lá olhá-las, então. Estou certo de que encontraremos a resposta. E, assim que o fizermos, reconstruiremos a máquina e faremos novo lançamento! Ânimo, rapaz! Não se faz um aeroplano com uma tentativa!

Manly até concordava com isso, mas Langley às vezes parecia não notar que nadava contra a maré, num ambiente hostil criado pela imprensa e pelo Congresso. Para a maior parte da opinião pública, aquilo era somente um desperdício injustificado de dinheiro do contribuinte. Nada mais.

— Acha que teremos uma chance de tentar de novo, sr. Langley?

— Claro, meu rapaz! Claro que teremos! Já demonstramos o potencial disso. O governo não vai abandonar tão rapidamente a possibilidade de ter tão eficaz instrumento de guerra...

— Não sei, não... talvez... — Manly não pôde completar o raciocínio, interrompido por batidas na porta.

— Entre! — disse Langley. Era a srta. White, sua secretária.

— Sr. Langley, desculpe interromper, mas tem um repórter do *Washington Star* aqui querendo falar com o senhor. O que eu digo a ele?

— A pior coisa sobre o dinheiro público — disse Langley a seu auxiliar — é que o público é tão mal representado na hora de pedir a prestação de contas... diga a ele que o atenderei em breve, srta. White, assim que inspecionar os destroços do *Aérodrome* e terminar de receber o relatório do sr. Manly sobre o experimento. Aí estarei em melhor condição de responder às perguntas dele. Peça que volte em uma hora.

Por mais que fizesse para esconder o nervoso, uma gota de suor frio escorria pela bochecha de Langley, molhando sua bem aparada barba branca.

Kitty Hawk, 16 de outubro de 1903

Caro sr. Chanute,

Lamentamos saber que há um risco de o senhor não poder visitar nosso acampamento neste ano. Estamos esperando os resultados mais interessantes de qualquer uma das nossas temporadas de experimentação, e estamos certos de que, salvo pequenos acidentes exasperadores ou alguma falha, teremos feito algo importante antes de partirmos. Fomos atrasados em uma semana pelo não-recebimento de algumas de nossas coisas, mas agora já temos tudo. A superfície superior da nova máquina está completa. Está muito à frente de tudo que construímos antes. A superfície inferior está pela metade. Somente ao redor de 1º de novembro podemos estar prontos para testes, especialmente se tivermos condições propícias para planar. No sábado, 3 de outubro, fizemos alguns bons vôos planados, com o vento um pouco leve demais para planar, apenas seis a sete metros; no entanto, aumentamos nosso recorde para 43 segundos e fizemos vários de cerca de 30 segundos. Não tivemos ventos adequados desde então, e a última rodada de ventos do norte ficou entre trinta e 75 milhas e foi acompanhada por quatro dias de chuva constante. Um ciclone supostamente se postou além da costa próximo daqui e não pudemos sair antes. Os nativos reportam que é o pior tempo em muitos anos. Não tivemos problemas, exceto o incômodo e um pequeno atraso.

Vejo que Langley teve seu lançamento e fracassou. Parece que será nossa vez de atirar agora, e imagino qual será a nossa sorte. Ainda temos esperança de ver você antes de levantarmos acampamento.

Sinceramente,

Wilbur Wright

Langley nunca pretendeu desistir de seus experimentos com apenas uma tentativa malograda. Fez reconstruírem a máquina, usando os destroços do último teste, combinados a novas peças. O aparelho parecia mais bonito do que jamais estivera, com seus dois pares de asas ligeiramente inclinadas, dimensões imponentes e uma cauda cruciforme. Lá estava mais uma vez o *Aérodrome A*, pronto para a ação. Dessa vez a estrutura de lançamento com a catapulta havia sido instalada no trecho do rio Potomac em Washington, D.C., e o secretário da Instituição Smithsonian não tinha desculpa alguma para faltar ao teste. O dia era 8 de dezembro. Langley queria fechar o ano com chave de ouro.

— Olhe para a câmera, sr. Manly — disse o secretário, apontando para um fotógrafo ao lado. A imprensa comparecia em massa para ver o segundo lançamento do *Aérodrome*, e era unânime em sua opinião: a máquina de Langley era pura perda de tempo. Alheios a isso, os dois experimentadores tiraram uma foto juntos, ao lado do aparelho voador. O astrônomo então estendeu a mão a Manly e o cumprimentou.

— Boa sorte, meu amigo. Bons ventos o levem!

— Não se preocupe comigo, sr. Langley. Torça pelo *Aérodrome*.

O velho cientista se afastou, enquanto Manly subia a bordo da máquina. O piloto já sabia, desde o primeiro teste, que a sensação durante a decolagem era rápida e apavorante. Pretendia não ser pego de surpresa desta vez, e concentrou-se no que estava para sentir, como que repassando as etapas do vôo.

O motor foi ligado, a catapulta se soltou e a máquina, mais uma vez, partiu célere na direção do rio. Em menos de dois segundos, o trilho havia sido totalmente ultrapassado. Assim que ganhou o ar, o inferno chegou para Manly. Contrariando a lógica, a porção traseira do *Aérodrome* parecia querer ultrapassar a dianteira; dobrou-se, destruindo toda a aerodinâmica do conjunto. Langley via tudo sem nada compreender. Como era possível? Nem bem partiu e a máquina já estava destroçada pelo ar! Manly tinha preocupações mais imediatas. Sem demora, o que restou do aeroplano mergulhou mais uma vez nas frias águas do Potomac, em pleno inverno. Submersa, a máquina se prendeu à lama no leito do rio, enquanto Manly tentava desvencilhar-se dela. A água estava muito gelada, pior que da outra vez. Seus reflexos estavam lentos. Seria seu fim? Terminaria afogado com a máquina de Langley?

Subitamente ele se sentiu sendo erguido para fora. Emergiu nas mãos de um auxiliar, que o içava a partir de um pequeno bote. O piloto se deu conta de que já podia soltar a respiração. Estava vivo.

— Estou bem, estou bem! — dizia Manly, tentando se recompor. Langley, que a tudo via, estava absolutamente desconsolado. Pouco falou à imprensa depois do experimento. Limitou-se a dizer que, mais uma vez, a culpa havia sido da catapulta de lançamento. Ninguém comprou a versão dele.

No dia seguinte, os jornais estampavam o fracasso do cientista. O diário *The Brooklyn Eagle* apresentou várias declarações de políticos de oposição. O congressista Hitchcock disse, de Langley, que "a única coisa que ele fez voar foi o dinheiro do governo". Já o congressista Robinson descreveu o cientista como "um professor vagando em seus sonhos de vôo, que era dado a construir castelos no ar".

Mesmo com o mundo desabando sobre ele, Langley queria mais. Depois de consumir 50 mil dólares do governo federal, mais 20 mil dólares da Smithsonian, ele pediu renovação do financiamento para prosseguir com os testes do *Aérodrome A*. Como era de se esperar, o Departamento de Guerra dos Estados Unidos negou a verba. Em seu relatório final sobre o projeto, o governo foi taxativo. "Ainda estamos longe da meta definitiva, e parece que anos de trabalhos e estudos constantes por especialistas, somados a gastos de milhares de dólares, ainda serão necessários antes que possamos esperar produzir um aparato de utilidade prática nesses moldes."

— Cara. — Wilbur sempre pedia cara nessas disputas. Invariavelmente, dava coroa, e Orville ganhava. Dessa vez o irmão mais velho estava com sorte. Poderia tornar-se o primeiro homem a decolar com um aeroplano motorizado. Depois de tantas dificuldades enfrentadas em Kitty Hawk nessa temporada, ele estava confiante de que este seria um dia para ficar na história: 14 de dezembro de 1903. Pena que Chanute não pudesse estar lá para presenciar.

Também, depois de tantos atropelos... Nem bem o tempo se tornara adequado para que continuassem os trabalhos com a nova máquina, os irmãos tiveram problemas com as hélices propulsoras. Duas quebras e Wilbur precisou retornar a Dayton, às pressas, para consertar. Só pôde voltar à Carolina do Norte menos de uma semana antes, mas agora tudo parecia realmente pronto para o *show*.

A máquina lembrava os planadores dos anos anteriores, mas um olhar mais atento revelava vários aprimoramentos. Em primeiro lugar, o elevador frontal e o leme traseiro ganharam superfícies duplas. E quem medisse o *Flyer*, como os irmãos batizaram seu aeroplano motorizado, veria que as asas eram ligeiramente mais compridas de um lado que de outro A idéia era compensar pelo peso do motor, que precisava ficar ao lado do piloto, ainda mantido ao centro, deitado sobre o plano inferior. Era onde se posicionava Wilbur, neste exato instante. Orville chama mais dois homens para que eles ajudem a empurrar a máquina e colocá-la em posição. O operador então aciona o motor. "Vamos ver se esses 12 cavalos serão suficientes", pensou Wilbur, enquanto as hélices propulsoras, uma de cada lado, começavam a girar e a dar impulso à máquina.

Com a ajuda do motor, o aparelho começa a se deslocar pelo trilho usado para a decolagem — não há rodas para o movimento pelo chão. O veículo lentamente inicia a descida da suave ladeira numa encosta de Kill Devil Hills. A inclinação era pequena, "8,5 graus", calculou Orville, que corria ao lado da máquina conforme ela avançava, ajudando a equilibrá-la pela asa direita. Depois de percorrer uns quarenta pés, cerca de ¾ do caminho até o final do trilho, o rapaz já não conseguia mais acompanhar o *Flyer*. O vento não era tão forte, oscilando ao longo do dia entre quatro e oito milhas por hora. Agora era com Wilbur.

A máquina se ergueu sobre o trilho apenas seis pés antes de chegar ao fim da linha. Apontou para cima e subiu até cerca de 15 pés do chão, a uma distância de sessenta pés do final do trilho. Wilbur tentava controlar o *Flyer*, que parecia viajar em velocidade decrescente, como que perdendo a força de sua partida. A despeito dos esforços do piloto, a máquina foi ao chão, ainda apontando para cima, numa inclinação de cerca de vinte graus. Também estava torta, e a asa esquerda tocou o solo primeiro que a direita. Um pouso forçado, após um salto débil. Wilbur estava nervoso e custou a desligar o motor, mesmo depois de ter encalhado na areia fofa de Kill Devil Hills. O leme frontal fora danificado pela queda.

— Merda.

— Calma, rapaz. Foi só a primeira tentativa. Você atravessou... 105 pés, em 3,5 segundos — disse Orville, medindo a distância e vindo ao encontro do irmão.

Assim como Langley, os Wright fracassaram em sua primeira tentativa de decolar. Wilbur não conseguia deixar de pensar que talvez ainda não fosse a hora, que tivessem errado alguma coisa em seus cálculos ou em seu projeto, que o *Flyer* ainda não fosse capaz de voar por seus próprios meios, nem com a ajuda dos ventos de Kitty Hawk. Mas Orville estava lá para animá-lo.

— Vamos, vamos levar a máquina para dentro e consertá-la — disse. — Afinal, a próxima tentativa é minha. E então pretendo lhe mostrar como realmente se faz para voar, Ullam.

A vez de Orville veio, três dias depois. O vento soprava forte, vindo do norte, e voluntários locais ajudaram os irmãos a preparar o *Flyer*, já devidamente reparado, para a segunda tentativa de vôo motorizado. Os trilhos foram colocados e a máquina, aprontada. Quando o anemômetro marcou ventos de mais de vinte milhas, Orville partiu para o posto de operador. Wilbur, por sua vez, assumiu a posição ao lado direito da máquina. Dessa vez eles haviam se posicionado num terreno praticamente plano.

Dez e trinta e cinco da manhã, o motor é ligado e a máquina avança de forma semelhante à que se vira três dias antes. Wilbur acompanha o aparelho, que dessa vez se desprega do trilho muito mais depressa. O *Flyer* parecia um cavalo indomado, reagindo bruscamente aos comandos de Orville. Subiu subitamente cerca de dez pés. Quando o piloto tentou interromper a subida, o aeroplano mergulhou. A máquina pousou cerca de cem pés além do final do trilho de decolagem, após um vôo de aproximadamente 12 segundos. Sem praticamente nenhum dano, dessa vez num pouso suave e — quase — controlado. Orville estava satisfeito, mas comentou com o irmão que o leme horizontal parecia mais arredio do que nos planadores.

Após pequenos reparos ao leme frontal, levaram a máquina de volta ao ponto de partida, para novo vôo. Dessa vez era Wilbur no controle. Ele partiu da mesma maneira, por volta das 11:00, e realizou um vôo muito similar, oscilando entre movimentos para cima e para baixo no ar. Enquanto os pilotos se acostumavam aos humores do *Flyer*, aumentavam a distância percorrida. Dessa vez, foram cerca de 175 pés, com um vento um pouco mais fraco.

A terceira tentativa veio quase imediatamente depois, faltando vinte minutos para o meio-dia. Orville subiu a bordo e conduziu a máquina a uma distância similar. Embora tenha sido afligido por um forte vento lateral, a uma altura de cerca de 14 pés, o sistema de torção de asa funcionou

161

perfeitamente — ainda melhor que nos planadores de anos anteriores — e rapidamente endireitou o aeroplano, permitindo a continuidade do teste.

Ao meio-dia, Wilbur faria o quarto teste da máquina. Começou como das vezes anteriores, oscilando para cima e para baixo de maneira frenética. Mas o *Flyer* começava a se render. Depois de cerca de quatrocentos pés, o aeroplano já tomava um rumo mais firme, até encontrar uma pequena colina na areia de Kill Devil Hills. Então a máquina ascendeu e em seguida mergulhou no solo. O leme frontal foi seriamente atingido. Mas então Wilbur já havia percorrido 852 pés, num vôo de 59 segundos. Para os irmãos a conclusão era clara: uma ambição humana ancestral acabava de ser dominada por dois fabricantes de bicicletas de Dayton, Ohio.

Entusiasmados, mas querendo mais, os dois desprenderam o leme frontal da máquina e então a transportaram de volta ao acampamento, deixando-a do lado de fora, próxima à construção que haviam erigido. Os dois discutiam os resultados do último e sensacional vôo de Wilbur quando uma rajada de vento atingiu de súbito o *Flyer*, erguendo-o e fazendo-o girar sobre si mesmo, sem controle. Todos os presentes correram para salvar a máquina, que acabou ainda mais danificada. Com o acidente, estava efetivamente declarado o fim da temporada de experimentos. Um evento incômodo, sem dúvida, por mais de uma razão. O vento era tão forte em Kitty Hawk que nem mesmo um motor, ou um piloto, fora necessário para erguer o aeroplano do chão. Estava mesmo solucionado o problema do vôo de uma máquina mais pesada que o ar?

Um telegrama para o bispo Milton Wright, enviado pela dupla de inventores ao final daquele dia, não deixava transparecer muitas dúvidas.

```
176 C KA CS 33 Pago. Via Norfolk  Va

Kitty Hawk N C Dez 17

Bispo M Wright

7 Hawthorne St

Sucesso quatro vôos quinta manhã todos
contra vento de vinte uma milhas ini-
ciados do plano só com força do motor
velocidade média pelo ar trinta uma
milhas mais longo 57 segundos informe
imprensa casa nash Natal. Orevelle
Wright                          525P
```

Milton, que já havia algum tempo se ocupava da divulgação de informações para a imprensa a respeito dos experimentos dos filhos em Kitty Hawk, seguiu à risca as instruções do telegrama, contatando o pessoal do jornal local, o *Dayton Daily News*. No dia seguinte, enquanto Wilbur e Orville se preparavam para retornar para casa a tempo das festas de Natal, o bispo mostrava orgulhoso o diário, que publicou não só uma reportagem sobre os experimentos, descrevendo o fato de que diziam respeito a aeroplanos, não balões, como também apresentou desenhos dos rostos de seus filhos. O título não era menos elogioso:

RAPAZES DE DAYTON IMITAM O GRANDE SANTOS-DUMONT

1904

— Por que exatamente ele está dizendo isso?

— Porque ele é um filho-da-puta, é por isso que ele está dizendo isso — exasperou-se Orville. A coisa estava quente na casa dos Wright.

— O que ele está tentando dizer, sr. Toulmin, é que os argumentos do sr. Herring são completamente vazios — complementou Wilbur, implorando com o olhar para que o irmão se acalmasse. — Ele não tem a menor razão para propor o que está propondo.

Harry Toulmin, recém-apresentado à família, era advogado, especializado em casos truncados de patentes. Os irmãos tinham mesmo razão para estarem preocupados com a preservação de seus direitos. Ao que parece, as notícias sobre o sucesso de dezembro passado haviam atiçado a ganância do ex-auxiliar de Chanute.

— Deixe-me ver se entendi — retomou o advogado dos Wright. — O sr. Herring disse a vocês que resolveu, de forma independente, o problema de controle e propulsão dos aeroplanos.

— Antes fosse só isso! Segundo ele, o problema não só foi resolvido por ele, como o foi anos atrás, muito antes de nós! — Orville não sossegava. — E como nós baseamos nosso aparelho no projeto de "duplo-deque" de Chanute, assim como ele, o filho-da-mãe diz que isso poderia gerar um conflito de patentes.

— Mas... pelo que entendi, vocês não estão pedindo patente sobre nada no veículo, exceto a tal da... torção de asa? — Harry Toulmin ainda parecia confuso.

— Sim — respondeu Wilbur. — Nosso pedido diz respeito basicamente à noção de controle lateral, a possibilidade de propiciar a rotação de um aeroplano ao redor de seu próprio eixo com pequenas alterações no ângulo das asas, efeito que obtemos com a torção em nosso aparelho de "duplo-deque". É a única coisa realmente importante que introduzimos no conceito dos aeroplanos. Acontece também que é a coisa *mais* importante.

— E vocês estão certos de que nem Herring, nem Chanute empregaram esse método antes em suas máquinas?

— Nem eles, nem ninguém — arrematou Orville. — E o sr. Chanute, autoridade reconhecida no assunto, será o primeiro a lhe dizer isso.

— Bem, então acho que vocês estão bem seguros. Acho muito difícil que o sr. Herring queira entrar nessa briga. Em todo caso, se ele quiser, as chances de se sair vitorioso no escritório de patentes são nulas. Acho que vocês podem ficar tranqüilos quanto a isso.

— Até agora não engulo o desplante desse sujeito. Imagine só que ele escreveu ao meu irmão há dez dias, propondo que uníssemos forças. Chantagem pura. Ameaçou causar interferência no nosso pedido de patente caso não concordássemos. Queria dividir o negócio, ⅓ para ele, ⅔ para nós. Agora, pense comigo. Se ele realmente tinha a coisa toda solucionada, por que não patenteou antes e levou o crédito sozinho? É patético.

Toulmin não conseguia evitar a perplexidade. Claro, como advogado de patentes, ele estava acostumado a discussões sobre inventos esdrúxulos e disputas de prioridade entre inventores excêntricos, mas não pôde evitar questionar-se sobre a real importância daquela disputa. Mesmo os vôos noticiados dos Wright ainda estavam longe de representar o desempenho de uma máquina prática e útil. De toda maneira, ele mantinha as feições sérias, como se estivesse discutindo o futuro da humanidade. Por dentro, sentia vontade de rir.

— Por esse conflito, e outros que certamente virão, gostaríamos de poder contar com os seus serviços, sr. Toulmin — disse Wilbur. — Temos todo o interesse em ver esse pedido de patente aprovado o quanto antes. Se o senhor pudesse acompanhar o processo e acelerá-lo tanto quanto possível...

— Sim, sim, claro. Entendo a necessidade de presteza — mentiu Toulmin.

— Ah, e mais uma coisa.

— Sim?

— Pedidos internacionais. Gostaríamos de proteger nossa invenção nos países europeus. As nações cujo processo exigiria maior presteza seriam França, Alemanha... Inglaterra. O resto vem depois.

— Bem, pedidos internacionais são mais complicados. Precisamos seguir a legislação de cada país. Cuidarei disso e providenciarei os pedidos. Com França e Alemanha estou mais familiarizado. Para outros países, precisarei estudar a questão. Agora, uma coisa é muito importante.

— Manda! — disse Orville.

— Vocês não podem divulgar nada na imprensa internacional sobre as características de seu invento. Se a coisa aparecer publicada em algum lugar, cair em domínio público, vários países dificultarão a aprovação do pedido. Ainda mais em se tratando de um vindo de outro país — explicou Toulmin.

— Ah, isso não é problema — replicou o irmão mais novo. — Desde o ano passado decidimos manter completo segredo sobre o nosso trabalho, e estamos despistando todos os que perguntam, dizendo que nossa máquina de 1903 é beeeem diferente das de anos anteriores.

— Bem, acho que isso é tudo, então, senhores — disse o advogado, guardando alguns papéis em sua maleta e fechando-a.

— Muito obrigado, sr. Toulmin. Espero ouvir notícias suas em breve — respondeu Wilbur.

— Pode deixar.

Os dois apertaram as mãos e os Wright o acompanharam até a saída.

Archdeacon sinceramente esperava que Gabriel Voisin conseguisse melhor desempenho. Desde o ano passado, o assíduo e influente freqüentador do Aeroclube da França estava convocando tantos inventores quantos fossem necessários para bater os americanos no desenvolvimento de um avião. Ferdinand Ferber, o precursor dos esforços, parecia estar adiante. Mas suas primeiras tentativas de voar com um planador haviam fracassado totalmente. Vários aspirantes a aviador estavam construindo planadores a pedido do advogado francês, como membros do chamado Sindicato da Aviação, e Voisin recentemente havia implementado alterações em seu próprio modelo. Era hora de ver se as mudanças haviam resultado em algo de bom.

Os homens carregavam a grande máquina morro acima, segurando-a pela borda das asas. Visto de longe, em muito se parecia com o planador dos Wright de 1902. Aliás, ninguém escondia o fato de que o projeto era embasado nos últimos experimentos divulgados dos irmãos de Dayton. Voisin havia usado as fotografias que então estavam disponíveis para construir a base de sua própria máquina. Claro, ele era um homem bem informado e instruído, de modo que, ao observador mais atento, apareceria uma leve influência de Hargrave no projeto.

— Vamos ver o que fará dele, sr. Voisin — disse Archdeacon. — Tenho lá minhas dúvidas de que essa máquina do tipo Wright possa causar algo mais do que uma boa impressão inicial.

— Se isso puder voar, meu amigo, garanto que voarei — replicou Voisin.

Para Archdeacon, na verdade, era um jogo no estilo "par eu ganho, ímpar você perde". Se a máquina conseguisse realizar bons vôos planados — diferentemente do que ocorria com o planador de Ferber, que também era inspirado pelo trabalho dos americanos —, a França estaria um passo mais perto de conquistar o desafio de uma máquina mais pesada que o ar — e diante do público, não às escondidas, como diziam ter feito os vendedores de bicicletas de Ohio. Em compensação, se a máquina não fosse capaz de voar, mesmo sendo tão parecida com o aparelho dos Wright, haveria mais um argumento para dizer que os americanos estavam apenas fazendo propaganda. Nada poderia agradar mais a Archdeacon do que desmascarar a concorrência ianque.

O mês era abril, e o cenário, Bec sur Mer, na Normandia. À moda dos Wright, Voisin ia deitado no interior do planador. Com sua boina, lembrava Wilbur. Com seu bigode, Orville. Na personalidade, nenhum dos dois. Sua paixão pela aeronáutica vinha de antes, mas se acirrara mesmo em 1900, graças ao encontro com Clément Ader. Gabriel se divertia ao lembrar a história. Não sabia se o criativo Ader, ao dizer que já havia voado, estava tentando apenas lhe pregar uma peça ou apenas o estimulando a se enveredar pelo campo, à moda de Jules Verne.

De todo modo, não havia muito mais o que elucubrar; os homens já se preparavam para ver o planador descer morro abaixo. Destemido, Voisin segurou-se firmemente aos controles da máquina e partiu na direção do espaço vazio. O tempo pareceu congelar, enquanto o aparelho deslizava pelo ar. Lembrou-se de como o sucesso máximo de Ferber naquelas condições havia sido um vôo pífio, e pensou consigo mesmo que era sua obrigação fazer melhor que isso. Não pela França, não por ele mesmo, mas pela aventura.

Por um instante, teve a convicção de estar voando. Fez uma descida suave, quase em câmera lenta. Antes que pudesse pensar em intervir seriamente na direção da máquina, já tocava o solo. Tempo de vôo: pouco mais de 11 segundos. Havia viajado mais que Ferber, mas não muito mais.

— Muito bem, sr. Voisin, será que podemos melhorar isso? — argüiu Archdeacon, assim que Gabriel deixou a máquina e se dirigiu às pessoas que se faziam presentes à ocasião.

— Certamente. Acredito que o vôo poderá ser ampliado para até uns vinte segundos, com segurança.

— Acha que podemos colocar um motor nesta máquina e dar por vencido o problema do mais pesado que o ar? — estocou o advogado.

Voisin ficou sem graça. Não sabia se o seu financiador queria que dissesse que sim, ou que não. E a imprensa presente obrigava-o a se decidir com presteza. Claro, embaraço nunca foi um dos seus traços marcantes. Após um segundo de hesitação, desvencilhou-se com facilidade.

— Estamos apenas começando os testes, sr. Archdeacon. Mas posso garantir que, se esse projeto permitir a evolução da navegação aérea, certamente atingiremos esse ponto em pouco tempo.

— Acho bom, sr. Voisin, acho bom. Porque pretendo em breve construir uma versão motorizada da máquina voadora e quero o melhor desenho do *mundo* para o aparelho — enfatizou Archdeacon.

Nos esforços subseqüentes, o melhor resultado que Gabriel conseguiu com seu planador foi um vôo de 25 segundos, descendo um morro.

Cerca de trinta pessoas se reuniram para o que viria a ser a primeira exibição pública da máquina voadora dos irmãos Wright. Não que Wilbur e Orville tenham feito grande publicidade do evento. Muito pelo contrário, escolheram a dedo quem poderia presenciar os testes. Alguns familiares e amigos de Dayton, mais uns poucos repórteres locais, apareceram. O pai Milton e a irmã Katharine não perdiam um movimento dos dois, agora que eles haviam decidido não mais ir até a Carolina do Norte para testar seus aparelhos.

Sem sombra de dúvida, o ambiente em Kitty Hawk era mais calmo e propício para a experimentação. Mas, se o *Flyer* fosse vir a ser um aeroplano prático, precisaria enfrentar com sucesso condições mais adversas. Decidiram transferir o local de seus experimentos para Huffman Prairie, um descampado nas redondezas de Dayton. Nada de areia fofa, e algumas árvores ao redor. O cenário era muito mais vivo — e perigoso, pensava Wilbur — que o de Kill Devil Hills.

O *Flyer Nº 2* estava pronto para testes. A máquina era praticamente uma réplica da do ano anterior. Daquela jornada, a única coisa que não pôde ser replicada de jeito nenhum foram os ventos, que tanto ajudavam os planadores dos Wright a pegarem carona no ar em Kitty Hawk. A dupla planejou realizar um vôo numa segunda-feira, mas o tempo chuvoso não queria dar uma folga aos irmãos. Tiveram de esperar até a tarde de quinta-feira para finalmente tentar dar a partida na máquina e decolar. A imprensa já se mostrava impaciente — queria ver se o *Flyer* era tudo isso que os irmãos diziam ser.

Eram cerca de duas horas da tarde quando, metodicamente, os dois montaram os trilhos sobre os quais a máquina deslizava antes de uma decolagem. Posicionaram o avião e Orville assumiu a posição de piloto, deitado sobre o plano inferior. Como na Carolina do Norte, Wilbur acompanhou a máquina correndo ao seu lado. Expectativa entre os observadores. O motor é ligado. Parece estar funcionando bem, mas emite um barulho esquisito, que não passa despercebido aos irmãos.

As hélices propulsoras estão girando. A máquina começa a se mover pelo trilho, de forma lenta. O vento sopra na direção contrária à do movimento, mas é quase uma brisa — nada com a força do que se via em Kitty Hawk. Os olhos de todos estão pregados à estrutura sob o plano inferior, na expectativa de que ela deixe o trilho e ganhe o ar. E assim foi. Bem perto do final, Orville moveu o elevador frontal do *Flyer* e, quase imediatamente, a máquina saiu do chão. Elevou-se a seis pés, oscilou, subiu um pouco mais, máximo de 12 pés de altura. De repente, pareceu perder totalmente a capacidade de propulsão e foi direto ao solo. Para quem viu, era indisfarçável a opinião de que aquela havia sido uma queda, não um pouso. Alguma poeira se elevou do impacto, que danificou o aparelho. Wilbur mediu a distância. O *Flyer* havia viajado pelo ar, numa linha reta, cerca de 25 pés. Um pequeno salto. A imprensa estava dividida. Havia ou não sido um teste bem-sucedido da tal máquina voadora dos irmãos de Dayton? Todos queriam perguntar isso aos inventores. E foi Orville, o operador, quem tomou a liberdade de responder.

— Então, Orv, o que aconteceu? — perguntou um repórter, conhecido dos irmãos.

— Bem, Bob, a impressão que tive é a de que o motor falhou e a máquina perdeu sua força propulsora, o que propiciou a queda.

— O senhor classifica então o experimento como uma queda? Foi um fracasso? — alfinetou outro.

176

— Veja, depende do ângulo pelo qual se olha. É preciso lembrar que esse é o nosso primeiro experimento com esta máquina. Acho que todos aqui devem ter ficado convencidos, com essa demonstração, de que o *Flyer* é capaz de voar. Não fosse a falha, certamente a máquina teria atravessado pelo menos algumas centenas de pés no ar. Então eu vejo isso como uma demonstração bem-sucedida. Por outro lado, todos aqui também sabem que a idéia original, como meu irmão havia dito a vocês, era realizar um círculo completo ao redor do campo. Isso não foi feito, por causa do defeito a que me referi. Então, por esse ponto de vista, poderíamos qualificar o teste como uma falha.

Alguns murmúrios entre os repórteres, até que surgiu uma outra pergunta.

— E quanto aos danos à máquina? Quando ela estará pronta para novos testes?

— Bem, temo que o *Flyer* estará "fora de combate" por pelo menos uma semana, possivelmente uns dez dias — disse Orville.

— Bubo, deixe-me acrescentar algo — interrompeu Wilbur. — É importante lembrar que as estruturas danificadas aqui na verdade não teriam sofrido nenhum dano num pouso desse tipo caso tivesse sido possível usar abeto, em lugar de pinho, em sua construção. A máquina do ano passado era toda de abeto, uma madeira muito mais adequada e resistente. Esta aqui só não é do mesmo material porque não conseguimos encontrar a madeira em tempo.

177

Não fosse isso, estaríamos prontos para um novo teste em questão de horas, em vez de dias.

Mais murmúrios. Alguns repórteres já começavam a deixar o local, muitos deles desapontados. Havia a esperança de que tivessem um relato espetacular a fazer, mas, na melhor das hipóteses, tiveram de se contentar com um experimento medianamente convincente. Eram algumas milhas até Dayton, e os *deadlines* não costumavam ser particularmente gentis com coberturas fora do perímetro urbano.

Pela expressão dos Wright, era claro que eles também nutriam sentimentos confusos por esse teste inaugural. Era a primeira demonstração aberta, e os dois se incomodavam muito com apresentações em público, mesmo quando elas não ofereciam nenhum risco para seus interesses. Depois de quatro dias de expectativa crescente, um vôo de apenas 25 pés. Muito menos do que a pior das tentativas feitas em Kill Devil Hills em 17 de dezembro último. O resultado estava muito mais próximo do que havia sido obtido por Wilbur três dias antes do sucesso no ano anterior — um salto e uma quebra. Coincidentemente, a condição dos ventos também. Wilbur continuava um pouco perturbado por isso. Seria o *Flyer* capaz de levantar vôo num ambiente com poucos ventos? Suas contas mostravam que sim, mas provavelmente não com a extensão de trilho que estavam utilizando. Se quisessem decolar daquele modo, precisariam de uma corrida mais longa para a máquina. Ou, voltando às pranchetas, algum outro modo de decolagem precisaria ser encontrado.

Os demais repórteres foram deixando Huffman Prairie, mas nunca chegaram a um consenso sobre o que relatar. Quando voltaram à redação para escrever suas reportagens, houve os que classificaram o teste como um sucesso e os que apontaram o experimento como um fracasso. Ilustrações e fotografias da máquina não apareceram nos relatos, uma vez que eram expressamente proibidas pelos irmãos.

Depois do ocorrido em Saint Louis, Alberto não fazia o menor esforço para esconder sua profunda irritação de Octave Chanute.

— É realmente lamentável, sr. Santos-Dumont — disse o velho engenheiro de Chicago, puxando assunto com o inventor.

— Realmente, um absurdo! Mas o pior, veja só o senhor, são as insinuações de que um dos meus mecânicos, e há quem diga que até eu mesmo, foi o responsável. Um ultraje.

— Mas o balão foi totalmente destruído? Está além de qualquer possibilidade de reparo?

— Diversas perfurações no invólucro, impedindo um conserto rápido. Não tive escolha senão decidir adiar tudo e voltar a Paris para efetuar os reparos.

— Ora, sr. Santos-Dumont, estou certo de que os organizadores do evento se disporiam a providenciar os reparos aqui mesmo, sem custo para o senhor.

— Pois sim! Se o senhor confia nos consertos feitos aqui, então que voe o senhor mesmo no balão. Lamento, mas não arriscarei minha vida em favor de trabalhadores cuja qualidade desconheço. Somente os meus fornecedores em Paris têm a minha confiança para um trabalho tão delicado, como será este de reparar o balão.

— Naturalmente, entendo como o senhor se sente. — Chanute fazia o possível para ser polido naquela situação.

Alberto estava nos Estados Unidos para participar das atividades aeronáuticas da Feira de Saint Louis. Era tido em tão alta conta pelas autoridades norte-americanas que pôde fazer diversas exigências de mudanças das regras dos concursos, para que ele tivesse chance de vencer os desafios impostos com seu dirigível *Nº* 7. Era consenso que, se Santos-Dumont não pudesse cumprir uma prova, ninguém poderia. Portanto, os organizadores não se sentiram (tão) incomodados de seguir as determinações do inventor. O que ninguém poderia esperar era um ato de sabotagem, como o que havia acontecido. Alguém conseguiu burlar a segurança e fazer vários rasgos no invólucro do balão, ainda guardado em sua caixa. Além de causar constrangimento aos guardas americanos — que insistiram até o final que ninguém, exceto os mecânicos de Alberto, havia tido acesso ao dirigível —, a sabotagem impediu as alardeadas demonstrações aéreas que o aeronauta prometera aos organizadores em comemoração ao Dia da Independência dos Estados Unidos, 4 de julho.

— Enfim, parece que algum inimigo secreto meu insiste em detonar minhas aparições fora da França. Em Londres, tive um problema similar. Claro, depois do incidente no Palácio de Cristal, e de todo o interesse dos senhores em me ter como atração na Feira de Saint Louis, eu não esperava que algo assim pudesse voltar a ocorrer... bem, parto em breve para a França e voltarei assim que puder. Tenho até 1º de outubro para voltar à disputa e coletar o prêmio.

— Bem, talvez não haja tanto tempo assim.

— O que o senhor quer dizer com isso?

— Que talvez outro competidor possa chegar primeiro e tomar o prêmio. Talvez até completar o percurso mais rápido que o senhor com o seu N° 7. — Chanute exibia um leve e irônico sorriso, que Alberto interpretou como uma ameaça.

— Não vejo nenhum competidor que esteja nessas condições.

— O senhor já ouviu falar nos senhores Wilbur e Orville Wright?

— Não são os irmãos que fazem experimentos com planadores?

— Sim, eles mesmos.

— Já ouvi falar. Os rumores que circulam na França sobre suas façanhas mobilizaram a comunidade aeronáutica lá para esforços similares. Não tenho participado diretamente dessas tentativas, mas vários amigos meus estão trabalhando nisso. Meu entendimento é que nenhuma dessas máquinas até agora superou o desempenho de um balão dirigível. Estou enganado?

— Não, não está. Até agora, de fato, nenhuma máquina mais pesada que o ar atingiu esse grau de maturidade. Muitos boatos sobre vôos de milhas dos irmãos Wright surgiram no ano passado, mas mantenho contato regular com eles e sei que não estão ainda nesse estágio. — Chanute fez uma pausa para retomar a respiração. Antes que Alberto pudesse fazer novo aparte, prosseguiu. — No entanto, eles agora estão testando um novo aparelho, mais avançado que o do ano anterior, e cogitam a possibilidade de inscrevê-lo na Feira de Saint Louis. Se eles conseguirem realizar vôos sustentados longos, o senhor naturalmente pode imaginar que um aeroplano desenvolveria velocidades muito maiores que as de um dirigível.

— "Se" é uma palavra muito traiçoeira, sr. Chanute. Faz parecer próximas façanhas ainda muito distantes.

— Eles alertam que talvez, ao contrário do que acontecia no clássico conto, a lebre vença a tartaruga. Considera impossível que eles consigam?

Alberto se sentiu agredido pela comparação. Como o seu dirigível de corrida poderia ser qualificado como uma tartaruga?

— Não pretendo questionar os feitos dos irmãos Wright, que certamente já provaram seu valor em seus muitos estudos divulgados sobre planadores. Mas prefiro responder com fatos. Meu primeiro dirigível, eu o construí em 1898. Desde então, até atingir o estado do meu N° 7, com que pretendo vencer a prova em Saint Louis, seis anos se passaram. Com isso quero dizer que não temo a ameaça dos srs. Wilbur e Orville Wright, pois sei muito bem, por experiência própria, como pode ser tedioso e lento o desenvolvimento de uma nova máquina. Estou certo de que o prêmio ainda estará aqui quando eu voltar.

Os dois homens se despediram cordialmente, e Alberto retomou a organização de suas coisas para a partida. Ele mal conseguia esconder a ansiedade de deixar a América. Queria, mais que tudo, voltar ao familiar e acolhedor cenário parisiense, onde não debatiam sua capacidade, não destruíam seus balões e não o acusavam de covardemente danificar sua própria máquina para fugir de uma competição. Partiu e, durante toda a longa viagem até o Velho Mundo, não pôde livrar sua mente de um eco da conversa que havia tido com Chanute: não conseguia se esquecer da analogia da lebre e da tartaruga. Ele já sabia que os aeroplanos guardavam enorme potencial. Era o que havia dito a Roosevelt fazia dois anos e era o que havia escrito na abertura de seu livro, recém-publicado. Mas, antes da conversa com Chanute, não havia sequer imaginado que esse potencial estivesse tão perto de se realizar. Pela primeira vez, temeu ficar para trás. Quando desembarcou em Paris, estava determinado: assim que conquistasse o prêmio da Feira de Saint Louis, passaria a perseguir a meta de desenvolver um aeroplano.

Wilbur e Orville chegaram a realizar outros testes, mas os resultados pouco expressivos e o grande número de dias com tempo inadequado acabaram, aos poucos, dispersando os últimos jornalistas que antes demonstravam ávido interesse por acompanhar o trabalho dos irmãos. Tanto melhor, pensavam os dois; eles ainda tinham planos de manter seu invento sob sigilo. Além disso, sentiam-se mais à vontade por poder voltar a experimentar e a aperfeiçoar sua máquina sem ter de se preocupar em dar espetáculo. Os ventos em Huffman Prairie continuaram desanimadores pelos meses seguintes. Para compensar, os Wright projetaram um novo meio de imprimir velocidade adequada ao aeroplano na partida. Agora, o *Flyer Nº 2* contava com uma espécie de catapulta para deixar o chão.

O sistema era simples e eficiente, como costumavam ser as soluções de engenharia projetadas pela dupla. O *pylon*, como Wilbur e Orville se referiam a ele, consistia num peso preso a uma estrutura similar a uma pirâmide, colocada atrás dos trilhos do aeroplano. Ao ser solto, ele puxava uma corda que, por sua vez, puxava o *Flyer* pelo trilho, dando a velocidade adequada para o início do vôo, a despeito da falta de ventos. Pelo menos, essa era a idéia.

Sem nenhum bisbilhoteiro por perto para ver, os Wright diligentemente prepararam seu dispositivo para testes. Tudo ficou pronto no dia 7 de setembro. Para começar as provas, Wilbur decidiu usar um peso de seiscentas libras, mas já imaginava de antemão que talvez não fosse suficiente. O vento estava muito fraco, cerca de duas milhas por hora.

Anotou os dados em seu diário e iniciou os preparativos para a decolagem. Ligou o motor, e os homens que o auxiliavam soltaram o peso. O *Flyer* acelerou prontamente pelo trilho e deixou o chão. Mas em pouquíssimo tempo o aeroplano já perdia a maior parte do impulso inicial, e o motor parecia incapaz de manter o vôo. Sem chance de manobrar, o avião foi ao chão depois de seis segundos. A distância percorrida fora de apenas 136 pés.

Ao menos o *Flyer Nº 2* não havia sido tão caprichoso durante o pouso, feito suavemente, e em pouco tempo foi possível aprontar nova tentativa. Desta vez Wilbur aumentou o peso no *pylon* para oitocentas libras. Esperava com isso ganhar tempo para que o motor conseguisse finalmente alcançar o ritmo necessário para manter o vôo. Pareceu uma reprise da tentativa anterior, ligeiramente melhorada: sete segundos no ar, para uma travessia de cerca de duzentos pés. Embora a catapulta estivesse oferecendo exatamente o desempenho que os irmãos haviam calculado, o motor parecia não ajudar. Mais uma vez, o *Flyer* parecia precisar de um elemento externo para manter seu vôo.

Após o resultado desanimador, Wilbur, frustrado, mas determinado, decidiu fazer uma terceira tentativa. Para tal, adicionou mais duzentas libras ao peso do *pylon*. Se isso não aumentasse significativamente seu tempo de vôo, não saberia mais o que fazer. Posicionou o *Flyer* novamente para a decolagem, agarrou-se firmemente aos controles, o motor foi acionado, o peso foi solto e — zap! — a máquina zuniu pelo trilho e disparou na direção do ar. Ele pôde até controlar o aparelho, que se comportava de forma menos arredia do que em Kitty Hawk: dessa vez parecia um vôo de verdade. Wilbur tentava se concentrar em manter o aeroplano no ar, mais do que fazer qualquer manobra. Sentia o *Flyer* perder velocidade durante o percurso, mas de forma muito menos abrupta que nas decolagens anteriores. Quando finalmente tocou o solo, verificou o tempo: 37 segundos. Ao medir a distância, constatou uma travessia de 1.360 pés. Era o maior vôo do *Flyer* até então, mas ainda não tinha muita convicção de que estava realmente numa máquina de vôo sustentado. Ainda havia muito trabalho pela frente. A despeito disso, Wilbur não pretendia desistir agora.

Após voltar a Paris e descobrir que os reparos ao invólucro do *N° 7* poderiam levar até dois meses, Santos-Dumont comunicou aos organizadores da Feira de Saint Louis que não voltaria aos Estados Unidos para tentar vencer o prêmio. Os irmãos Wright, ainda duelando com seu sistema de decolagem assistida, também decidiram não entrar na disputa. Embora a feira em si tenha sido um sucesso, os eventos aeronáuticos foram um grande desapontamento.

— Rapazes, confesso que pensei que esse dia não ia chegar... — disse o criador de abelhas, coçando a cabeça.

— Mas chegou, sr. Root. Está pronto para ver a máquina de que tanto falamos nos últimos dias em ação? — perguntou Orville, num tom amistoso. — E, quando digo ação, não quero dizer o testezinho que fizemos pela manhã.

Amos Ives Root era um apicultor de Medina, Ohio. Além de criar abelhas, ele editava uma publicação especializada, *Gleenings in Bee Culture*. Depois de ouvir falar nos experimentos dos irmãos Wright, Root cismou que gostaria de vê-los. Conseguiu contatá-los por carta e escreveu incessantemente até receber um convite para acompanhar um teste da máquina em Huffman Prairie. De início, os Wright tentaram afugentá-lo, mas, vendo que aquela criatura simpática, com um inegável ar interiorano, pretendia ficar lá até ver a incrível *performance* do aeroplano, acabaram se afeiçoando a ele e tendo-o como um convidado bem-vindo.

Pela manhã, já haviam feito uma tentativa, com o *pylon* equipado agora com um peso de 1.200 libras. Um percurso impressionante, em forma de S, mas influenciado por um vento de noroeste que cruzava o campo — certamente não era a rota pretendida. Root não estava lá para ver e, quando chegou, uma tempestade parecia mais uma vez ameaçar sua chance de observar um vôo. Mas a chuva deu uma trégua no início da tarde, e Wilbur decidiu que poderiam fazer uma tentativa. As nuvens negras ainda estavam por lá, e Root parecia um pouco apreensivo.

— Tem certeza de que é uma boa idéia, rapaz? Esse clima não parece muito convidativo...

— Vai dar tudo certo, sr. Root. Com o senhor aqui para nos dar sorte, não há perigo algum — disse Wilbur, sorrindo.

— Bem, vocês é que sabem... — o apicultor deu de ombros.

O aviador mediu o vento, que agora vinha do leste. Ele oscilava em torno de sete a oito milhas por hora, melhor do que a maioria dos ventos que costumavam ter por ali. Subiu a bordo do *Flyer*, enquanto Orville ajudava a ligar o motor, girando as hélices. O *pylon* estava pronto. A decolagem ocorreria contra o vento, numa diagonal. O peso desceu, o aeroplano correu pelo trilho e logo ganhou o ar, a toda velocidade.

Wilbur já se sentia mais ou menos à vontade com os controles do aeroplano. Lembrava-se das dificuldades que haviam enfrentado no ano anterior, para se acostumar a um vôo motorizado; agora, já tinha a impressão de dominar a máquina como se fosse o planador de 1902. Começou quase imediatamente a fazer uma curva para a direita, mantendo grande proximidade com o chão. Embora pudesse, tinha medo de se afastar demais do solo e correr o risco de sofrer um acidente grave. O motor parecia se comportar muito bem, e o aviador não sentiu mais que a máquina perdia a potência após o lançamento catapultado. Agora já voava com o vento soprando por trás do *Flyer*, que o ajudava a ganhar velocidade. Prosseguiu fazendo uma curva suave. Pela primeira vez, sentiu que teria chance de cumprir a meta estabelecida pelos irmãos — completar uma volta ao redor do campo. Já podia sentir o sucesso. Enquanto voava, Wilbur via Root balançar o chapéu do outro lado do campo. Mais um pouco e o *Flyer* já se via contra o vento novamente. A máquina permaneceu no ar até descer exatamente no ponto de partida.

— É isso aí, Ullam! — exultou Orville, enquanto o irmão fazia a aterrissagem. A máquina pousou suavemente, tendo concluído o percurso circular. Root estava bestificado. Wilbur desligou o motor, checou seus instrumentos e foi imediatamente ao encontro de Orville, com um sorriso escancarado.

— E então, gostou? — perguntou ele, dirigindo-se ao apicultor.

— Estou sem palavras, rapaz. Isto é realmente incrível.

— Algum problema durante o vôo? — argüiu Orville.

— Não. Finalmente o motor resolveu não nos deixar na mão. A orientação da decolagem foi perfeita, o sistema de controle não podia estar melhor. É isso aí, Bubo. Nós conseguimos.

O vôo durou cerca de 4.100 pés sobre o chão, num círculo quase perfeito. Root decidiu que era hora de falar de negócios.

— Então, seria possível ter alguma fotografia da máquina em vôo, para ilustrar um artigo sobre esse feito extraordinário na minha *Gleenings*?

— Hmm, lamento desapontá-lo, sr. Root, mas estamos determinados a manter o desenho de nossa máquina em segredo no momento — disse Orville. — Claro, ficaríamos felizes em ceder uma das fotos obtidas durante nossos experimentos com planadores, se o senhor achar que é suficiente — complementou Wilbur.

— Bem, se é o que é possível, então que seja — resmungou o apicultor. — Vocês sabem, eu tenho muito interesse no trabalho de vocês. Perdi muitas noites de sono pensando nessa máquina. E agora queria compartilhar isso com o mundo. Estaria disposto até a pagar, digamos, cem dólares, pelos direitos de publicação de um artigo.

— Vá lá, pode publicar o texto, mas, quanto a fotografias atualizadas, o senhor precisa nos entender, enquanto nosso pedido de patente não for aprovado, trabalharemos em absoluto sigilo — reiterou Wilbur.

Root estava tão bem impressionado que dificilmente isso iria perturbá-lo.

— Tudo bem, rapazes! Mando a vocês uma cópia do artigo assim que sair! E o dinheiro, claro! Deve acontecer no fim deste ano ou no início do ano que vem!

— Agradecemos. Espero que tenha gostado da demonstração.

— Se eu gostei? Isso aqui é uma revolução, rapaz!

Na França, os experimentos com planadores continuaram sem muito sucesso. Em outubro, Ernest Archdeacon anunciou que daria um troféu ao primeiro que fizesse uma demonstração pública de um vôo de 25 metros com uma máquina motorizada mais pesada que o ar. A quem completasse cem metros, o prêmio viria em *cash*, na forma de 1,5 mil francos. E é criado o Grand Prix d'Aviation Deutsch-Archdeacon, que oferece nada menos que 50 mil francos ao primeiro que realizar, publicamente, um vôo circular de um quilômetro.

Em novembro, os Wright fizeram algumas alterações no *design* frontal da máquina, após um acidente. O *Flyer* ganhou mais estabilidade. Em 2 de novembro conseguiram mais uma vez dar uma volta no campo. No dia 3, a mesma coisa. No dia 9, os irmãos saíram para celebrar a reeleição de Theodore Roosevelt e realizaram um vôo espetacular, quatro voltas completas, em cinco minutos e quatro segundos. O percurso completo tinha pouco mais de três milhas. Foi o melhor vôo do ano, embora outras tentativas tenham ocorrido até 1º de dezembro, quando encerraram a temporada de experimentos.

Chanute encaminhou a Wilbur um recorte de jornal francês sobre os prêmios recém-instituídos. A resposta? "Se iremos ou não à França vai depender do quanto isso se encaixar em nossos outros planos, que ainda não amadureceram completamente."

1905

A Junta de Intendência e Fortificação do Departamento de Guerra dos Estados Unidos já estava reunida em Washington, D.C., por três longas horas. O cansaço era aparente em todos os membros do grupo, na primeira reunião após as festas de fim de ano. Mesmo considerando que se tratava de oficiais dedicados, o trabalho não era muito bem-vindo.

— Senhores, há apenas mais uma coisa que precisamos discutir — disse o general Gillespie, presidente da comissão.

Suspiros de insatisfação abundaram.

— Prometo que será rápido — prosseguiu o militar. — O secretário do Departamento de Guerra nos encaminhou uma carta que por sua vez foi mandada a ele pelo congressista Nevin, de Ohio. Pediu que analisássemos o conteúdo e disse que apoiaria a decisão desta junta. Nevin escreveu em nome de dois inventores de Dayton, Ohio, os srs. Wilbur e Orville Wright. Talvez já tenham ouvido falar deles nos jornais.

— Bah. São os homens voadores, não são? — perguntou um dos membros da comissão, o general Cartwright.

— Sim. Eles estão oferecendo ao Departamento de Guerra uma de suas máquinas. Dizem estar a ponto de atingir o estágio de uso prático e que poderiam construir um aeroplano para nós de acordo com nossas especificações, ou ainda oferecer seus conhecimentos técnicos para que o governo construa seus próprios aparelhos.

— General Gillespie, com todo o respeito, o que há para discutir? O senhor se lembra perfeitamente bem do que aconteceu da última vez em que gastamos dinheiro em experimentos aeronáuticos, não?

— Como alguém poderia esquecer? O "fiasco Langley". Mas...

— E o senhor também sabe, como presidente desta junta, quantos pedidos de recursos para máquinas voadoras recebemos por mês. Sabe como tratamos esses pedidos.

— Sim, eu sei.

— Se o professor Langley, um cientista da mais alta reputação, secretário da Instituição Smithsonian, foi incapaz de produzir um aeroplano funcional, o que o faz pensar que dois caipiras de Ohio vão ter algo a nos oferecer? E digo mais: mesmo que tivessem, por ordem do presidente, não podemos mais embarcar nesse tipo de aventura. Eles claramente estão requisitando dinheiro para que possam iniciar o desenvolvimento de uma máquina "de acordo com nossas especificações". Pois, se querem nos vender algo, que construam e demonstrem primeiro.

— Não poderia estar mais de acordo, general Cartwright. Mas não podia ignorar o assunto, uma vez trazido à pauta pelo secretário de Guerra. No entanto, acho que todos aqui concordam com o que o senhor acabou de dizer. Proponho então que a resposta reflita esse teor. Assim que os srs. Wilbur e Orville Wright demonstrarem que sua máquina já atingiu o estágio de operação prática e foi aperfeiçoada o bastante, esta comissão terá prazer em receber novas propostas deles. Alguém se opõe?

Ninguém contestou, e a resposta foi enviada de pronto ao congressista Nevin, assinada por G. L. Gillespie. Dois dias depois, a correspondência chegou às mãos dos Wright.

— Adivinhe só quem acaba de nos escrever uma carta, Ullam? — perguntou Orville ao irmão, assim que Wilbur chegou em casa.

— Ah, não vá dizer que são mais más notícias...

— Hmm, não exatamente. — Orville manteve o suspense.

— Sei lá. Cartas de Chanute normalmente seriam remetidas a mim, então não sei. Ferber? — arriscou.

— Não.

— Hmm, se ele mandou para nós... hmmm... desisto. Santos-Dumont? — Wilbur não resistiu à piada.

— Até que não passou tão longe. Ernest Archdeacon.

— Archdeacon?! O que ele quer? Por acaso, ele desistiu de dizer por aí que somos uma fraude e agora quer nossa amizade? — ironizou Wilbur.

— Hmm, temo que não. Mas dê uma olhada, vai se divertir.

— Muito bem, vamos lá. Deixe-me ver logo esse papel

Orville foi até a mesa da sala de jantar e trouxe de volta a carta original do advogado francês, para que Wilbur soubesse do que se tratava. Ainda de pé, ele olhou e em seguida voltou-se para o irmão, irritado.

— Mas está tudo em francês! Como você espera que eu leia isto?

— Ei, ei, calma. Não precisa ficar irritado. Dê aqui que eu traduzo para você — respondeu Orville. — A propósito, até que está valendo a pena eu ter me dado ao trabalho de aprender a língua deles, Ullam. A impressão que tenho é que teremos de usá-la mais e mais nos próximos anos.

— Ainda é cedo para dizer, Bubo. Mas, vamos, diga lá o que está escrito aí.

Paris, 10 de março de 1905.

Senhores:

Meu nome já é certamente conhecido pelos senhores entre os nomes dos franceses que lutam para estimular estudos relacionados à aviação na França.

Os resultados que os senhores já obtiveram, caso eu deva acreditar nos relatos dados pelos senhores e publicados em vários jornais franceses, são absolutamente impressionantes; tão impressionantes que até criam em meu país uma certa incredulidade.

Esta incredulidade resulta de duas razões: primeiro, do longo tempo que se passou sem novos resultados desde seus memoráveis experimentos de dezembro de 1903; e por outro lado do mistério em que os senhores se dizem envolvidos com o objetivo de ganhar tempo para a obtenção de suas patentes.

Nesse ponto, eu fico um pouco impressionado, pois de minha parte não acredito em patentes, e, por outro lado, se os senhores realmente têm em seu aparato algum dispositivo novo, os senhores estão levando um tempo muito grande para obter as ditas patentes.

Entretanto, seja como for, essa questão me interessa tanto que eu me disporia a arriscar uma viagem até a América para ver seu aparato, se me for permitido vê-lo e vê-lo em operação — a não ser que os senhores mesmos considerem vir à França para nos mostrar o que os senhores sabem fazer (após terem desmontado uma de suas máquinas e a embarcado num navio).

Eu não preciso dizer que os senhores seriam recebidos por nós com entusiasmo. Adiciono duas coisas que podem interessar. Uma é que, se os senhores são nossos mestres em aviação, nós certamente somos os mestres no assunto de motores leves, e os senhores poderão encontrar motores conosco que pesam dois quilogramas por cavalo-vapor, algo que os senhores certamente não têm consigo. Complemento com o que os senhores provavelmente já sabem, que há um prêmio Deutsch-Archdeacon de 50 mil francos para o primeiro experimentador que viajar um quilômetro num circuito fechado.

Peço que os senhores me informem se é possível ver os experimentos na América, ou se os senhores estariam dispostos, em caso de pagamento, a vir nos dar aulas na França.

Peço, senhores, que recebam minha mais sincera consideração.

Ernest Archdeacon

— Essa é muito boa, hein, Bubo?! O que achou? O sujeito é o supra-sumo da ironia.

— Tsc, tsc, tsc... — concordou Orville.

— E então, o que acha que devemos responder a ele? — argüiu Wilbur.

— Precisamos responder?

Wilbur pensou por um segundo.

— Para ser bem honesto, talvez não precisemos mesmo. De toda forma, caso o façamos, o que acha que deveríamos dizer?

— Ora, em primeiro lugar, devemos parabenizá-lo muitíssimo por perceber a importância da aviação e fomentá-la na França... e... que... com isso, quem sabe em cinqüenta anos eles cheguem ao nosso nível! — Orville explode na gargalhada. Contagiado, Wilbur não consegue conter o riso.

— Acho que ele não ia gostar muito disso, ia? Heheheh... Mas, sério, acho que o começo foi bom. Podemos simplesmente congratulá-lo pelos esforços e dizer que, no momento, não temos interesse em divulgar nossos métodos ou máquinas para ninguém. Claro, não doeria dar alguma esperança ao homem... podemos dizer que talvez apareçamos por lá para conquistar o prêmio, caso nossos outros arranjos permitam que haja uma oportunidade.

— Perfeito, Ullam. Não podia ter dito melhor. Quer que eu escreva isso em francês?

— De jeito nenhum. Mandamos a resposta em inglês. Deixe que eu mesmo redijo.

— OK, mas deixe-me vê-la antes de enviar, sim?

— Sem problemas.

— Escute, mudando de assunto, você recebeu alguma notícia dos britânicos?

— Não, só aquilo que lhe falei. Eles ficaram interessados na máquina e disseram que iam enviar alguém para vê-la em operação. Claro, não disse a eles que nosso próprio governo havia feito tão pouco-caso do nosso *Flyer*... lamento muito por isso. Queria realmente que essa invenção ficasse a serviço da América. Mas não dá para dizer que não fizemos força para que o nosso próprio governo comprasse o *Flyer*, antes de oferecer a outros...

— Idiotas. São um bando de idiotas esses caras do Departamento de Guerra. E é tudo culpa do Langley.

— Alto lá. Por pior que tenham sido os resultados de Langley, ele fez o melhor que pôde. E tinha toda a razão de acreditar no vôo mecânico. Não podemos culpá-lo pela cegueira dos políticos... de todo modo, não vou me preocupar muito com isso até que resolvamos os *nossos* problemas políticos. Papai está perturbado com as coisas lá na igreja.

— Ah, Ullam, vai dar tudo certo, você vai ver. Papai vai sair por cima. Ele e os que o apóiam lá.

— Espero que sim. Assim que esse assunto estiver para trás, poderei dedicar toda a minha concentração aos experimentos com o *Flyer* neste ano.

— Vamos bater recordes, sim?

— Sem dúvida.

O cartunista entrou no escritório de Santos-Dumont sem aviso. Sem, como George Goursat assinava em seus desenhos, era amigo íntimo de Alberto e o único que podia entrar no apartamento do inventor na Champs Elysées sem nem mesmo ser anunciado. Como o amigo não estava lá no momento, passou a olhar em volta, procurando algo para distraí-lo. Então notou a bagunça. Num canto, algumas flechas, com asas nada discretas presas às laterais, feitas de ripas de madeira. Algumas estavam danificadas — decerto haviam sido atiradas de um canto a outro, como dardos. Imaginou o que Alberto tencionava com aquilo. Algum novo invento? Certamente não era pesquisa de balões.

A curiosidade cresceu. Sem deu mais dois passos e afastou uma das cadeiras de camurça, para ver os papéis sobre a escrivaninha de Alberto. Em meio a elas, encontrou uma planta de projeto, ainda muito rudimentar, quase um rascunho. Conhecendo o brasileiro como poucos, Sem teve a impressão de que era apenas o início de um trabalho. No canto inferior direito, viu um título, a lápis: "*N° 11*". Olhou para os desenhos. Aquilo, definitivamente, não era um dirigível. Mas se parecia com algumas das setas que viu no chão. Uma estrutura fina e alongada, e um plano em forma de asa que mais parecia a ponta de um machado, como um quarto de círculo. Duas hélices, distribuídas ao longo da haste central, deveriam servir à propulsão. Atrás, na cauda, uma estrutura triface, que mais parecia uma pirâmide do avesso. Sem tentava entender o que via, com pouco sucesso. Ouviu um barulho atrás de si. Era Santos-Dumont.

— Sem, o que está fazendo? — irrompeu o inventor, preocupado.

— Eu é que pergunto, meu amigo, que diabos é isto? — respondeu o cartunista.

— Nada, nada... — Alberto correu para a escrivaninha e logo cobriu o projeto do *N° 11* com outros papéis. — Só alguns rabiscos sem sentido... coisas em que tenho pensado. Você também, como artista, não faz lá os seus rabiscos? Pois bem... mas que coisa!

O inventor sentou-se em sua cadeira, como que para proteger os papéis. Fingiu organizá-los. Mesmo para um grande amigo como Sem, o brasileiro não queria falar de seus planos. Mantendo seu ar de autocontrole, não queria admitir que estava confuso, que não sabia bem por onde começar. Recusou-se terminantemente a buscar inspiração nos escritos de Chanute e de Wilbur Wright quando se impôs a tarefa de desenvolver um aeroplano. Mas tinha de começar por algum lugar. Resgatou então os trabalhos de um inglês, *sir* George Cayley.

O homem, grande pioneiro dos estudos aeronáuticos, havia começado com brinquedinhos voadores, como Pénaud. Depois, passara a projetar planadores. Em 1843, chegou a imaginar uma "carruagem voadora", um complicado conjunto de planos ligados por vigas e impulsionado por dois motores. Mas Santos-Dumont decidiu que deveria começar com projetos mais simples e tomou por base um planador de Cayley concebido em 1804. Era o desenho que Sem vira.

Ainda assim, Alberto estava tateando às escuras, sem entender de forma detalhada o que estava projetando. Isso lhe causava muitas dificuldades na hora de fazer modificações no projeto. Diferentemente de seus dirigíveis, que Santos-Dumont aprendera a aperfeiçoar na prática, a abordagem aqui teria de ser outra. Odiava admitir até para si mesmo, mas estava de fato confuso.

Tanto que, paralelamente, trabalhava em outros projetos. Já tinha em mente outros três inventos. O *Nº 12*, em construção, era um helicóptero. Intuitivamente, Alberto acreditava nele. O *Nº 13* era um esforço final de aperfeiçoar balões — o modelo combinava a tecnologia de ar quente, dos Montgolfier, ao uso de um invólucro de hidrogênio. Uma esquisitice que só mesmo Santos-Dumont poderia ter imaginado. E o *Nº 14* era basicamente um dirigível clássico, com um invólucro elegante e muito alongado — quase uma lança aérea.

— Enfim, em vez de ficar aqui discutindo bobagens, vamos logo ao Maxim's, sim? — desconversou o inventor, pegando um relógio na gaveta da escrivaninha e levantando-se. — Desse jeito, iremos nos atrasar para o jantar.

— Calma, Santos, não precisa ficar desse jeito — rebateu Sem. — Coloquemo-nos a caminho, pois.

Era uma atração de circo. John Montgomery se considerava um experimentador sério no campo nascente da aviação, mas sabia que as apresentações que proporcionava eram mais para chamar a atenção e ganhar uns tostões do que qualquer outra coisa. Claro, tinha suas próprias teorias sobre aeroplanos, que punha em prática nas máquinas que construía, mas todos, inclusive Chanute e os irmãos Wright, achavam que pouco conhecimento adicional para a arte do vôo viria dali.

Os experimentos eram conduzidos em Santa Clara, na Califórnia. No dia 18 de julho, mais um deles estava para acontecer. Uma pequena multidão se reuniu para ver o teste, próximo ao Santa Clara College, onde Montgomery lecionava. Como sempre, o professor não iria voar. Ele apenas projetava o aeroplano, que era levado a grande altitude por um balão. De lá, seu assistente, Daniel Maloney, deveria descer com o planador. Já havia feito isso antes, com inegável sucesso (chegou vivo em todas as ocasiões), mas nunca de tamanha altura.

O aeroplano lembrava bem o *Aérodrome* de Langley. Maloney estava pronto para mais um "experimento". O veículo foi solto e o piloto tentou controlar sua direção deslocando o próprio corpo. Mas não conseguiria grande coisa dessa vez. Logo após o início da descida, as asas traseiras pareceram ter sido totalmente entortadas e inutilizadas. Talvez tivesse se enroscado num dos fios do balão, Maloney não sabia. Ficou apavorado. Tentou voar apenas com as asas dianteiras, mas não conseguiu se manter por muito tempo. O veículo fazia algumas piruetas e despencava violentamente contra o chão. Era o fim.

Os Wright acompanhavam, à distância e pela imprensa, os audaciosos experimentos de Montgomery. Wilbur se sentiu muito mal pelo acidente. Ele escreveu a Chanute sobre o assunto.

A morte trágica do pobre Maloney pareceu ainda mais terrível para mim porque eu sabia que ela aconteceria e tentei em vão pensar num meio de salvá-lo. Eu sabia que um aviso direto iria precipitar em vez de prevenir uma catástrofe. O livreto de Montgomery mostrava uma explicação completamente errada dos fatos reais relativos à distribuição das pressões e à viagem do centro de pressão com velocidade crescente, e pareceu para mim terrível que o pobre Maloney se deixasse soltar alto no ar e permitisse que a máquina apontasse para o chão descrevendo círculos sem saber que havia pontos críticos além dos quais seria absolutamente impossível para ele endireitar a máquina.

O dia parecia bom para novos testes, e Wilbur se preparava para mais uma decolagem com o *Flyer Nº 3*. No dia anterior, Orville havia batido o recorde de vôo ininterrupto da dupla: 33.456 metros, cobertos em cerca de 33 minutos. Como não queriam chamar a atenção, os irmãos voavam apenas em círculos, ao redor do campo. Alguns poucos amigos, 14 no total, acompanhavam os experimentos. Entre eles estava o próprio Huffman, o proprietário que dera nome àquela pradaria, perto da estação de trens de Simm, nas cercanias de Dayton. O frio do outono já se fazia mostrar naquele 5 de outubro, um sábado, com uma brisa vinda do norte. O anemômetro marcava a velocidade do vento: seis milhas por hora.

Wilbur se pôs na posição de piloto, deitado sobre o plano inferior. O *pylon* proporcionou mais um lançamento bem-sucedido, e logo o *Flyer* estava no ar. Mas a escolha para o local da decolagem fora infeliz. O piloto logo notou que passaria por sobre a grade que delimitava o campo caso prosseguisse com o vôo, e decidiu pousar prematuramente. Cobrira apenas 630 metros, em pouco mais de quarenta segundos. Orville foi ao seu encontro.

— Ué, o que aconteceu, Ullam?

— Nada, nada. Apenas decidi descer para evitar sair do perímetro do campo. Mas não pense que ficará assim. Farei outra decolagem, dessa vez dali — rebateu Wilbur, apontando para bem longe.

— Você é que sabe...

Sem demora, os irmãos prepararam a máquina para nova decolagem. De novo Wilbur se coloca nos controles. A partida do motor mais uma vez é dada com sucesso e lá vai ele. Rapidamente ganha altura suficiente e segue voando, voando, voando, fazendo voltas rápidas ao redor do campo. Era mais uma demonstração incrível da máquina dos Wright. Lá de cima, Wilbur não tinha mais a menor dúvida de que o aparelho estava pronto para servir numa guerra. Era mais que um simples aeroplano: era um aeroplano prático.

Determinado a bater o recorde de Orville, Wilbur se pôs a testar seu controle sobre o *Flyer*. Depois de tantas decolagens — aquela era a 48ª —, a máquina parecia muito simples de controlar. Exigia constante atenção do operador, é verdade, mas não mais que a atenção dada por um ciclista para manter o equilíbrio sobre duas rodas.

Lá no alto, pilotando de forma semi-automática e sem se preocupar com o motor, que estava se mostrando bastante confiável ao longo da temporada, Wilbur começou a divagar. Achava incrível que o Departamento de Guerra tivesse dispensado a oferta dos irmãos, sem nem mesmo se dar ao trabalho de ver a máquina em funcionamento. Mas ainda mais surpreso ele estava com os governos estrangeiros. Os britânicos haviam prometido enviar alguém para ver a máquina, mas ficaram procrastinando, enquanto a imprensa noticiava que eles acompanhavam cada vez com mais afinco os experimentos com dirigíveis. "Se eles soubessem como um aeroplano é mais prático e eficiente", especulou Wilbur consigo mesmo.

Seus pensamentos foram interrompidos por um barulho. O motor engasgou um pouco e por fim parou. Pelos sinais, não havia dúvida, mas olhou para o tanque mesmo assim para conferir. Pois é, estava sem gasolina. Mas agora que eles entendiam os mecanismos envolvidos no vôo, não seria difícil resolver esse problema. Havia algum tempo a dupla de Dayton acabara um novo projeto de avião, para uso militar. Ele tinha um tanque de combustível bem maior e podia carregar duas pessoas. O piloto e o passageiro não mais iriam deitados, mas sentados, ao centro da máquina, entre os dois planos. Orville já havia riscado as plantas. Só não se puseram a construir porque não valia a pena gastar do próprio bolso para ter uma máquina desse tipo sem que houvesse um comprador garantido.

Sem gasolina, Wilbur planou até fazer um pouso suave em Huffman Prairie. Ao descer, viu o pessoal entusiasmado. Seu irmão mais uma vez veio ao encontro dele e disparou.

— Parabéns! Você completou um vôo de nada menos que 39 minutos percorrendo... vamos ver... 38.956 metros.

— Puxa! Isso dá... — Wilbur fez uns cálculos de cabeça — umas 25 milhas!

— Nada mau, hein?

— Está brincando? Dei umas trinta voltas ao redor do campo! Foi incrível! Acho que deveríamos fazer algumas modificações na máquina, para atingirmos a marca de uma hora de vôo! O que acha, Bubo?

— Pode ser, pode ser... Mas o mais importante agora é acharmos um comprador para essa belezinha. Aí faremos tudo que você quiser, Ullam. Afinal, você ainda tem alguma dúvida de que o *Flyer* já está completamente aperfeiçoado?

— Nenhuma, Bubo. Nenhuma.

Os irmãos voltaram para casa, onde foram surpreendidos pela edição vespertina do *Dayton Daily News*. Uma reportagem tinha como título "O vôo de uma máquina voadora". Ao ler, Orville constatou que era um relato detalhado de seus próprios experimentos, feitos três dias antes. A reportagem prosseguia: "Na tarde de quinta-feira um vôo foi conduzido e, segundo testemunhas confiáveis, a máquina voou graciosamente por cerca de 25 minutos, respondendo a todos os comandos do piloto. Ao final desse período, por medo de que a máquina não pudesse ser mantida no ar por muito mais tempo, uma descida foi feita por um dos inventores. Todos os dias nesta semana vôos têm sido feitos, quase, com igual sucesso."

— Que porcaria é essa, Ullam? — resmungou Orville.

— O que foi? — respondeu Wilbur, pegando o jornal e lendo por cima o relato. — É... parece que algum dos nossos amigos ficou impressionado demais e não soube manter o silêncio. Droga. Isso é preocupante?

— Preocupante?! Preocupante nem começa a descrever o problema. Teremos de interromper os experimentos. Imediatamente. Hoje foi um relato. Amanhã é uma fotografia. Depois de amanhã todo mundo nos copiou e ficaremos com as mãos abanando. Isso não pode acontecer.

— É... tem razão, Bubo. Vamos ter de parar com os testes, pelo menos por ora. Mas ainda acho que devemos tentar bater o recorde e fazer um vôo de uma hora antes do fim da temporada.

— Humpf. Veremos...

O artigo do *Dayton Daily News* foi reproduzido no dia seguinte pelo *Cincinatti Post*, convencendo os irmãos Wright a redobrar a cautela para proteger os segredos de suas máquinas. No dia 9 de outubro, Wilbur voltou a escrever para o secretário da Guerra dos Estados Unidos. A resposta chegou em 19 de outubro: pela segunda vez o governo recusava as ofertas.

Enquanto isso, em Paris, no dia 14 de outubro era fundada a Federação Aeronáutica Internacional, fruto de acordos entre representantes da França, da Bélgica, da Alemanha, do Reino Unido, da Itália, da Espanha, da Suíça e dos Estados Unidos. A Federação seria responsável pelo estabelecimento de critérios para avaliação de feitos aeronáuticos. Ficou estabelecido que, para ser reconhecido, o vôo de um avião precisaria ser aferido por uma comissão idônea, ter mais de cem metros de extensão, terminar sem acidentes, e a máquina deveria iniciar o vôo por seus próprios meios, sem assistência externa.

Ferber estava perturbado. Qual seria o segredo dos irmãos Wright? Não ouvira mais falar dos dois, mas rumores circulavam de que britânicos poderiam estar tentando comprar a máquina voadora americana. Não seria o caso de a França tomar a dianteira? O capitão de artilharia francês achava que sim. Não havia feito muito progresso com seus próprios aeroplanos. Já havia acoplado motor a eles, pendurara-os no ar por um guindaste, mas a máquina parecia recusar-se a voar. Decidiu então escrever aos Wright diretamente para perguntar de seus resultados. Recebeu uma resposta, no dia 21 de outubro.

9 de outubro de 1905.

Capitão Ferber,
Chalais Meudon, França.

Caro senhor:

Na época em que recebemos sua carta estávamos apenas nos aprontando para retomar nossos experimentos, e achamos que num período curto poderíamos responder suas perguntas a respeito da praticidade do nosso *flyer*. Fomos atrasados por mais tempo do que imaginávamos. Embora nossos experimentos na temporada passada tenham nos levado a aumentar as expectativas, até que tivéssemos realmente feito vôos de duração muito maior do que aqueles cinco minutos, dificilmente teríamos considerado que o nosso *flyer* fosse prático para os propósitos que deverá ser chamado a cumprir no futuro.

Mas nossos experimentos no último mês nos mostraram que agora podemos construir máquinas que são realmente práticas e adequadas para muitos propósitos, como vigilância militar etc. No dia 3 de outubro fizemos um vôo de 24.535 metros em 25 minutos e cinco segundos. Esse vôo foi interrompido pelo aquecimento de uma corrente da transmissão, na qual não tínhamos nenhum reservatório de óleo. Em 4 de outubro atravessamos uma distância de 33.456 metros em 33 minutos e 17 segundos. A corrente da transmissão aqueceu novamente, mas conseguimos retornar ao ponto de partida antes de sermos impelidos a desligar a máquina. Em 5 de outubro nosso vôo teve a duração de 38 minutos e três segundos, cobrindo uma distância de cerca de 39 quilômetros. O pouso foi causado pela exaustão do suprimento de combustível. Um reservatório de óleo curou o problema com a corrente que havia encerrado os vôos anteriores. Testemunhas desses vôos ficaram tão entusiasmadas que foram incapazes de fechar o bico, e como resultado nossos experimentos ficaram tão públicos que fomos obrigados a interrompê-los no presente momento, ou pelo menos até encontrarmos um lugar menos público para prosseguir.

Os últimos anos foram dados quase inteiramente ao desenvolvimento do nosso *flyer*, e pouco tempo foi dado à consideração do que faríamos com ele assim que o tivéssemos aperfeiçoado. Mas é nossa intenção atual primeiro oferecer aos governos para propósitos de guerra, e se o senhor acha que seu governo pode estar interessado, ficaríamos felizes de entrar em contato com ele.

Estamos preparados para fornecer máquinas sob contrato, a serem aceitas apenas depois de viagens de demonstração de pelo menos quarenta quilômetros, com a máquina carregando um operador e suprimentos de combustível etc. suficientes para um vôo de 160 quilômetros. Aceitaríamos contratos em que a distância mínima para a viagem de teste fosse maior que quarenta quilômetros, mas, é claro, o preço pela máquina neste caso seria maior. Estamos também prontos para construir máquinas que carreguem mais de um homem.

Respeitosamente,

Wilbur Wright

Ferber estava mais que interessado e respondeu à carta assim que a recebeu.

21 de outubro de 1905.

Senhores,

Recebi sua carta e apresento aos senhores minhas felicitações.

Esperei por um longo tempo pelo seu sucesso completo, e contribuí enormemente para tornar seus nomes conhecidos na França.

Diga-me o preço que querem por sua máquina — apenas devo contar-lhes que, considerando o progresso que fiz desde junho, o governo não está mais interessado em pagar uma quantia tão grande quanto estava em fevereiro de 1904, ou mesmo em maio de 1905, época em que enviei minhas últimas duas cartas.

Sinceramente,

Capitão Ferber

Os irmãos de Dayton deram boas risadas com a tentativa de Ferber de fazê-los baratear o preço do *Flyer* — acompanhavam as notícias na França e sabiam que o capitão estava na verdade bem longe de ter uma máquina minimamente útil. Resolveram então fazer uma promoção "especial" para os franceses.

4 de novembro de 1905.

Capitão Ferber.
Chalais Meudon, França.

Caro senhor:

Recebemos sua carta de 21 de outubro, e gostaríamos de estender congratulações ao senhor pelo grande sucesso que obteve. Talvez ninguém no mundo possa apreciar a grandeza de seu desempenho tanto quanto nós. É de fato um grande avanço ter passado das máquinas planadoras, com seu fácil controle, para a descoberta de métodos poderosos e eficientes o bastante para dar controle às arredias máquinas motorizadas. Após as experiências de homens de grande habilidade, como Langley, Maxim e Ader, que passaram anos de seu tempo e gastaram milhões de seu dinheiro sem nenhum resultado, nós não críamos possível que fôssemos superados em cinco ou dez anos, pelo menos. A França é realmente feliz por ter encontrado um Ferber. Estendemos felicitações ainda mais porque não acreditamos que o seu sucesso irá reduzir o valor de nossas próprias descobertas. Pois, quando ficar conhecido que a França está de posse de uma máquina voadora prática, outros países terão de imediatamente vir atrás de nossas descobertas científicas e nossa experiência prática. Com a Rússia e a Áustria-Hungria em sua atual condição problemática e o imperador germânico num humor truculento, uma faísca pode produzir uma explosão a qualquer minuto. Nenhum governo correria o risco de esperar o desenvolvimento de máquinas voadoras práticas independentemente. Estar até mesmo um ano atrás de outros governos poderia resultar em perdas que, comparadas, fariam a modesta quantia que pedimos por nossa invenção parecer insignificante.

Mas, mesmo que a França já tenha atingido um alto grau de sucesso, pode querer se valer de nossas descobertas, em parte para suplementar seu próprio trabalho; ou, talvez, em parte para se informar acuradamente sobre o que existe de mais moderno nos países que comprarem os segredos de nossa máquina motorizada.

Diante das atuais circunstâncias, estaríamos dispostos a reduzir nosso preço para o governo francês para 1 milhão de francos, o dinheiro a ser pago apenas depois que o valor genuíno de nossas descobertas tenha sido demonstrado por um vôo de uma de nossas máquinas na presença de representantes oficiais do governo a uma distância não menor que cinquenta quilômetros em não mais que uma hora. O preço inclui uma máquina completa, instruções sobre nossas descobertas relacionadas aos princípios científicos da arte, fórmulas para que se projetem máquinas de outros tamanhos, velocidades etc.; e instrução pessoal de operadores no uso da máquina. Como o trabalho de ensino exigirá nossa atenção pessoal, nós necessariamente teríamos de dar precedência aos que fizerem os primeiros pedidos.

Muito respeitosamente,

Wilbur Wright

— Uma palavrinha, sr. Archdeacon — pediu o repórter, na saída do Aeroclube da França.

— Claro, claro. Mas seja breve, sim?

— Sem dúvida. É para a edição de janeiro de *L'Aérophile*.

— Muito bem, o que quer me perguntar?

— Gostaria de saber o que o senhor acha do novo projeto de Santos, o helicóptero *N° 12*?

— Hmm, não tenho dúvida de que o helicóptero é muito interessante em si. Mas jamais poderá ser comparado ao aeroplano, em termos da velocidade possível de translação. Se é que isso serve de alguma coisa, aconselho o sr. Santos-Dumont a se lançar na pesquisa do aeroplano, como tantos outros têm feito aqui na França. Estou certo de que suas raras qualidades irão orientá-lo mais facilmente rumo ao sucesso. Está bem assim?

— Ótimo, muito obrigado. Só mais uma perguntinha.

— Pois não? — disse Archdeacon, impaciente.

— O capitão Ferber anda dizendo que os irmãos Wright, dos Estados Unidos, recentemente realizaram vôos fantásticos, o maior deles de 39 quilômetros em circuito fechado. Como o senhor vê isso?

— Aí é que está. Eu não vejo. É muito simples, na verdade. Tenho dito isso muitas vezes, inclusive para os srs. Wilbur e Orville Wright, a quem já enviei uma carta, no começo do ano. Faço questão de lembrar a todos que existe aqui mesmo, na França, um modesto prêmio de 50 mil francos, chamado de Prêmio Deutsch-Archdeacon, que será atribuído ao primeiro experimentador que fizer voar um aeroplano em circuito fechado, não de 39 quilômetros, mas somente um. É certo que não os deixará fatigado fazer uma breve visita à França para simplesmente "embolsar" esse pequeno prêmio. Caso seja realmente verdade que eles podem cumprir essa tarefa.

1906

Alberto adentrou a oficina de seu amigo Gabriel Voisin com passos céleres e decididos. Parecia muito animado. Debaixo do braço, um tubo, onde costumava guardar as plantas de projeto de seus inventos. Ao ver Voisin ao fundo da oficina, levantou a voz para ele e apertou ainda mais o passo.

— Meu caro Gabriel!

Voisin virou-se e arregalou os olhos.

— Santos! Que surpresa! Vamos entrando, vamos entrando! — sinalizou para o recém-chegado com a mão direita. — Que bons ventos o trazem?

— Eu quero lhe mostrar alguma coisa. Na verdade, quero que a construa comigo — replicou o brasileiro.

Voisin imediatamente limpou uma mesa, para que Alberto abrisse as plantas que havia trazido com ele. Já até imaginava do que se tratava, mas estava muito curioso. Desde que Santos-Dumont decidira entreter a idéia de construir um aeroplano, foi com ele que o inventor mais havia trocado idéias. Os dois se tornaram muito chegados em razão disso. Aliás, Voisin havia se tornado um ponto focal na nascente aviação francesa. Montara uma empresa, com seu irmão Charles, voltada justamente para a construção de aeroplanos. Não que alguém já tivesse conseguido voar em alguma dessas máquinas, mas Gabriel tinha orgulho de dizer que havia fundado a primeira companhia construtora de aviões no mundo todo! Já havia trabalhado com alguns dos principais interessados no ramo — Archdeacon, Louis Blériot... agora parecia o momento de acirrar a parceria com o mais famoso deles.

Santos-Dumont tirou o papel do tubo e o estendeu sobre a mesa. Voisin olhava por sobre o ombro do pequeno inventor, tentando entender o que estava observando.

— Mãe de Deus! Parece interessante, Santos, mas é enorme! Veja só, tem mais de 11 metros de envergadura, por quase dez de comprimento! Certamente que você não o imagina como um planador, não é?

— Absolutamente certo, meu caro amigo. Considero que, a essa altura, experimentar com planadores seria perda de tempo. Estudei profundamente a questão, aliás, sou muito grato pela sua assistência, e decidi que partiria direto para um aeroplano motorizado. Assim pegarei a todos de surpresa e serei o primeiro a voar.

— Primeiro? E os irmãos Wright, para você eles não contam? — provocou Voisin, com um sorriso.

— Meu caro Gabriel, é muito fácil sair por aí dizendo que voou. Mas é tudo, como dizem os ingleses, *hear say*. Se esses americanos podem mesmo voar, por que não se mostram? Até para garantir a primazia, optei deliberadamente por não consultar sequer os estudos de planadores deles. Se eles voam mesmo, que mostrem. Então aceitarei a coisa como fato consumado.

— Ferber acredita neles...

— Todos sabem que Ferber usa a ameaça dos Wright em seu próprio benefício. Primeiro, para legitimar sua pesquisa com o Exército. Depois, para mostrar que está no caminho certo como discípulo dos irmãos voadores.

— Agora quer arrumar um milhão de francos para comprar a máquina americana...

— Pois é. Um ultraje! Até mesmo por isso decidi acelerar o passo no desenvolvimento do meu aeroplano. Não permitirei que tamanha quantia seja gasta numa máquina dessas, voadora ou não. É um ultraje a todos os inventores franceses! Mas ao final triunfaremos, meu querido amigo.
— Alberto terminou a frase dando um leve tapinha nas costas de Voisin.

Enquanto conversavam, o francês admirava as plantas diante de si. Estava impressionado, mas um pouco confuso. Seria possível que Santos-Dumont saltasse completamente os experimentos com planadores e de pronto se lançasse a construir um avião? Gabriel tinha suas dúvidas. Enquanto admirava as plantas, lentamente começava a identificar cada uma das influências que Alberto havia sofrido na criação de seu invento. De fato, nada se via de uma máquina dos Wright. O aeroplano de Santos-Dumont tinha duas asas

225

compostas cada uma por três células quadradas, à moda das pipas de Hargrave. Seu posicionamento não era exatamente paralelo ao chão, mas formava um suave "V", como as asas dos *Aérodromes* de Langley. O desenho dava estabilidade num vôo em linha reta. O posto de piloto, entre as duas asas, continha uma barquinha, como a de um balão. O operador deveria comandar a aeronave em pé, de dentro dela. À frente, uma longa estrutura com uma caixa na ponta servia para dar equilíbrio e direção horizontal e vertical ao veículo — não havia dispositivo para controle de rotação lateral. O avião transitaria pelo chão sobre rodas, para efetuar a decolagem e o pouso. Voisin imaginou a aeronave representada nas plantas em três dimensões e chegou a duas conclusões: a primeira, de que ela parecia, ao mesmo tempo, elegante e bizarra. A segunda, de que ela lembrava bastante uma ave. Isso mesmo, uma ave de rapina. Ou um pato.

— É um projeto muito interessante, Santos, mas bem pesado. Haverá motor potente o bastante para impulsioná-lo?

— Ah, mas acho que sei onde encontrar um motor com essa capacidade, Gabriel. Conhece o construtor Levavasseur, decerto?

— Sim, sim, conheço.

— Pois bem. Outro dia estava acompanhando uma competição de lanchas motorizadas na Côte d'Azur e notei o incrível desempenho de um de seus motores, um Antoinette. Pareceu-me muito bom. Assim que tivermos avançado no projeto do aeroplano, contatarei Levavasseur e encomendarei um motor do mesmo tipo. Deve bastar.

— Se você está dizendo... muito bem, então. Obrigado por me procurar, Santos.

— Está brincando? Em quem mais eu confiaria nessa empreitada, Gabriel? Só não me agrada uma coisa...

— Pois não?

— Nós ainda não começamos!

Num raro momento, Santos-Dumont sorriu. Normalmente mantinha o ar sereno e o semblante cerrado, mas o entusiasmo por seu novo invento era tal que não podia escondê-lo. Não via a hora de concluí-lo. Desde que finalizara as plantas de projeto, estava determinado a realizar o primeiro vôo comprovado de um aeroplano.

No final de maio, os Wright voltaram a receber uma visita de seu advogado de patentes, Harry Toulmin. Pelo menos ele trazia boas notícias.

— Tenho o prazer de comunicar que, no último dia 22, o Escritório de Patentes dos Estados Unidos finalmente concedeu, sem restrições, o pedido feito por vocês. Sem nenhuma restrição. Demorou, mas foi um sucesso absoluto! — disse o jurista.

Olhando em retrospectiva, Toulmin pensava no quanto havia mudado de opinião sobre os irmãos de Dayton. Na primeira vez em que estivera com eles, achara que tudo não passava de um exagero. Agora, os Wright se viam no olho do furacão, e a dificuldade para a obtenção da patente mostrou que havia algo de muito valor ali. O advogado já imaginava a quantidade de processos de patente que teria de enfrentar no futuro.

— Sabem os senhores se já há alguém usufruindo ilegalmente seus inventos?

— Não, sr. Toulmin, até onde temos conhecimento, os únicos que sabem voar são os que vos falam — brincou Wilbur. — De toda maneira, não pretendemos cobrar *royalties* de quem usar nosso sistema de controle lateral para fins de experimentação. Apenas quem ganhar dinheiro de alguma maneira com ele será alvo de algum processo. E somente se isso for necessário.

— Julgamos que será muito difícil controlar o uso dessa patente no futuro — complementou Orville.

— Isso pode muito bem ser verdade — aquiesceu o advogado.

— Mas é por isso mesmo que contratamos o senhor, certo? — alfinetou o mais jovem dos irmãos. Wilbur retomou a palavra.

— Por ora, nossos planos são continuar mantendo o segredo. Os outros experimentadores parecem tão atrás de nós no que diz respeito ao desenvolvimento de uma máquina voadora prática que não vemos necessidade de armá-los com nosso conhecimento. Nossa estratégia é oferecer nosso aeroplano a governos, inicialmente, sem exclusividade.

— Sem exclusividade? — estranhou o advogado. — Algum governo concordaria com tal proposta?

— Terá de concordar, sr. Toulmin, senão, *no deal* — retorquiu Wilbur. — Não queremos viver com a responsabilidade de permitir que apenas uma nação tenha ao seu dispor uma máquina tão formidável na guerra. Isso poderia precipitar conflitos e até mesmo decidi-los.

— Sem falar no estrangulamento de nosso próprio mercado consumidor — complementou Orville, com um sorriso malicioso.

De fato, pelo menos um país já havia concordado com esses termos: a França. Durante o primeiro semestre daquele ano, Ferdinand Ferber tentou reunir o milhão de francos exigido pelos irmãos para a venda do aeroplano ao governo francês. Chegou a organizar um consórcio para fazer a compra e presentear a máquina ao Exército francês, e um representante esteve com os Wright, acertando um contrato. Mas o prazo de pagamento se esgotara em abril, sem que o capitão de artilharia tivesse obtido a quantia exigida. Em paralelo, estimulados pelo interesse francês, outros países da Europa, a começar pela Áustria, passaram a sondar a possibilidade de fazer arranjos similares com os inventores americanos. Então, para os irmãos, havia potencial para se fazer negócios assim. Embora até agora só tivessem ganhado cem dólares com seus experimentos, pagos pelo sr. Root pelo "direito" de publicar um relato dos vôos dos irmãos no *Gleenings in Bee Culture*, os Wright estavam confiantes de que, por fim, conseguiriam fazer fortuna. Ao que parecia, a França, país mais engajado na aviação até então, ainda estava muito atrás no desenvolvimento de máquinas voadoras.

Para a surpresa de todos, em 19 de julho, Santos-Dumont se pôs a experimentar no campo de Bagatelle, nas cercanias de Paris, com um invento de um tipo jamais visto antes. Era o seu aeroplano, testado de um modo que só ele mesmo seria capaz de imaginar e pôr em prática: dependurado sob um de seus dirigíveis. A máquina, ainda desprovida de motor, era praticamente igual à que mostrara a Voisin nas plantas de projeto. Os dois trabalharam freneticamente em sua construção e chegaram a fazer pequenos aperfeiçoamentos antes mesmo dos primeiros testes. Vime e bambus foram usados para a estrutura, cordas de piano para manter a rigidez e seda para recobrir as superfícies.

A ela Alberto conectou o invólucro de hidrogênio do seu dirigível *Nº 14*. O aeroplano, que Gabriel insistia em chamar de *canard*, por sua semelhança com um pato, foi então oficialmente batizado. A inspiração para o nome veio do balão com que era experimentado: *14bis*.

A partir daquele momento, o mundo descobriu que *le petit Santôs* não mais dormia o sono dos dirigíveis, enquanto tantos experimentadores viviam o frenesi dos aeroplanos. Era uma corrida. Apesar da entrada tardia, diante dos insucessos de outros concorrentes, como Blériot, Ferber e o próprio Gabriel Voisin, o brasileiro poderia muito bem sair vencedor. Naquele mesmo mês, anunciou sua intenção de concorrer à Taça de Aviação Archdeacon, que agora valia também um prêmio em dinheiro, de 3 mil francos, e ao prêmio do Aeroclube, mais 1,5 mil francos. Para vencer o primeiro desafio, precisava fazer um vôo de no mínimo 25 metros, partindo do chão e sem ajuda de ventos fortes. O segundo exigia uma *performance* de pelo menos cem metros, em semelhantes condições.

Alberto, no entanto, ainda não estava pronto para elas. Primeiro, precisava aprender a controlar seu aeroplano no ar. Diante do público, fez vários saltos, com o *14bis* preso ao *Nº 14*, aperfeiçoando sua capacidade de comandar a máquina em vôo. Quando sentiu confiança suficiente, desfez-se do balão. Mas ainda não era a hora de tentar arrebatar os prêmios.

Continuou os experimentos, agora na sua propriedade, em Neuilly-Saint-James. Durante o mês de agosto, estendeu um cabo ao longo do descampado. Preso a uma roldana, lá ia o *14bis*. Como o fio fora preso de modo inclinado, Alberto usava-o para realizar descidas — ajudado pela gravidade — e subidas, içado pela força de um burrico, o Cuigno, que puxava a aeronave a reboque. Com isso, foi aperfeiçoando sua capacidade de comandar o avião, enquanto seu amigo Léon Levavasseur trabalhava no motor, de 25 cavalos-vapor. Alberto e Voisin o instalaram no *14bis* em setembro, mas logo viram que era fraco demais. O brasileiro tentou decolar com ele, sem sucesso. Em vez de questionar a praticidade de seu invento, culpou o motor; logo o trocou por outro, também de Levavasseur, com o dobro da potência.

Comunicou ao Aeroclube em 12 de setembro: iria tentar conquistar a Taça Archdeacon. No dia seguinte, às 8:00 da manhã, o *14bis* estava no campo de Bagatelle, pronto para o teste. Ligou o motor, e a hélice traseira passou a girar, num ritmo de 1.000 a 1.200 rpm. O aeroplano logo começou a se deslocar sobre suas rodas. Percorreu duzentos metros em aceleração, até que Alberto moveu o leme e apontou para cima. As duas rodas dianteiras se desprenderam do solo. Em seguida, a roda traseira também se ergueu. Estava em vôo. E continuava a subir, até mais ou menos um metro de altura. Mas foi tudo muito rápido e, em seguida, o *14bis* se precipitou na direção do chão, de forma brusca. A hélice se quebrou, alguns danos menores, mas Santos-Dumont saiu incólume. Havia atravessado cerca de sete metros no ar. Ainda era muito pouco para conquistar a Taça Archdeacon, mas a imprensa, que nunca havia visto uma máquina decolar por seus próprios meios, estava animada. A renomada publicação francesa *La Nature* declarou, sem medo de errar, que "o dia 13 de setembro de 1906 será doravante histórico, pois, pela primeira vez, um homem se elevou ao ar por seus próprios meios".

Apesar disso, Alberto estava contrariado. Desde que havia projetado o *14bis*, pela primeira vez temeu que o desenho não fosse capaz de realizar a tarefa. Gabriel Voisin tentou reanimá-lo, mas só havia uma coisa que podia tirá-lo da melancolia. Santos-Dumont então se inscreveu numa competição de balões e tentou mais uma vez inovar, com seu dirigível *Les Deux Amériques*. Era basicamente um balão, mas com um motor, em vez de lastro, para controlar a ascensão e a descida. Duas hélices, apontadas para baixo, eram destinadas a aliviar o excesso de peso da aeronave. No total, 16 balões participaram da competição, a Taça Gordon Bennett. Alberto tinha a esperança de voltar a brilhar, mas um acidente o impediu. Prendeu o braço no maquinário do balão e teve uma contusão séria, em pleno ar. Por causa disso, desceu após apenas 160 quilômetros de viagem. Os vencedores da competição foram uns americanos, que atravessaram o canal da Mancha e foram parar na Inglaterra.

Enquanto tratava o braço, Alberto retomou os trabalhos com o *14bis*. Fez algumas mudanças no projeto e reduziu o peso total da máquina para menos de trezentos quilos. Com isso, recuperou a confiança e o fôlego para uma nova tentativa de vencer a Taça Archdeacon. Anunciou que o esforço se daria em 23 de outubro, novamente no campo de Bagatelle. Às 8:30 da manhã, naquele dia, a imprensa e os curiosos já estavam lá reunidos — uma multidão. Pôs-se a realizar tentativas de decolagem, mas o máximo que conseguiu foi erguer uma das rodas. Anunciou aos repórteres que havia um problema com a transmissão da potência do motor a hélice, mas que os reparos estariam prontos para uma nova experiência às 2:30 da tarde. Os jornalistas retornaram na hora combinada, mas os mecânicos de *Monsieur Santôs* ainda mexiam freneticamente no aeroplano. Às 4:00 da tarde, enquanto o sol já ensaiava se esconder por trás das árvores, Alberto finalmente estava pronto para nova tentativa.

Da barquinha de vime, fez um gesto com a mão direita, para que todos se afastassem do percurso. Ligou o motor e logo partiu. O *14bis* atravessou algumas dezenas de metros no chão, confiante, e então suas rodas se despregaram do chão. Subiu alguns centímetros. Atingiu um metro. Depois dois. Três. Centenas de pessoas acompanhavam o avião com os olhos, enquanto um homem fincava uma estaca com uma bandeira no ponto em que as rodas deixaram o solo. A multidão delira, e o aeroplano começa a descrever uma curva ligeira, inclinar-se sem que Santos-Dumont fizesse algo para que isso acontecesse. Por temor de que pudesse perder o controle, ele desliga tudo e vai ao chão — um pouso com certa violência. Uma das rodas é torcida, dois suportes quebram e surge uma pequena rachadura num dos bambus do leme. Mas é só. Um bolo de pessoas se acerca do avião e um grandalhão coloca imediatamente Santos-Dumont sobre seus ombros. Alberto é carregado em triunfo e procura uma pessoa com os olhos.

— Archdeacon? Onde está Archdeacon? — ao encontrá-lo, prosseguiu. — Archdeacon, eu ganhei o prêmio? Eu ganhei?

— Na minha opinião, não há dúvida alguma. Mas por que parou tão cedo? Tudo bem, precisava de 25 metros para ganhar, e fez mais.

— Mais quanto?

— A medição oficial indica que o vôo foi de sessenta metros. Por que não foi mais adiante?

— Pareceu-me que o aeroplano se inclinava para a esquerda. Tive receio e, para maior segurança, cortei a ignição. Parei o motor.

Nisso a imprensa se aproximou para registrar as palavras do inventor. Santos-Dumont prosseguiu com o que estava dizendo.

— Eu ainda não tenho bem em minhas mãos a direção. Trata-se de um estudo a fazer, mas, logo que eu acrescentar um pequeno leme às duas asas, o aparelho estará perfeito.

— E como foi a sensação de voar? — perguntou um repórter.

— Tive de súbito a sensação de uma imobilidade calma, perfeita. Nada de trepidações, de sobressaltos, ondulação das asas! Foi assim que soube que deixei o solo.

O sucesso inédito e espetacular de Santos-Dumont repercutiu imensamente, nos âmbitos nacional e internacional. Nos quatro cantos do mundo, proclamaram-no responsável pelo primeiro vôo de um aparelho mais pesado que o ar. Até Ferber, partidário dos Wright, declarou, em artigo para a revista *L'Aérophile* que "este acontecimento é da mais alta importância, pois ele fixa, através de controle oficial, um resultado definido". E prosseguiu: "De agora em diante, há um fato preciso. Partindo do solo, um homem, numa máquina voadora, percorreu no ar mais de cinqüenta metros. Não se trata de um desses resultados apócrifos, ou simplesmente afirmados, como aqueles dos irmãos Wright. A propósito, sempre acreditei no sucesso destes últimos, porque me dei conta, pelas minhas próprias experiências, de que o vôo é atualmente possível. Hoje, porém, creio que, se os irmãos Wright não fizerem experiências públicas, perderão não somente o objetivo que almejam, senão mesmo a glória de serem os primeiros inventores."

2 de novembro de 1906.

Caro sr. Chanute,

Sua carta de ontem contendo um relato noticioso telegráfico de um vôo de um quilômetro por Santos-Dumont foi recebida. Você diz "Imagino que ele agora esteja muito perto de onde vocês estavam em 1904". Este relato dá uma oportunidade tão excepcional para exercitarmos nossos poderes como profetas que não posso resistir a fazer uma predição antes que os detalhes cheguem.

A partir de nosso conhecimento do assunto, estimamos que seja possível saltar cerca de 250 pés com uma máquina que não deu os primeiros passos rumo à dirigibilidade e que é incapaz de manter a força motriz necessária para o vôo. Ao pegar boa velocidade uma máquina pode ser levada a subir com muito pouca potência, e pode proceder por várias centenas de pés até que seu *momentum* seja exaurido. Vários segundos são exigidos para mudar a direção de uma máquina grande. Um apontamento para cima e outro para baixo irão exigir vários segundos nos quais, a cinqüenta pés por segundo, várias centenas de pés podem ser atravessadas. A partir do nosso conhecimento do grau de progresso que Santos atingiu, prevemos que seu vôo tenha coberto menos que 1/10 de um quilômetro, e que ele apenas saltou. Se ele atravessou mais de trezentos pés, ele realmente fez algo; menos que isso é nada. Maxim fez uma máquina se erguer 12 anos atrás, e imediatamente a abandonou, em desespero.

Você possivelmente se esqueceu de que nós ficamos no ar por 59 segundos em um vento de velocidade de vinte milhas no ano que precedeu 1904 e que fizemos quatro vôos em um dia e aliás carregamos 62 libras por cavalo-vapor. Isso foi três anos atrás. Não estivemos desperdiçando nosso tempo desde então. Quando alguém passar de trezentos pés e aterrissar com segurança em um vento de sete ou oito milhas, aí será importante para nós fazer alguma coisa. Até agora não vemos nenhuma indicação de que isso será obtido nos próximos anos. Existe toda a diferença do mundo entre saltar e voar. Nós nunca consideramos que motores leves fossem o ponto importante na solução do problema do vôo.

Uma carta do sr. Alexander recebida hoje diz que ele estará nos Estados Unidos apenas por uma semana.

Julgo que ele ficaria feliz se pudesse nos encontrar em Nova York durante o *show* aeronáutico, entre 1º e 10 de dezembro.

Sinceramente,

Wilbur Wright

A França estava em êxtase com o novo sucesso do aeronauta brasileiro. Mesmo Alberto não sendo francês, já parecia bom o bastante para aquela orgulhosa nação apresentar ao mundo o primeiro vôo público de um avião, como forma de responder às afirmações desvairadas dos irmãos Wright. E o mais feliz entre os felizes era Ernest Archdeacon. Ele sentia que o tempo havia acabado para os americanos demonstrarem sua superioridade. E, com razão, se via como o grande responsável pela virada na sorte da aviação.

Santos-Dumont também estava muito satisfeito. Depois de um curto período no esquecimento, sentia-se aliviado por voltar às manchetes. E mais ainda por ver terminar sua série de conflitos com o Aeroclube da França. Alberto voltou a ser o grande herói do panteão parisiense. No dia 10 de novembro, Archdeacon, que agora era o presidente do Aeroclube, promoveu um banquete em homenagem ao inventor. Várias figuras conhecidas estiveram presentes, notoriamente o capitão Ferdinand Ferber, e alguns ilustres brasileiros, como o cônsul João Belmiro Leoni e os escritores Afonso Arinos e Sousa Bandeira, ambos da Academia Brasileira de Letras.

Diante de todos, Archdeacon se levantou, ergueu uma taça e iniciou um pequeno discurso em homenagem a Alberto.

— Se algum dia eu pudesse pecar por inveja, pecaria hoje invejando o meu amigo Santos-Dumont, que conseguiu conquistar uma das glórias mais belas que o homem pode ambicionar neste mundo. Acaba de realizar, não em segredo, nem diante de testemunhas hipotéticas e complacentes, mas à plena luz meridiana e perante uma multidão, um soberbo vôo de sessenta metros, a três metros de distância do solo, o que constitui um fato decisivo na história da aviação.

Todos irromperam em aplausos e logo se voltaram para Alberto, que se sentiu na obrigação de dizer algumas palavras. O inventor era vaidoso, mas odiava falar em público. Preferiria mil vezes arriscar a vida em alguma experiência aérea desvairada a falar a um grupo. Mas dessa vez não pareceu ter alternativa. A um gesto de Archdeacon, ele se levantou. Em vez de se gabar, preferiu outra rota: preparar o espírito dos ouvintes para façanhas ainda maiores no futuro.

— Obrigado, Archdeacon, por suas gentis palavras. É interessante que destaque de tal maneira meu vôo de sessenta metros. Esse meu primeiro vôo, de sessenta metros, anda sendo posto em dúvida por alguns, que o quiseram considerar apenas um salto. Claro, nenhum desses senhores esteve comigo no aeroplano, para dizer o que senti. O que eu posso dizer, e eles não, é que estou convencido de que voei. Se não me mantive por mais tempo no ar, não foi por culpa de minha máquina, mas por culpa exclusivamente minha, que perdi a direção.

Mais aplausos. Mas Alberto ainda não havia terminado. Assim que o público permitiu, ele seguiu adiante.

— De fato, pretendo provar isso. Notificarei amanhã mesmo o Aeroclube de que, em dois dias, tentarei conquistar o prêmio por um vôo de pelo menos cem metros. Espero então não deixar mais dúvidas de que a era das máquinas voadoras mais pesadas que o ar definitivamente se iniciou.

Ovacionado, Santos-Dumont se sentou e pôde desfrutar uma suntuosa refeição, acompanhado pela nata da sociedade parisiense.

O dia 12 de novembro amanheceu límpido, ensolarado. Às 9:00 da manhã, em Bagatelle, Santos-Dumont já se encontrava nos preparativos para uma tentativa de vôo com seu *14bis*. O aeroplano havia sido ligeiramente modificado. Agora, no interior da célula que compunha a extremidade de cada uma das asas havia um pequeno plano, em formato hexagonal. Era um *aileron*, solução implementada pela primeira vez pelo experimentador francês Robert Esnault-Pelterie. Fora desenvolvido como uma alternativa ao sistema de torção de asas dos Wright, que o aspirante a aviador considerava absolutamente ineficaz e inadequado.

O próprio Pelterie não havia tido muito sucesso com seus planadores, mas Alberto estava convencido de que o sistema daria maior dirigibilidade a seu avião. Além do mais, agradava-o muito a idéia de popularizar uma inovação criada como alternativa às tecnologias empregadas pelos americanos.

A grande surpresa do dia, no entanto, não era o avião de Santos-Dumont. Dessa vez, um outro competidor se apresentava, com o objetivo de arrebatar o prêmio. O avião era o *Blériot IV*, projetado pelo francês Louis Blériot. Alberto instruía seus mecânicos na regulagem do motor quando seu amigo Gabriel Voisin se aproximou.

— Bom dia, Gabriel! O que o traz aqui? — disse o brasileiro, ainda agachado, monitorando os trabalhos no *14bis*.

Voisin parecia um pouco embaraçado.

— Bem, Santos, eu estou aqui para... tentar vencê-lo!

Alberto virou-se para o amigo, mas não disse uma palavra.

— Tentarei fazer um vôo de cem metros com o avião de Blériot.

— Você, Gabriel? Que interessante! — disse Santos-Dumont, num tom ligeiramente irônico.

— Espero que não se incomode.

— De maneira alguma, meu amigo. Se quiser, pode até fazer a primeira tentativa. Assim tentarei bater o seu recorde em seguida, caso seja bem-sucedido — parecia uma piada, mas Alberto falava sério.

— Não, Santos. Agradeço, mas acho justo que você tenha direito à primeira tentativa. Se eu conseguir logo de cara, você poderá até bater o meu recorde, mas o prêmio ainda assim será meu.

— Encanta-me sua gentileza, Gabriel. Mas eu insisto, vá primeiro.

Voisin estava impressionado pelo desprendimento de Alberto.

— Muito bem então — disse ele, dando um tapa nas costas do brasileiro. — Boa sorte, meu amigo!

— Muito obrigado. Para você também — replicou Alberto.

Gabriel se afastou e foi trabalhar em seu próprio aeroplano.

O campo de Bagatelle estava mais uma vez preenchido pelos entusiastas da aviação. Além dos curiosos e da imprensa, várias celebridades da aeronáutica estavam presentes. Louis Blériot, naturalmente, queria ver o desempenho de seu aeroplano. Levavasseur também estava lá, assim como Louis Renault, Esnault-Pelterie, Ferdinand Ferber, Henri Deutsch de la Meurthe e Ernest Archdeacon.

Os experimentos haviam sido cuidadosamente planejados. No ponto de partida, fora colocada num poste a bandeira francesa. A cada cem metros do percurso, um observador se posicionava para monitorar o vôo. O *Blériot IV* foi então preparado para a tentativa inaugural do dia. O avião lembrava bastante o desenho básico dos Wright, com um leme horizontal à frente, um leme vertical atrás e um formato biplano simples. Carecia, no entanto, de qualquer sistema de torção de asas ou *ailerons*. E, como todos os aviões franceses, andava sobre rodas, sem o uso de trilhos ou catapultas. De modo geral, era um invento no mínimo precário. Mas Voisin era bastante corajoso e tinha dois bons motores a bordo, um para cada hélice propulsora. Também tinha confiança na máquina, que havia ajudado Blériot a construir, num regime de cooperação similar ao que havia tido com Santos-Dumont no desenvolvimento do *14bis*.

Assim que sentiu que os ventos o favoreciam, Gabriel iniciou a corrida com o aeroplano. Concentrado nos controles e na velocidade da máquina, ele passou a acelerar. E então algo inesperado aconteceu. Ao passar por um pequeno declive no terreno, as hélices tocaram o chão e se partiram. Isso, por sua vez, danificou outras partes da aeronave. Voisin ainda prosseguiu na corrida por mais algum tempo, frustrado. Mas em poucos segundos admitiu a derrota. O *Blériot IV* havia sido abatido por uma irregularidade do campo de provas, e, antes mesmo de uma tentativa séria de decolagem, estava completamente fora de combate.

— Agora é com você, meu amigo! — disse Gabriel a Santos-Dumont, ao se afastar do campo de testes.

O *14bis* então se preparou para sua primeira tentativa. Alberto fez uma longa corrida, mas pairou apenas quatro segundos no ar. As estimativas dos organizadores apontaram que o esforço resultara num vôo de decepcionantes quarenta metros. Tranqüilo, o brasileiro alertou aos jornalistas que o motor não se comportara bem, mas faria uma nova tentativa. Às 10:25, o avião mais uma vez estava pronto para decolar. Nova corrida, e a máquina saltou quatro vezes seguidas, ameaçando uma decolagem, mas sem sustentar o vôo. Ao final da corrida, Alberto fez uma curva, para evitar a colisão com algumas árvores. Pilotar o *14bis* era uma tarefa ingrata, e o avião tombou, sofrendo alguns danos no trem de pouso e no eixo das rodas. Os espectadores não pareciam muito satisfeitos com as demonstrações, e algumas dúvidas sobre o real sucesso dos aeroplanos começaram a emergir. Inabalável, Santos-Dumont prometeu efetuar os reparos ali mesmo e retomar as tentativas às 2:00 da tarde.

Como da outra vez, o trabalho dos mecânicos durou muito mais tempo que isso. Somente às 4:00 Alberto se sentiu confiante o bastante para realizar a terceira tentativa do dia. A essa altura a multidão em Bagatelle já era composta por mais de mil espectadores.

Exatamente às 4:09, o motor é acionado e o *14bis* inicia uma nova corrida. Alberto controla a aeronave como pode, ela se ergue por uns poucos segundos, atravessa cinqüenta metros no ar, volta ao chão, sobe novamente, agora de forma mais confiante. Atinge cerca de dois metros de altura. O brasileiro esboça uma tentativa de virar para a direita, numa curva extremamente aberta. Em pouco mais de sete segundos, o aeroplano volta ao chão. Os representantes oficiais do Aeroclube medem o segundo vôo — 82,6 metros.

— Consegui? — perguntou Alberto, ao descer do avião.

— Faltaram pouco mais de 17 metros, sr. Santos-Dumont. Mas com essa tentativa já conseguiu bater o seu próprio recorde, de 23 de outubro.

— Não é suficiente — praguejou o brasileiro. Decidiu então fazer uma quarta tentativa. Dessa vez, ao contrário das outras, voaria na direção oposta, contra o vento — uma leve brisa que soprava em Bagatelle. Ao fazer o percurso inverso, também contaria com um ligeiro declive. Embora pensasse ser mais fácil voar na direção do vento, o que certamente era verdade num vôo de dirigível, Alberto decidiu tentar o contrário. Esperava com isso aumentar a força de sustentação das asas, mas temia não ser capaz de atravessar uma grande distância. De toda forma, já eram quase 5:00 da tarde, e ele não teria outra chance naquele dia. A noite já chegava a Paris, apressando ainda mais o inventor.

Alberto dá nova partida em seu motor e inicia a corrida. O relógio marca 4:45 minutos. Dessa vez, para sua surpresa, quase imediatamente o *14bis* abandona o chão e ruma para o ar. O vôo agora se mostra mais estável que nas tentativas anteriores, e Santos-Dumont ganha altitude rapidamente. Sobe cinco, depois seis metros. A multidão está em êxtase. Alberto voa. Alguns espectadores se colocam no percurso do avião, embaixo dele. O inventor fica apavorado. "São malucos ou o quê?", pensa. Teme ferir alguém durante a descida e mais uma vez tenta fazer uma curva para a direita. Precisa pôr fim ao vôo antes que alguém se machuque. Corta a força do motor e desce, de forma turbulenta. A asa direita toca o chão antes das rodas e sofre pequenas avarias. Mas Alberto e a multidão estão ilesos. Ao descer do avião, mais uma vez o pequenino brasileiro é carregado nos braços do público. Nesse vôo, o *14bis* havia atravessado nada menos que 220 metros, a uma altura impressionante de seis metros. Venceu com sobra o prêmio do Aeroclube da França e, como de praxe, doou a renda a seus mecânicos. O sucesso foi suficiente para estabelecer o primeiro recorde de vôo com um avião nos anais da Federação Aeronáutica Internacional.

— Professor Graham Bell, professor Graham Bell! — o repórter correu três passos para alcançar o famoso inventor. — Uma palavrinha sobre o recente sucesso de Santos-Dumont, por favor. É para o *Herald*.

— Bem, eu não tenho muito a dizer, rapaz. Congratulo Santos-Dumont pelos resultados, mas devo dizer que não estou impressionado. Os irmãos Wright, aqui nos Estados Unidos, já dizem ter feito vôos muito mais impressionantes e duradouros. Aparentemente, Santos está apenas reproduzindo os primeiros estágios de seus inventos.

— Eu sinceramente duvido que o professor Bell tenha dito isso. Como pode ver, uma parte do argumento destrói a outra — rebateu Alberto, calmamente, ao ser procurado por um jornalista do *Herald*, poucos dias depois. — Por exemplo, o professor Bell teria dito que acredita que os irmãos Wright fizeram uma máquina que voou, e que naturalmente eles a mantiveram em perfeito segredo. Quase sem parar para respirar, ele supostamente me acusa de copiar o desenho dos irmãos Wright. Como eu poderia fazer isso se a máquina foi mantida escondida de qualquer observador? A coisa toda é por demais absurda. Como eu disse uma vez antes, não há absolutamente nenhuma evidência que apóie as afirmações atribuídas aos irmãos Wright.

— O senhor então descrê completamente das afirmações deles? — aproveitou o repórter, para instigar seu entrevistado. Alberto mordeu a isca.

— Eles podem ter voado, mas não há nada em nenhum dos relatos de seus procedimentos que inspire confiança. O que pode facilmente acontecer agora que eu consegui construir uma máquina que voou, e da qual fotografias e planos estão nas mãos de todo mundo, é que os irmãos Wright possam copiar minha máquina, vir com ela a público e declarar que a haviam construído anos atrás, quando sua série de cartas memoráveis começou. Não há nada que eu consiga imaginar que pudesse evitar que eles fizessem isso e dissessem ter sido os primeiros a voar.

— E o que o senhor diria a seus críticos?

— Diverte-me muito ler as várias opiniões de diferentes celebridades pelo mundo afora desde o meu último vôo prolongado. Homens como o general Baden-Powell, *sir*

Hiram Maxim e o professor Bell, que têm estudado o problema da máquina mais pesada que o ar por anos e anos, mas nunca construíram uma máquina que tenha deixado o chão na presença de testemunhas, vêm agora e criticam minha *performance*, declaram que ela não prova nada ou muito pouco, e falam todos juntos como se tivessem a solução do problema nas mãos deles, e há muito tempo. Não posso evitar pensar que muitas dessas observações são ditadas pela inveja. Quando esses homens começaram a estudar o problema das máquinas mais pesadas que o ar, eu não prestava atenção ao assunto e ainda estava muito ocupado com os balões dirigíveis. Mais ou menos um ano atrás eu comecei a estudar esse ramo, e em uns poucos meses construí uma máquina e voei, provando que o problema que esses homens estavam supostamente estudando com seriedade, e que agora dizem ter estudado de forma séria o bastante para atuarem como críticos, não era tão difícil em seus estágios elementares quanto geralmente se supõe.

— O senhor não leva em conta, então, a opinião dos críticos?

— Talvez seja um erro dar alguma atenção séria a essas críticas na forma em que têm sido oferecidas nas últimas semanas, assim como é um erro prestar atenção nas várias pessoas que declaram de tempos em tempos que têm confiança nos irmãos Wright, que eles não ficam surpresos com o fato de que seus desenhos não tenham sido publicados e sua máquina, revelada ao mundo, e ainda que têm cartas em sua posse dos que foram testemunhas dos experimentos. Nesse assunto somos deixados num redemoinho de declarações conflitantes, de fortes expressões de fé e com carência de evidências tangíveis.

— Mas não acredita nem mesmo no conhecimento teórico dessas pessoas?

— Pessoalmente, não tenho confiança alguma em teóricos da questão do vôo. Eu acredito apenas em experimentos práticos e em trabalho incessante. Quando me propus solucionar o problema do vôo mecânico, disse a mim mesmo que era preciso ser paciente, era preciso me sacrificar por demais e era preciso estar pronto para trabalhar duro. Essa pareceu para mim a única rota em que o sucesso poderia ser obtido, e conseqüentemente eu tenho pouca simpatia pelos que fingem estar no movimento da aviação para obter o apoio dos governos, têm consideráveis fundos à disposição e ainda assim se mantêm numa posição de estar "se preparando para começar". Esse não é um problema que pode ser resolvido no escritório. É para a oficina e para os campos abertos, e, se eu tivesse permissão para dar um conselho aos engajados na tarefa, seria "Tire o casaco e mexa-se".

Ao ler sobre o feito de Santos-Dumont no *Herald*, Wilbur Wright decidiu retomar sua correspondência com Ferdinand Ferber. O brasileiro havia cumprido os requisitos de vôo estabelecidos pelos irmãos para que fosse considerado uma "preocupação", e os americanos temiam que o tempo estivesse rapidamente se fechando para suas pretensões comerciais. Mas ainda sentiam ter a cartada vencedora.

Caro capitão Ferber,

Meu irmão e eu ficamos sabendo, por uma correspondência de Paris publicada no *New York Herald*, que o público francês apreciou grandemente um vôo de 220 metros em linha reta de Santos-Dumont, num aeroplano de sua construção. Ficaríamos muito satisfeitos de conhecer notícias exatas sobre essas experiências de Bagatelle, e estamos certos de que o senhor fará para nós um relatório fiel dos ensaios e uma descrição da máquina voadora, acompanhada de um esquema. Já tivemos a oportunidade de ver, numa gravura do *New York Herald*, que o aeroplano repousa na terra sobre três rodas, e deduzimos então que se faz necessária a Santos-Dumont uma corrida prévia para decolagem, isso realizado sobre um campo extenso e bem uniforme. Com a catapulta de lançamento que empregamos, Orville e eu saltamos diretamente para o ar, com a velocidade adequada, de uma forma mais prática. Uma vez que os franceses julgam "sensacional *performance*" um vôo em linha reta de apenas 220 metros, estamos certos de encontrar um excelente ambiente se chegarmos a fazer exibições na França. Entretanto, a viagem e o transporte da máquina e da catapulta obrigarão a despesas elevadas demais para os dois pobres mecânicos de Dayton. Por isso, caro capitão Ferber, se técnicos franceses, escolhidos pelo senhor, desejarem vir a Dayton, para eles faríamos a exibição da máquina no campo vizinho, com um vôo de cinco minutos, em circuito completamente fechado, cedendo-lhes a opção para a *performance* e a venda da máquina, mediante o pagamento de 50 mil dólares, em *cash*.

Sinceramente,

Wilbur Wright

1907

Ainda havia um grande prêmio a ser vencido na França. O Deutsch-Archdeacon, no valor de 50 mil francos, seria dado ao primeiro que realizasse um vôo de um quilômetro em circuito fechado. Alberto já havia abocanhado os outros dois primeiros concursos de aviação naquele país, por vôos de 25 e cem metros. Não cairia mal completar a coleção com o terceiro e mais cobiçado de todos. Ele não gostava de comentar, e em suas entrevistas não transpirava nada disso, mas os experimentos com o *14bis* haviam demonstrado duas coisas: primeiro, que a aviação era um campo viável. Segundo, que o avião ainda carecia de aprimoramentos. Tantos, aliás, que Alberto não via alternativa senão recomeçar do zero, projetando um novo avião.

Assim nasceu o *Nº 15*. Com ele, Alberto abandonou o único elemento que, ainda que remotamente, ligava os aviões dos Wright aos modelos do inventor brasileiro: o controle de vôo vertical à frente das asas. Considerou isso um progresso. Colocar o leme à frente, pensava ele, era como atirar uma flecha com a ponta voltada para trás. Do ponto de vista aerodinâmico, não fazia sentido algum. Após as modificações, achou que já entendia bastante as malícias da aviação para dar por resolvido o problema do mais pesado que o ar. Mas se surpreendeu com o desempenho de seu novo invento. Trocou o campo de Bagatelle pelo de Saint-Cyr, mais adequado, e tentou decolar com o aparelho em 21, 24 e 27 de março. Nas três ocasiões, o *Nº 15*, feito todo em madeira, se recusou terminantemente a voar. Nem mesmo um salto foi capaz de dar. Na melhor das hipóteses, andou por 530 metros sobre apenas duas de suas rodas. Na pior, danificou a asa direita e feriu levemente o piloto.

Enquanto isso, outros aviadores europeus estavam em seus calcanhares. Em março, um aparelho construído por Voisin já voara sessenta metros. O brasileiro estava preocupado; se não fizesse progressos, seu recorde de 220 metros logo seria deixado para trás. Frustrado com o *Nº 15*, fez a única coisa que estava à mão para tentar se manter adiante: retornou ao *14bis*. Tinha a esperança de melhorar o aparelho para pelo menos ampliar sua vantagem sobre os concorrentes, ainda que não conseguisse dar controle suficiente ao avião para ganhar o prêmio por um vôo em circuito fechado.

No dia 4 de abril, lá estava ele em Saint-Cyr, tentando mais uma vez fazer história com seu primeiro avião bem-sucedido, apenas ligeiramente modificado. O número de pessoas que acompanhavam o experimento era bem menor do que as multidões que Alberto costumava arrastar com seus dirigíveis ou com os primeiros vôos do *14bis*. Ainda assim, para efeito testemunhal, era um número digno.

O aviador iniciou a corrida com seu aparelho, que balançava mais do que nunca. Acelerou e, assim que sentiu confiança suficiente, apontou a máquina para o ar. O avião ensaiou uma subida, mas oscilava mais e mais. Alberto lutou desesperadamente contra os controles, sacolejando o tronco para manipular as asas do avião — presas por um fio a um colete vestido pelo aeronauta. Nem houve tempo para grandes manobras. Após apenas cinqüenta metros, o aparelho perdeu o equilíbrio por completo e aterrissou violentamente, chocando a asa esquerda no solo. A estrutura frontal do avião fora completamente destruída. Alberto desceu da máquina ileso, mas decidiu aposentar o *14bis* em definitivo — por mais que não gostasse de admitir, aquele desenho era um beco sem saída na evolução dos aeroplanos.

Naquele mesmo mês, Louis Blériot faria uma tentativa com seu novo aparelho, o *Blériot V*. Um pequeno salto é seguido por um pouso forçado. O aviador francês então desenvolve o *Blériot VI*, com quatro asas similares às dos *Aérodromes* de Langley. Em julho, o piloto conquista com ele a façanha de realizar um vôo de 149 metros. Alberto está a ponto de ser superado.

Paris não impressionou Wilbur. Não que a cidade não tivesse um charme diferente de tudo que vivenciara nos Estados Unidos, mas ele não era mesmo de se emocionar muito com as coisas. Além do mais, se esforçava o tempo todo para lembrar que estava ali a negócios. E agora Hart O. Berg, agente dos irmãos na Europa, estava prestes a apresentá-lo a uma importante figura da aviação e do empresariado europeu.

— É um prazer conhecê-lo, sr. Deutsch.

— Então o senhor é o famoso Wilbur Wright? Muito interessante. Se tudo o que dizem a seu respeito for mesmo verdade, o prazer é todo meu, meu jovem.

— Não respondo pelo que os outros dizem de mim e de meu irmão, sr. Deutsch — disse Wilbur, que na verdade não era mais tão jovem assim, com seus respeitáveis quarenta anos de idade. — Mas, se o senhor se refere aos nossos feitos aeronáuticos, que contam com um vôo de 39 quilômetros em circuito fechado, realizado em 1905, pode estar certo de que é a mais pura verdade.

Deutsch sorriu, mas não respondeu. Os dois se sentaram. A conversa acontecia no escritório do magnata em Paris. Wilbur estava lá como parte de uma peregrinação pela Europa na tentativa de vender suas máquinas voadoras. Caso algum acordo fosse fechado, Orville também viria, trazendo consigo os aviões — ele estava naquele momento em Dayton, trabalhando numa nova versão do *Flyer*, capaz de transportar duas pessoas, sentadas em assentos colocados lado a lado entre os dois planos do avião.

Pela primeira vez os irmãos se viam trabalhando separadamente. Foi a solução que encontraram para tentar fazer avançar os negócios, depois de terem sido recusados pelos principais governos europeus, em conversações feitas por correspondência e por meio de representantes, como o sr. Berg.

— Entendo que esteja aqui para me propor um negócio, sr. Wright.

— Sim, sr. Deutsch, é isso mesmo. Estamos pensando em montar uma empresa em solo francês para comercializar nossas máquinas voadoras e gostaríamos de saber, meu irmão e eu, se o senhor teria interesse em adquirir uma participação nela.

— Veja bem, sr. Wright, eu sou um homem de negócios. Não tenho razão para não acreditar no que os senhores dizem sobre suas máquinas, mas, antes de tudo, os senhores precisam me apresentar um plano crível de negócios. Caso ele soe razoável, posso considerar.

Wilbur pensou um pouco.

— Hmmm, para apresentar números mais sólidos, precisaria antes consultar meu irmão. Poderíamos marcar uma outra reunião, para daqui a alguns dias, de forma que eu possa apresentá-lo este "plano crível de negócios" que o senhor me pede?

— Mas é claro, sr. Wright. Não pretendo ir a lugar algum. O senhor sabe onde me encontrar.

Os dois se despediram e Wilbur se pôs a escrever para Orville, pedindo autorização para prosseguir com as negociações. O plano original era vender a máquina para governos, sem a criação de uma companhia que atuasse no mercado. Mas, diante de tantas recusas, e dos recentes progressos da concorrência francesa, a abertura de uma empresa pareceu a única opção remanescente. Hart O. Berg concordava. Orville também aquiesceu, e o irmão mais velho foi mais uma vez ter com Henri Deutsch de la Meurthe.

— Pois bem, sr. Deutsch. Depois de deliberar com o meu irmão, chegamos aos números que me pediu. Acreditamos que o ideal seria a formação de uma companhia com um capital de 700 mil dólares. Desse total, 600 mil seriam pelo valor intrínseco de nossa invenção, outros 100 mil dólares seriam para a execução dos trabalhos. Colocaríamos à venda o equivalente a 350 mil dólares em ações e reteríamos as demais. Do dinheiro obtido, 250 mil dólares ficariam conosco e os outros 100 mil seriam mantidos na companhia, como capital de execução dos trabalhos. Com isso, manteríamos o controle acionário sobre a empresa, que exploraria os direitos de nossa invenção em todo o mercado europeu.

— Parece interessante, sr. Wright. Interessante mesmo. Eu estaria disposto a gastar até 70 mil dólares na aquisição de ações da dita companhia.

— Muito bem. Espero sinceramente que possamos fechar o negócio. Vamos trabalhar nos documentos para a formação da companhia e voltaremos assim que tudo estiver pronto.

— Mas me diga uma coisa, sr. Wright. Há compradores para essas máquinas?

— Bem, sr. Deutsch, sempre pensamos que os melhores compradores e os maiores interessados fossem os governos de todos os países. Até mesmo com a França chegamos a travar negociações, que no final acabaram não vingando. Mas estou certo de que uma presença importante como a sua numa futura negociação faria a balança finalmente pender para o nosso lado.

— Espero que sim. Aliás, se me permitir, contatarei o Ministro da Guerra e tentarei interessá-lo na aquisição de aeroplanos do tipo que iremos fabricar. O senhor vê algum problema nisso?

— De modo algum, sr. Deutsch. Na verdade, seria ótimo se o senhor pudesse fazer isso.

— Bem, então isso é tudo por ora. O senhor permanecerá por muito tempo em Paris, sr. Wright?

— Pelo tempo que for necessário.

— Ótimo. Gosto de homens determinados. Senhores, foi um prazer recebê-los aqui mais uma vez.

Deutsch encaminhou Wilbur e o sr. Berg para a saída. O inventor americano estava muito animado. Se tudo corresse bem, até o final do ano a nova firma poderia estar comercializando aviões na Europa. Mais uma vez se pôs a escrever a Orville com as boas notícias. Finalmente as negociações pareciam estar num rumo mais concreto — sem dúvida auxiliadas pela pressão da iminente concorrência.

Alexander Graham Bell sempre teve um interesse pela aviação. Grandemente estimulado pelos experimentos de Samuel Langley no final do século XIX, o homem que ficou conhecido pela invenção do telefone também conduziu seus próprios estudos sobre o assunto. Quando Langley fracassou, em 1903, e acabou por abandonar seus experimentos, o assunto ficou em baixa. Mas agora voltava à ordem do dia, e Bell esperava ter a oportunidade de testar algumas de suas idéias. Reuniu um grupo de jovens e competentes engenheiros e inventores em Baddeck, na Nova Escócia, Canadá, para discutir o assunto e ajudá-lo a desenvolver seus próprios projetos. Afinal, Bell, então com sessenta anos, já não era mais um garoto.

O último a se juntar à trupe naquela ocasião, um dia de temperatura amena no mês de julho, foi Glenn Curtiss. Ele conhecia o inventor do telefone desde 1905, quando fora procurado em razão de seu grande sucesso na construção de motores leves, usados principalmente para motocicletas. O inventor de Nova York já até havia oferecido seus potentes engenhos aos irmãos Wright, para uso em seus aeroplanos, mas a oferta foi polidamente recusada.

— Sr. Curtiss, seja muito bem-vindo à Nova Escócia — disse Bell, assim que conseguiu reunir o grupo. — Deixe-me apresentar os outros presentes.

O quinteto se sentou numa roda, na sala de estar da residência de verão de Bell, e o célebre inventor indicou um por um os presentes.

— Estes são Frederick "Casey" Baldwin e John Alexander Douglas McCurdy, os dois recém-saídos do curso de engenharia mecânica da Universidade de Toronto — ambos acenaram com a cabeça enquanto Bell apontava para eles. — E ali ao lado está o tenente Thomas Selfridge, do Exército dos Estados Unidos. — Curtiss estendeu a mão para cumprimentá-los e voltou a se sentar.

— A razão pela qual os trago aqui é para que possamos discutir, de forma aberta e produtiva, os desafios da aviação. Tenho minhas próprias idéias a esse respeito, mas não gostaria de ver o ambiente monopolizado por minhas teorias. Quero saber o que vocês têm a dizer.

Para dar rumo à discussão, Bell discorreu brevemente sobre seus planos — o desenvolvimento de um *Aérodrome* a partir do desenho de uma pipa tetraédrica, projeto que vinha aperfeiçoando constantemente ao longo do tempo. Os demais logo pegaram o espírito da coisa. Selfridge comentou de seu interesse pela aviação e de sua vontade de incuti-lo no seio do Exército — que até então só havia se dado conta da importância dos balões dirigíveis, mas olhava torto para qualquer proposta de um avião. Baldwin e McCurdy tinham pouca experiência, mas, tendo ajudado Bell em alguns experimentos, já começavam a formular suas próprias idéias. E Curtiss falou mais sobre a importância dos motores leves.

Ao entrar na sala e ver todos tão animados, com uma dinâmica tão saudável e amistosa na conversa, Mabel Bell, a esposa de Alexander, não pôde resistir a uma sugestão.

— Por que vocês não formam uma organização científica, nos moldes da que o dr. Bell formou em Washington, para o desenvolvimento do fonógrafo? Aposto que daria muito certo.

Um momento de silêncio tomou conta da sala e todos se voltaram para Graham Bell. Afinal de contas, ele era o líder ali, e a sugestão vinha da mulher dele.

— Não é de fato uma má idéia esta da sra. Bell — disse o inventor, vendo-se cercado pelos olhares. — O que acham, rapazes?

O ânimo mais uma vez tomou conta de todos, e ficou decidido que eles formariam a Associação de Experimentos Aéreos — AEA. Mabel, animada com a recepção que teve sua idéia, se propôs a fornecer ela mesma os recursos financeiros necessários para o trabalho experimental. Os projetos poderiam usar o laboratório de Bell na Nova Escócia, e ficou definido que o objetivo da AEA seria "construir um aeroplano prático que carregará um homem e será propelido pelo ar por seus próprios meios". Claro, na realidade, a meta era um pouco mais ambiciosa que essa.

— Caros amigos, muito se fala dos vôos dos irmãos Wright — disse Graham Bell. — Na verdade, estou certo de que todos vocês já ouviram falar deles. Não sei se é de conhecimento de vocês, mas fui informado de que, em meados do ano passado, o Escritório de Patentes dos Estados Unidos concedeu o pedido feito pelos dois inventores de Ohio por um sistema de controle lateral desenvolvido por eles. Como vocês podem imaginar, pela minha longa carreira como inventor, tenho grande experiência com patentes.

O sexagenário estava sendo modesto. Na verdade, Bell passaria à história como o inventor que mais se envolveu em conflitos judiciais ligados a patentes, e mesmo sua invenção do telefone não seria vista com tanta convicção pelas gerações futuras. A despeito disso, ele foi capaz de vencer praticamente todas as disputas em que entrou. Falava com conhecimento de causa.

— É muito importante que desenvolvamos nossos aeroplanos usando métodos alternativos aos aplicados pelos irmãos Wright, ou nos tornaremos reféns da patente deles.

— A pergunta é: existe alguma solução alternativa para o controle lateral? — perguntou Curtiss, demonstrando algum conhecimento sobre a técnica usada pelos irmãos de Dayton.

— Estou certo de que sim — disse Graham Bell. — Vários experimentos conduzidos recentemente na Europa demonstraram isso. Santos-Dumont, nome com que os senhores naturalmente estão familiarizados, fez um vôo de pouco mais de setecentos pés com um aeroplano que não usa torção de asa. Em vez disso, *ailerons*, como dizem os franceses, asículas usadas especialmente para o controle lateral, foram aplicados. Além do mais, meus experimentos com a pipa tetraédrica demonstraram que ela pode oferecer bom controle para um *Aérodrome*.

Os membros da associação se convenceram de que era uma meta praticável, após ouvirem os argumentos de

Graham Bell. Um manifesto ficou de ser redigido até 1º de outubro, data em que passaria a funcionar a AEA. Tudo que tivesse sido inventado antes dela por seus membros seria de propriedade exclusiva do inventor, mas o que viesse depois seria patenteado em nome de todos os membros, de forma igualitária. Graham Bell foi escolhido como *chairman*. Baldwin ganhou o posto de engenheiro-chefe, McCurdy virou engenheiro-assistente e tesoureiro, Selfridge foi nomeado secretário e Curtiss ficou como diretor de experimentos e oficial executivo-chefe.

Os *fréres* Voisin, como passaram a ser conhecidos na França, começaram a ser procurados por qualquer um que se interessasse em possuir um aeroplano. Gabriel e Charles tinham um desenho básico, que conseguiram vender para vários aspirantes a aviador. A região frontal era bem parecida com a dos Wright, mas a traseira mais lembrava um segundo biplano preso ao primeiro, tamanha a dimensão da célula que lhe servia de leme. Outro ponto importante era a ausência de qualquer mecanismo de controle de equilíbrio lateral. Nem torção de asas, nem *ailerons* eram empregados. Apenas dois lemes, um para movimento horizontal e outro para vertical, eram tudo que havia para controlar o aeroplano.

Em agosto de 1907, Henry Farman apareceu na oficina de Voisin. Queria comprar um aeroplano. Filho de um jornalista inglês bem-sucedido, Farman havia nascido na Inglaterra, mas desde pequeno vivia na França e sempre se considerou francês. Até chegou a adotar a grafia local de seu nome: Henri. Em meio ao ambiente febril da aviação nascente, encontrou seu lugar. Primeiro fez alguns experimentos num planador do modelo Chanute-Herring, depois decidiu procurar os irmãos Voisin para comprar um aeroplano motorizado.

Farman adquiriu sua máquina e não tardou a fazer modificações no desenho original. Por conta das alterações, feitas sob a supervisão de Gabriel, o avião foi batizado como *Voisin-Farman I.* No dia 30 de setembro, o aeroplano fez sua primeira decolagem, um salto de apenas trinta metros. Já era um começo. A cada novo vôo, aperfeiçoava a máquina. Reduziu o porte da cauda e mudou o ângulo das asas para reduzir a resistência e ampliar a estabilidade. Mas não chegou a implementar modificações radicais.

Em 26 de outubro, Farman realizou, na planície de Issy-les-Moulineaux, um vôo de 770 metros, percorridos numa linha reta, em 52 segundos e seis décimos. Passava às suas mãos a Taça Archdeacon, até então de posse de Santos-Dumont. O brasileiro agora estava oficialmente ultrapassado. O sucesso também lhe deu prêmios em dinheiro por cumprir vôos superiores a trezentos e quinhentos metros. Quando questionado pela imprensa, o brasileiro era muito elogioso e prestava homenagens a todos os concorrentes: Louis Blériot, Gabriel Voisin, Henry Farman, Léon Delagrange... até mesmo ao capitão Ferber. Mas, por dentro,

Alberto estava ferido. Bons eram os tempos dos dirigíveis, em que não havia concorrência e o inventor era o centro das atenções. O cenário agora era outro.

Santos-Dumont passou boa parte dos últimos meses em conflito. Atirou para todos os lados, como que tateando às cegas, num esforço desesperado de não perder seu espaço entre os grandes. Isso o levou a estratégias que, viessem de outro inventor, seriam consideradas meros disparates. O seu *N° 16*, por exemplo, desenvolvido após a perda do *14bis*, era uma mistura de dirigível e aeroplano. Era um aparelho mais pesado que o ar preso a um invólucro de hidrogênio, destinado a lhe reduzir o peso. Não ocorreu ao inventor que a presença do grande balão destruiria totalmente a aerodinâmica e impediria qualquer tentativa séria de vôo. Alberto seguia perdido, assistindo atônito ao sucesso crescente de seus colegas e antigos admiradores. Voltou ao projeto do *N° 15*, tentando aprimorá-lo. A partir das modificações, construiu o *N° 17*, que também não voou. Sua mente frenética sondava todos os detalhes dos inventos, seus e de outros, em busca de uma solução. Nada. Estava perturbado. Decidiu distrair-se dos aeroplanos e construiu um hidroplanador, testado no mês de outubro. Era o *N° 18*. Não fez grande coisa, exceto inspirá-lo a voltar aos aviões. Foi quando concebeu o *N° 19*, cuja elegância superava tudo o que Alberto já havia projetado antes.

O monoplano era de uma simplicidade ímpar e dimensões mínimas. A envergadura das asas era de apenas cinco metros, e o comprimento, oito metros. O piloto ia sentado numa pequena plataforma, sobre três rodas. Acima dele, ia o motor, ligado a uma hélice propulsora, também localizada acima do piloto. Os lemes iam atrás, e o corpo do operador controlava o ângulo das asas, oferecendo algum controle de equilíbrio lateral para o pequeno veículo. Era tão minúscula a máquina que poucos poderiam pilotá-la. Santos-Dumont, com seu 1,52 metro, podia tomar vantagem disso. O conjunto pesava menos de duzentos quilos.

Alberto levou o *Nº 19* ao campo de Bagatelle em 16 de novembro, para o primeiro teste. Conseguiu efetuar uma decolagem e voou cerca de duzentos metros. Considerou um grande sucesso, depois de passar sete meses sem conseguir voar com nenhum de seus inventos. Não superara seu próprio recorde, quanto mais o de Farman, mas experimentou uma estabilidade que nunca antes havia sentido num aeroplano. Ficou entusiasmado e enviou uma seca comunicação ao Aeroclube da França: "Tentarei o prêmio amanhã, domingo, 17 de novembro, a partir das 9:30 da manhã."

Com efeito, lá estava Santos-Dumont, em seu *Nº 19*, na planície de Issy-les-Moulineaux, para tentar o vôo de um quilômetro em circuito fechado. Decolou, mas não conseguiu mais que repetir o vôo de duzentos metros de dois dias antes. A precisão e a estabilidade se mantiveram, mas faltava potência. Sem trocar o motor por outro mais potente ou realizar novas modificações, Alberto não tinha a menor chance de conquistar o Deutsch-Archdeacon, o mais cobiçado dos prêmios da aviação da época.

Farman, por sua vez, ficava cada vez mais confiante. Depois do sucesso de 26 de outubro, decidiu que iria tentar a sorte com seu aeroplano. Começou a praticar curvas em meados de novembro. Havia chegado a completar um vôo de mais de um quilômetro, mil e trinta e seis metros, em um minuto e 14 segundos, no dia 9. Fez alguns vôos em circuito fechado, mas de distância insuficiente. Faltava percorrer mais de um quilômetro e, ao mesmo tempo, retornar ao ponto de partida.

A essa altura, o inglês radicado na França já era reconhecido como o principal aviador a ser batido na Europa. Outros, como Léon Delagrange, Louis Blériot e Esnault-Pelterie, também já faziam suas decolagens e voavam, mas não conseguiam marcas tão imponentes quanto as de Farman.

Por outro lado, o fantasma dos irmãos Wright começava a ganhar novos contornos. Wilbur já estava na Europa desde maio, e rumores circulavam de que negociava em vários países, Inglaterra, Alemanha, Rússia, Áustria e, claro, França, pelos direitos sobre suas máquinas tão faladas, mas jamais demonstradas. Além da ajuda de Hart O. Berg e dos srs. Flint, Wilbur pôde contar com Orville, que partiu rumo à França para passar os dois últimos meses do ano auxiliando seu irmão nas negociações. O acordo com Deutsch e outros interessados acabaria sendo atrapalhado pelo antigo consórcio formado no ano anterior, por sugestão do capitão Ferber, para a compra do avião. Embora não tivessem conseguido a verba para adquirir a máquina em 1906, tinham um contrato com cláusulas que davam margem à interpretação de que teriam prioridade em futuras ofertas.

Alheio aos negócios dos Wright, em 19 de novembro, Farman decidiu fazer mais uma tentativa de ganhar o Deutsch-Archdeacon, o Grande Prêmio da Aviação. Fez a decolagem, tentou regressar após percorrer quinhentos metros, mas não conseguiu concluir o percurso. A essa altura, Wilbur já havia retornado à América, para se reunir com membros do Exército americano, que ao longo do ano também reavivaram seu interesse pelas máquinas voadoras mais pesadas que o ar, mas Orville ainda estava na França e testemunhou o experimento. Um repórter se aproximou do americano.

— Sr. Wright, o que o senhor acha do rápido progresso da aviação francesa?

Orville, com uma expressão pouco entusiasmada, muito séria, e um estranho sotaque, respondeu de forma seca, em francês.

— O tempo dirá se os métodos de controle usados na máquina de Farman são adequados para satisfazer às condições encontradas em situações de muito vento. Não é essa a minha visão, nem a de meu irmão.

Farman já havia desafiado Wilbur Wright numa aposta, divulgada pelos jornais, mas o americano nem sequer reagiu. Agora, Orville confirmava a má impressão e o desprezo que os aviões franceses despertavam neles. Os irmãos Wright foram à França, mas não viram indicação de que uma máquina prática estivesse prestes a ser construída. Mais um motivo para manterem para si mesmos os segredos de seu *Flyer* enquanto não fechassem um acordo de comercialização das máquinas.

Archdeacon, que também acompanhava de perto todos os experimentos, reagiu violentamente às declarações de Orville.

— Os famosos irmãos Wright podem declarar o que quiserem. Se é verdade, e eu duvido cada vez mais disso, que eles foram os primeiros a voar, eles não terão a glória perante a história. Tudo o que tinham de fazer era abandonar sua incompreensível política misteriosa e fazer seus experimentos à luz do dia, como Santos-Dumont e Farman, na presença de monitores oficiais, cercados por milhares de espectadores. Os primeiros experimentos autênticos em aviação motorizada aconteceram na França; eles irão progredir na França, e os cinqüenta quilômetros anunciados pelos Wright serão, estou certo, batidos por nós bem antes que eles decidam mostrar sua máquina-fantasma, que propõem vender, sem sucesso, creio eu, aos governos de todo o mundo.

Em 23 de dezembro, a Junta de Intendência e Fortificação dos Estados Unidos finalmente abre uma licitação para a aquisição de uma máquina voadora mais pesada que o ar de uso militar. Durante os meses de novembro e dezembro, Wilbur Wright havia se reunido com a comissão para discutir as capacidades de seu próprio aparelho, elemento crucial para a determinação dos requerimentos. Dois fornecedores independentes se apresentaram: os irmãos Wright e Augustus Herring.

1908

Aluta ainda não estava terminada. Alberto começou o ano trabalhando freneticamente na tentativa de vencer o Prêmio Deutsch-Archdeacon. Não estava mais à frente dos outros, e agora as atenções se voltavam para outros aviadores. O brasileiro, acostumado à fama, não gostava nada dessa situação. Ao mesmo tempo, não tinha mais a mesma jovialidade de outrora. Aos 35 anos, sentia-se um velho. Matutou por algum tempo sobre o que poderia fazer para melhorar seu último avião. Tendo gostado tanto do desenho e da estabilidade obtida, decidiu que o que lhe faltava era potência. Passou então a adaptar o motor do seu velho *14bis* — o Antoinette, com poderosos cinqüenta cavalos — ao delicado *Nº 19*. O resultado foi o que ele chamou de *19bis*. Temeu que o motor fosse pesado demais para a máquina, mas corria contra o tempo agora.

Nem havia terminado de fazer as modificações quando circulou a notícia de que Henry Farman mais uma vez tentaria conquistar o Grande Prêmio da Aviação. A máquina era a mesma, o *Voisin-Farman I*. O piloto, a cada tentativa, se aperfeiçoava mais no governo do aeroplano. Da última vez, quase conseguiu. Poucos duvidavam de que agora ele poderia atingir o sucesso definitivo. Santos-Dumont sabia disso. Preferiu nem acompanhar a tentativa.

Um número apreciável de pessoas se reuniu em Issy-les-Moulineaux no dia 13 de janeiro, para observar o novo esforço do aviador anglo-francês. Acostumado a decolar com sua máquina, Henry Farman não hesitou muito. Ligou o motor e avançou célere até a bandeira que marcava o ponto de partida. Antes mesmo de chegar lá, já tirava as rodas do chão. Passou pelo marco a mais de quatro metros de altura. Continuou subindo até atingir 12 metros. Avançou em linha reta por cerca de quinhentos metros, e então ensaiou o início de uma curva. Sem *ailerons* ou torção de asas, o biplano do aviador era lento e desajeitado para fazer uma virada. Com alguma dificuldade, ele conseguiu se colocar na direção do ponto de partida.

Vez por outra, Farman parecia perder o comando da aeronave, mesmo com um ambiente quase desprovido de ventos. A máquina carecia de estabilidade e controle. Mas voava, e voava bem. O aviador avançou rumo ao marco, passou direto por ele. Avançou mais um pouco, fez uma nova curva desajeitada, e agora sim ia na direção da bandeira, no mesmo sentido em que havia iniciado, um minuto e 28 segundos antes. Desceu logo depois que a ultrapassou. Antes mesmo da aterrissagem, já tinha a certeza de que havia conseguido. Naquele dia histórico, os franceses comemoravam sua vitória definitiva na aviação. Para todos os efeitos, os irmãos Wright já estavam vencidos, antes mesmo que fizessem qualquer demonstração. Archdeacon, presidente do Aeroclube da França, estava exultante. Como de costume, promoveu um banquete para seu grande herói, que por sua vez prometeu usar o dinheiro do prêmio para fazer ainda mais modificações em seu aeroplano e obter recordes com maior expressão no futuro próximo.

Isolado, Alberto ficou em sua residência, na rua Washington com a Champs Elysées. Naquela tarde, recebera apenas uma breve visita de Gabriel Voisin — foi quem lhe deu a notícia. O brasileiro enviou calorosas congratulações ao vencedor, mas nem de seu amigo conseguiu esconder a decepção. Sabia havia um bom tempo que Farman estava na dianteira, mas secretamente nutriu esperanças de que, na 11ª badalada, algo ocorresse para fazê-lo ressurgir das cinzas e mais uma vez se sagrar herói do povo e da aeronáutica.

Assim que Gabriel partiu, nem cinco minutos depois de ter chegado, Alberto se trancou em seu escritório. Sentou-se em sua escrivaninha e viu sobre a mesa alguns planos para modificações ao *19bis*. Não agüentou. Chorou. Com os cotovelos apoiados à mesa, segurou a própria cabeça, como fosse cair, não tivesse apoio. Um choro silencioso, discreto, intenso. As lágrimas escorriam e molhavam suas mãos. Ficou alguns minutos assim. Então, de súbito, ergueu a cabeça e abriu as palmas das mãos na direção de seus olhos. Fitou-as por um longo período. Elas tremiam. Tremiam violentamente.

Em fevereiro, o Departamento de Guerra dos Estados Unidos aceitou a oferta feita pelos irmãos Wright, mesmo sendo mais custosa que a de Augustus Herring — o concorrente não conseguira apresentar evidências de que poderia fornecer um aeroplano com as exigências formuladas pelo governo americano. A Wilbur e Orville caberiam 25 mil dólares por um *Flyer*, caso demonstrassem com sucesso a máquina antes de efetuar a venda. Os testes ficaram marcados para o segundo semestre.

Em abril, os irmãos retornaram a Kitty Hawk, para testar seu novo modelo de aeroplano. Feito com partes do *Flyer Nº 3*, ampliado para ser capaz de transportar duas pessoas sentadas lado a lado e voar por mais tempo, o veículo se apresentou bem e mostrou que a dupla não havia perdido toda a prática no difícil controle da máquina. Os rumores logo se espalharam por toda parte: os Wright voltam a voar, depois de quase três anos parados.

Em 14 de maio, conduzem um vôo com um passageiro, quando Wilbur leva com ele Charles W. Furnas. Mas não era o primeiro feito do tipo: dois meses antes, na França, Léon Delagrange já levara Henry Farman como passageiro em seu avião. Logo após o teste bem-sucedido da máquina com duas pessoas, Wilbur empacotou tudo e partiu para a

Europa, onde pretendia fazer demonstrações do estilo Wright de vôo, com a promessa de que, em caso de sucesso, um grupo de empreendedores franceses finalmente criaria uma companhia para a comercialização de seus aviões.

O editor da *Scientific American* estava furioso.

— Como assim, eles vão competir?! Eles... eles não podem competir!

August Post, secretário do Aeroclube da América, não sabia onde enfiar a cara. Charles Munn crescia como nunca para cima dele.

— Pois se nós fizemos, se a *Scientific American*, se eu, se todos nós só criamos essa competição justamente para que os irmãos Wright a vencessem! Como esses fulanos podem agora vir e dizer que querem competir? Essa tal de Sociedade de Experimentos Aéreos...

— ...Associação... — replicou Post, bem baixinho.

— Pois é, Associação, que seja, essa associação começou agora e quer já levar o primeiro prêmio da aviação nos Estados Unidos?!

— Bem, sr. Munn, admitamos: eles têm o direito de competir. Já estão trabalhando desde o ano passado, sob o comando de ninguém menos que Alexander Graham Bell. Todas as suas máquinas já fizeram vôos, cada um melhor que o anterior. A terceira máquina, pilotada por um dos membros do grupo, Curtiss, acabou de fazer um vôo de mais de mil jardas, e eles se animaram a entrar na disputa. Comunicaram ao aeroclube que pretendem fazer uma tentativa no 4 de julho. Qual é o problema?

Charles Munn estava inconformado. Como editor da *Scientific American*, dois anos antes, ele havia promovido os maiores ataques à reputação dos irmãos Wright, questionando veementemente as afirmações deles. Em janeiro de 1906, publicara um artigo feroz, perguntando-se como poderia acontecer de nenhum repórter da arguta imprensa americana ter testemunhado os fenomenais vôos da dupla de Dayton, se eles de fato tivessem ocorrido. Mas tudo isso foi antes da criação do Aeroclube da América. Desde sempre, a entidade deu destaque e credibilidade aos Wright, mesmo com todo o segredo que eles mantinham sobre seu invento. Os irmãos foram dos primeiros a se afiliar ao órgão. E a posição da respeitada instituição fez a *Scientific American* mudar de lado. Depois de enviar formulários a mais de uma dezena de testemunhas dos vôos dos irmãos, a *SciAm* se certificou de que os feitos eram reais e se retratou em abril de 1906. Mas Munn não considerou isso um pedido de desculpas suficiente. Procurou então o Aeroclube da América, para criar um prêmio de aviação nos Estados Unidos. O Troféu Scientific American seria dado ao primeiro que, decolando por seus próprios meios, atravessasse um quilômetro em linha reta. Era uma tarefa bem mais simples do que a imposta pelo Grand Prix d'Aviation francês, e vários aviadores europeus poderiam tê-lo conquistado. Nos Estados Unidos, o grupo da AEA se aproximava a galope desse estágio. Os rapazes de Bell, como eram chamados, já haviam feito três aeroplanos. O primeiro, *Red Wing*, era criação do tenente Selfridge, que teve um sucesso apenas limitado. Em seguida, veio o *White Wing*, saído da mente de Baldwin. O terceiro, e melhor deles, era o de Glenn Curtiss. Bell, por alguma razão obscura, batizou a máquina de *June Bug*. Era com este avião que a AEA esperava vencer o Troféu *Scientific American*. Mas não se Munn pudesse fazer algo para impedir.

— Não podemos adiar a tentativa desse tal Curtiss? Dizer que não estamos prontos ou algo assim? — perguntou o editor.

— Bem, em tese... em tese, poderíamos fazer isso — respondeu Post, visivelmente constrangido. — A pergunta que vai ficar é: se fizermos isso, os Wright vão entrar na disputa?

— E por que não?

— Bem, para começo de conversa, todo mundo sabe que a máquina deles não decola sobre rodas. Usa uma catapulta. Ou seja, não sobe ao ar pelos próprios meios.

— Poderíamos instruí-los a colocarem rodas em sua máquina e voar uma porcaria de um quilômetro. Eles podem fazer isso, não?

Post pensou por alguns instantes.

— Suponho que possam.

— Então, por que não fazemos o seguinte: eu escrevo aos Wright e pergunto o que eles podem fazer, oferecendo adiarmos a realização do vôo de Curtiss. Se eles se prontificarem a pôr rodas na máquina e voar em um ou dois meses, deixaremos que eles tentem primeiro.

— Parece razoável. Hmmm, sim, acho que podemos fazer isso — aquiesceu Post.

Munn sabia que, se os Wright mais uma vez perdessem a oportunidade de se mostrar e vencer um prêmio, a reputação dos irmãos ficaria ainda mais abalada — de novo pelas mãos da *Scientific American*. "Agora que todo mundo está voando, nos Estados Unidos e na Europa, e a patente deles já foi aprovada, como esses sujeitos ainda podem pensar em guardar algum segredo?", revoltava-se o editor da revista.

Wilbur, a essa altura, já estava na França, mas Orville não deixou de responder à proposta.

30 de junho de 1908.

Caro sr. Munn,

Sua carta de 25 de junho foi recebida. Não consegui pensar em nenhum modo de modificar nossa máquina para que ela pudesse concorrer ao Troféu *Scientific American* em um mês ou dois. Todas as nossas máquinas foram projetadas para decolar a partir de um trilho. As mudanças necessárias requereriam muito mais tempo do que dispomos, e até lá estaremos ocupados com os testes em Fort Myer, que começarão em agosto.

Pessoalmente, penso que as máquinas aéreas do futuro decolarão de trilhos, ou com a ajuda de dispositivos especiais. O sistema de rodas pneumáticas, agora usado na Europa, não se provou satisfatório, exceto em campos extensos, e provavelmente será mais fácil arranjar trilhos pequenos que campos extensos. Decerto que rodas podem ser acopladas à nossa máquina, bem como às outras, o que significa que a regra relativa à decolagem não nos impede absolutamente de competir, mas fazer isso é para nós no momento um grande inconveniente. Na primeira oportunidade prepararemos uma máquina para decolar sem o uso de trilho.

Sinceramente,

Orville Wright

Um dia muito chuvoso aguardava os 22 membros do Aeroclube da América que foram até Hammondsport, Nova York, para acompanhar o esforço de Glenn Curtiss com seu *June Bug*. Era um 4 de julho dos mais tristes, a despeito das comemorações do feriado. O vento muito forte dificultava os trabalhos, mas a Associação de Experimentos Aéreos estava determinada a inscrever seu nome na história da aviação. A máquina de Curtiss usava *ailerons*, como a maioria dos aviões franceses. O formato das asas — um biplano — era bem estranho. A de cima fazia uma suave curva para baixo. A de baixo, o contrário. Como dois parênteses deitados, eles delineavam as formas da aeronave, que repousava sobre três rodas.

A chuva impediu qualquer tentativa durante a tarde. Somente às 7:00 da noite, com o céu quase escuro, os rapazes de Bell tomaram coragem para colocar o *June Bug* para fora. Prepararam a máquina, que naturalmente seria pilotada por Curtiss. O aviador sobe no aparelho e instrui seus colegas a se afastarem. Em seguida, liga o motor e inicia uma corrida. Tenta fazer uma decolagem. Sobe quarenta pés no ar e em seguida volta ao chão. Por sorte, a máquina estava intacta. O pessoal da AEA volta a cercar a aeronave, e o aviador logo identifica um problema na amarração da máquina. Os cabos não permitiam que ela apontasse o nariz para cima de forma a ganhar o ar. Curtiss rapidamente faz as modificações e parte em uma nova tentativa.

Diante de todos, o aeroplano sobe com perfeição, ganha uma altura razoável e prossegue em sua jornada pelo ar. E assim acontece durante um período de um minuto e quarenta segundos, num vôo em linha reta. Quando o *June Bug* aterrissa, vem a medição: 5.360 pés. Quase o dobro do que precisava para assegurar a vitória. Vibrando muito, Glenn Curtiss e a AEA se tornaram os vencedores do primeiro prêmio de aviação concedido nos Estados Unidos.

Entre os que observavam a façanha, estava uma figura conhecida nos círculos aeronáuticos. Foi um dos primeiros a abordar o campeão do dia.

— Sr. Curtiss! Meus parabéns por esse feito espetacular, sem igual nos Estados Unidos! Permita-me apresentar-me. Meu nome é Augustus Herring.

— Muito prazer, sr. Herring. E obrigado. — Curtiss cumprimentou o homem e quis logo seguir adiante para receber as congratulações dos demais presentes, mas notou que não seria tão fácil ou rápido.

— Na verdade, sr. Curtiss, tenho uma proposta para o senhor. — Herring puxou-o de volta, de forma um pouco rude. — Estou certo de que achará interessante, uma vez que pode decidir o futuro comercial da aviação. Acha que poderíamos conversar com mais tranqüilidade algum dia desses?

Apesar de incomodado pela insistência quase agressiva daquele homem, Glenn achou que a melhor maneira de afastá-lo seria aquiescer.

— Hmmm, muito bem. Procure-me em minha oficina na próxima segunda-feira pela manhã, sim?

Herring apenas fez que sim com a cabeça, reverente, voltou a apertar a mão do piloto e finalmente se afastou, dando vazão à multidão que queria ver o herói do dia.

— Olhe aqui o que me escreve o sr. Orville Wright! — Curtiss estendeu a mão para mostrar a carta a Thomas Selfridge. Os dois estavam na oficina e novo quartel-general da AEA, em Hammondsport.

— Não me diga que foi para lhe dar os parabéns! — ironizou o tenente.

— Hmmm... não exatamente. Ele está preocupado com o uso que daremos aos nossos aviões.

Era uma carta bem curta, datada de 20 de julho e direcionada especificamente a Curtiss. Ao que parece, Orville ficou preocupado com declarações publicadas pelos jornais de que Glenn pretendia usar o *June Bug* para realizar demonstrações públicas — e ganhar dinheiro com isso. Selfridge lia em voz alta, murmurando a maioria das palavras.

— Parará... Nós não temos intenção de ceder as características patenteadas de nossas máquinas para exibições ou para uso comercial... parará... Se for seu desejo entrar no negócio de exibições, ficaríamos felizes em discutir o assunto de um licenciamento para operar sob nossas patentes com esse propósito... parará... Sinceramente, Orville Wright.

— Acredita nisso? — disse Curtiss, quase interrompendo Selfridge. — Agora o sr. Wright quer decidir o que podemos ou não podemos fazer com nossos aviões!

— Eu sinceramente não entendo isso. Ele fala de patentes. Mas não usamos torção de asas em nossos aeroplanos.

— Pois é. Bell nos garantiu que o uso de *ailerons*, que aliás pretendemos patentear nós mesmos aqui nos Estados Unidos, nos tira fácil do âmbito das patentes dos Wright.

— E aí, o que você vai responder a ele? — perguntou Selfridge.

— Bem, a idéia é ser cordial e evitar conflitos desnecessários. Pelo menos por agora. Em breve, devo fazer um acerto com um outro inventor, Augustus Herring, que me garantiu que nunca mais eu precisarei me preocupar com as patentes dos Wright novamente.

— O que você tem em mente, Glenn?

— Seja paciente, meu caro Tom. Quando você voltar de Fort Myer eu pretendo lhe contar tudo. Agora vá lá e divirta-se com o magnífico aeroplano militar do sr. Wright...

— Pode apostar!

Hammondsport, N.Y., 24 de julho de 1908.

Caro sr. Wright:

Recebi sua carta do dia 20. A resposta foi adiada pela correria para levar a aeronave dirigível do sr. Baldwin para Washington.

Ao contrário do que dizem os relatos de jornal, eu não espero fazer nada ligado a exibições. Meus vôos aqui têm sido em conexão com o trabalho da Associação de Experimentos Aéreos. Passei o problema das patentes para o secretário da Associação.

Desejando-lhe o máximo sucesso em Fort Myer, Sinceramente,

G. H. Curtiss

O repórter do *New York Herald* teve de acordar cedo naquele sábado. Mas era por um motivo totalmente justificado: Wilbur Wright estava prestes a realizar seu primeiro vôo na Europa. Se é que ele podia mesmo voar, especulava a maioria dos franceses. O jornalista se dirigiu logo pela manhã para Le Mans, pequena cidade já famosa por suas corridas. Chegou ao local que o americano escolheu para construir seu avião, pomposamente designado pelo inventor como um *Flyer Model A*, por volta das 10:00 da manhã. Já não estava sozinho. Jornalistas e moradores se apresentavam para testemunhar o feito. O dia estava agradável.

Era 8 de agosto — dia de azar de Santos-Dumont. Num pequeno abrigo, Wilbur trabalhava em sua máquina. Quem passasse perto podia ouvir algumas marteladas e assobios do inventor. Ele já estava havia algum tempo na França, mas ninguém tinha termos muito agradáveis para descrevê-lo. Na melhor das hipóteses, era apresentado como um homem calado, de poucas palavras. Na pior, como um caipira sem a elegância e a cultura dos aviadores franceses. Desde que chegara à Europa, no final de maio, Wilbur dormiu todos os dias no abrigo de Le Mans, ao lado de sua máquina. Recusou ofertas de hotéis para hospedá-lo. Trabalhou incessantemente no conserto do *Flyer*, muito maltratado durante sua passagem pela alfândega francesa.

Agora, finalmente a máquina começava a se tornar de novo apresentável. Os curiosos deixaram o campo por volta das 11:00, mas estavam todos de volta, de barriga cheia, lá pela 1:30 da tarde. Wilbur não parou de trabalhar durante todo esse tempo. As marteladas continuavam, incessantes. E os assobios.

Então, um movimento diferente. O sr. Hart O. Berg sai do abrigo e anuncia aos fótografos.

— Senhores, agradeceríamos muito se os senhores se comprometessem a não tirar fotografias da máquina, caso contrário, o sr. Wright não irá se apresentar.

Ouvem-se alguns lamúrios, e Berg se apressa a esclarecer.

— Não nos levem a mal, mas o sr. Wright tem um contrato a cumprir. Nenhuma fotografia da máquina pode aparecer até a próxima segunda-feira, uma vez que os direitos foram vendidos com exclusividade para a *Century Magazine*.

Mais alguns resmungos, e os fotógrafos presentes decidem ceder. As câmeras são recolhidas e eles mesmos começam a rodear o campo para se certificar de que nenhum fotógrafo amador está por perto para estragar a festa. E, por falar em vontade de estragar a festa, às 3:00 da tarde chegam ao campo para ver a demonstração Louis Blériot e Ernest Archdeacon, vindos de Trouville. O repórter do *Herald* não deixa de notar a presença deles. Henry Farman, que no dia anterior havia previsto fracasso no teste do aeroplano Wright (embora seus amigos negassem as declarações), não pôde aparecer — estava nos Estados Unidos.

Poucos minutos depois, Wilbur vem a público, trazendo o *Flyer* para fora. Vestindo um boné que Orville havia comprado na França no ano anterior, ele continuava muito silencioso. A máquina estava presa a rodas para ser empurrada até o trilho e à catapulta, que auxiliariam na decolagem. Durante o transporte, uma das rodas escapou e fez um pequeno buraco na cobertura do plano inferior. Inabalado, Wilbur constatou que um remendo bastaria para salvar o avião.

Por volta das 4:00 da tarde, a máquina estava colocada sobre o trilho. Wilbur volta ao abrigo para colocar suas vestimentas de pilotagem. O boné continua em sua cabeça. Passa então a testar exaustivamente os controles da máquina, certificando-se de que tudo está em ordem. A multidão começa a ficar impaciente. Ele liga o motor, que estava sem operar havia um mês. Um curto-circuito. Mais reparos. Mais impaciência. Finalmente, tudo pronto.

Ele aciona o motor e as hélices propulsoras começam a girar, vagarosamente — cerca de quatrocentas voltas por minuto, informa Wilbur aos repórteres, instruindo-os com paciência sobre o funcionamento do aparelho.

Eram 6:10 quando a catapulta começou a ser preparada para a realização de uma decolagem. Às 6:30, satisfeito com as condições — uma leve brisa soprava sobre Le Mans —, Wilbur mais uma vez aciona os motores. As hélices ameaçam parar. Ele tenta novamente. Agora sim. O peso da catapulta é solto, desce e num instante atira o *Flyer* na direção do ar. A multidão prende a respiração. Ele voa.

Em menos de cinqüenta pés do ponto de partida, o avião já se elevava a uma altura de oito a dez metros do chão. Ele avançou um pouco e imediatamente fez uma curva, fechada, absolutamente controlada. Nenhum aeroplano francês podia fazer aquilo. Quem via com binóculos claramente notava o arqueamento das asas, e a inclinação da máquina que acompanhava cada curva. Parecia a inclinação de um ciclista. Era um movimento muito natural, e dava a Wilbur controle completo do vôo. Ele não hesitou e continuou seu percurso pelo ar, em curvas angulosas, de noventa graus, circulando por sobre a pista de corridas no solo. Fez duas voltas completas, precisas, e desceu praticamente no mesmo ponto em que subiu, após um minuto e 45 segundos. Considerou satisfatório para uma primeira exibição. Wilbur não queria se arriscar demais, e os franceses não davam chance de vôos de treinamento às escondidas.

Quando desceu, os espectadores — contados em centenas — estavam extasiados. Não havia mais dúvidas para ninguém de que os Wright haviam dominado a difícil arte do vôo, com mais controle do que qualquer outro aviador no mundo todo. Além dos entusiastas franceses da aviação, o feito foi observado por militares russos que queriam analisar o potencial bélico do aparelho.

Hart O. Berg foi o primeiro a cumprimentar Wilbur, após a descida. Não pôde esconder o entusiasmo e correu na direção do aviador. Segurou sua cabeça com as mãos e deu-lhe um beijo na bochecha. Wilbur estava sorridente, mas ainda mantinha a postura contida pela qual ficou conhecido.

O repórter do *Herald* se aproximou dele.

— Sr. Wright, o senhor está satisfeito com sua primeira exibição? — perguntou, em inglês.

— Não inteiramente — respondeu Wilbur. — Quando eu estava no ar cometi não menos que dez erros, pelo fato de que fiquei parado por tanto tempo, mas eu os corrigi todos rapidamente. Então, não acho que alguém que me viu tenha percebido que cometi algum erro.

Hart O. Berg, representante dos irmãos americanos em solo europeu, estava eufórico.

— Quaisquer dúvidas que pudessem ter cruzado minha mente quanto ao sucesso definitivo desse aparelho foram totalmente expurgadas. Claro, eu já acreditava nos Wright, ou não teria me associado a eles. Mas ver o sr. Wilbur Wright em ação me deixou extasiado. Quando ele se atirou para o ar e viajou como um trem, avançando e virando quando quer que quisesse, meu sonho se materializou!

Claro, o filé da reportagem estava com os antigos céticos dos Wright. O primeiro que o jornalista do *Herald* conseguiu ouvir foi Blériot.

— Sr. Blériot, que tal?

— Eu considero que para nós, na França, e em toda parte, uma nova era do vôo mecânico começou. Eu não estou calmo o bastante após o evento para expressar detalhadamente minha opinião. Minha opinião pode ser mais bem descrita nas palavras "É maravilhoso!".

Em seguida, pegou Archdeacon, que já estava de saída.

— Então, sr. Archdeacon. Podemos agora acreditar no que os Wright diziam?

— Diga-me você, rapaz. Podemos?

— Qual é a sua opinião?

— Bem, que eles são capazes de voar, não temos mais dúvidas. Mas, se você perguntar o que eu penso, eu acho que podemos fazer tão bem quanto eles com nossas máquinas na França. Podemos levar um longo tempo para aprender a controlar uma máquina Wright. Eu também considero nossas máquinas superiores pelo fato de que têm rodas e podem decolar de onde quer que desçam, sem a ajuda de trilhos.

Orville recebeu as notícias do vôo do irmão, enquanto terminava o *Military Flyer* para apresentá-lo ao Exército americano. Em Dayton, perguntaram o que achou. Ele foi seco.

— Eu já esperava que o vôo fosse bem-sucedido. E, embora ele tenha sido bem-sucedido, não foi nada além do que esperávamos. Na verdade, Wilbur pode fazer melhor do que fez.

Os testes iam muito bem em Fort Myer, e os militares que acompanhavam os vôos do *Military Flyer* estavam certos de que a máquina acabaria preenchendo todos os requisitos estipulados na licitação original.

A eles parecia que Orville Wright estava no controle absoluto de seu aparelho, conforme fazia suas curvas no ar. E as exibições, feitas num lugar razoavelmente próximo de Washington, não eram vistas apenas pelos interessados na aquisição da máquina. Naquele dia, por exemplo, mais de 2.500 pessoas se reuniam para testemunhar os testes.

Sabendo que o sucesso da venda ao Exército estava em jogo, Orville se mostrava extremamente criterioso quanto às condições meteorológicas exigidas para a realização de um vôo. Naquele 17 de setembro, por exemplo, quase não se dispôs a tentar. Decidiu que só faria uma tentativa à tarde, e caso os ventos amainassem. Ao longo de todo o dia, a brisa não passou de 12 milhas por hora — mas toda cautela era pouco.

Para o tenente Thomas Selfridge, no entanto, era uma de suas últimas chances. Tendo de partir dali a dois dias para Saint Joseph, com o objetivo de acompanhar os testes do dirigível de Baldwin, o entusiasta da aviação queria porque queria fazer um vôo com Orville antes de deixar Fort Myer. Insistiu tanto que conseguiu. Apesar de seus 26 anos, Selfridge era de longe o oficial americano mais bem informado nos assuntos aeronáuticos. Já havia inclusive trocado alguma correspondência com os irmãos Wright, em seu próprio nome e representando a AEA, sobre detalhes técnicos da construção de aviões.

Por volta das 5:00 da tarde, Orville e Tom subiram a bordo do *Military Flyer* — máquina um pouco menor e mais ligeira que o *Model A* com o qual Wilbur estava impressionando os franceses — e se prepararam para a decolagem.

A catapulta funciona com perfeição e sem demora os dois estão no ar. Selfridge já havia realizado outros vôos curtos, com o *Red Wing* e com o *June Bug*, mas nada como este aqui. Estava imensamente feliz por ser um dos primeiros a experimentar tamanho controle — e ainda por cima como passageiro, sem ter de se preocupar com os comandos do aeroplano.

O *Flyer* começa a dar voltas ao redor do campo. A multidão vibra com o sucesso. A máquina completa uma volta. Duas. Três. Faz a primeira curva da quarta volta. Inicia a segunda. Uma quebra. A pá de uma das hélices propulsoras se solta e voa longe, atingindo parte da estrutura traseira da máquina. Orville Wright perde o controle. O *Flyer* voa a esmo por uns cem pés. Eleva-se mais um pouco, atinge a altura de 75 pés. Despenca com tudo. Orville e Tom são atirados para fora de seus assentos, os destroços da máquina sobre os dois.

O entusiasmo é trocado pelo horror. Jornalistas e militares correm para acudir. Tiram a carcaça das asas e encontram os dois. Tom está desacordado, rosto ensangüentado. Mas respira. Orville consegue falar, embora esteja claramente ferido. Ambos são retirados em alguns minutos e levados às pressas para um hospital militar próximo.

Os médicos não fazem rodeios para dar as más notícias. Orville quebrou algumas costelas e uma perna, mas deve se recuperar plenamente. Já Selfridge não teve a mesma sorte. Sofreu uma fratura na base do crânio e jamais recobrou a consciência após a queda. Os cirurgiões esperavam declarar sua morte a qualquer minuto.

Aconteceu às 8:10 da noite. Mas ninguém teve a coragem de contar isso a Orville.

— Está tudo bem, Bubo, está tudo bem. Procure descansar — era tudo que a irmã, Katharine, se dignava a lhe dizer. Ela ficou com ele o tempo todo, desde a saída de Fort Myer. Dormiu ao seu lado no hospital. Não bastou para tranqüilizá-lo. Por mais que tentasse confortá-lo, Orville não conseguia tirar da cabeça a sensação de fracasso. Podia muito bem ter morrido. Seria o fim do negócio com o exército americano? Foi o que o *Washington Post* também quis saber, do próprio secretário de Guerra dos Estados Unidos, Luke E. Wright. Um jornalista do diário foi quem o informou do acidente.

— É muito triste. Como foi que aconteceu? — perguntou o secretário. O repórter narrou o ocorrido, ao que ele pôde reagir.

— Bem, do que você me diz, parece que uma falha estrutural foi a causa; nenhum princípio falho apareceu — retomou o chefe do Departamento de Guerra. — Claro, ainda é cedo para chegar a uma determinação da causa nesse ponto. Um comitê terá de investigar e fazer um relatório antes.

Farman havia viajado aos Estados Unidos para fazer demonstrações e, quando retornou à França, viu que finalmente Wilbur Wright causava boa impressão com seus vôos. Mas Henry nunca duvidou de sua capacidade de competir de igual para igual com os irmãos de Dayton. Ficou ainda mais convencido de que tinha a melhor mão quando ouviu falar do acidente de Orville em Fort Myer. Ele podia estabelecer novos recordes, enquanto a Wilbur recairia o ônus de provar que seu *Flyer* era mesmo uma máquina segura. Antes de partir, em 6 de julho, havia vencido o Prêmio Armengaud, no valor de 10 mil francos, por um vôo com duração superior a ¼ de hora (pouco mais de vinte minutos). Retomou as exibições em 29 de setembro, quebrando o próprio recorde. Percorreu 42 quilômetros em 43 minutos, em Mourmelon. No dia seguinte, voou 34 quilômetros. Em 2 de outubro, percorreu quarenta quilômetros. Depois disso, instalou *ailerons* em seu avião e continuou realizando vôos da mesma grandeza. Em 31 de outubro, ganhou um prêmio por atingir os 25 metros de altura. Henry Farman ainda se sentia em plena forma.

Enquanto isso, Wilbur se mantinha um passo adiante. A despeito da catapulta, o desempenho de suas máquinas parecia ser sempre superior. Em 21 de setembro, ele bateu o recorde mundial de permanência do ar, voando por uma hora e 31 minutos. Foi uma resposta ao acidente de Orville, na semana anterior. Mas não foi a única resposta. Exibindo-se aos franceses, o americano batia seus próprios recordes quase diariamente. Em 30 de novembro, uma boa notícia: era formada La Compagnie Générale de Navigation Aérienne, a fabricante dos aviões Wright na Europa. Deutsch de la Meurthe era um dos acionistas. Um mês depois, no último dia do ano, Wilbur conquista a Copa Michelin com mais um recorde: voa por duas horas, 18 minutos e

33 segundos, percorrendo 123 quilômetros. Com essa cronometragem ele conseguiu os 20 mil francos da premiação, mas decidiu esticar o vôo para duas horas, vinte minutos e 23 segundos, atravessando 124 quilômetros e setecentos metros. Era o recorde absoluto de permanência e percurso.

O Aeroclube da França, ao final daquele ano, decidiu conceder as oito primeiras licenças de piloto de avião. Os que receberam a honraria, no início do ano seguinte, foram Louis Blériot, Henry Farman, Wilbur Wright, Orville Wright, Alberto Santos-Dumont, Ferdinand Ferber, Robert Esnault-Pelterie e Léon Delagrange.

1909

— Poxa, como é bom vê-los! — exclamou Wilbur, ao ver Orville e Katharine. Os dois acabavam de chegar a Paris, a fim de se juntar ao irmão mais velho. — Como vão as coisas lá em casa?

— Ah, vai tudo bem. Papai está com saúde, firme e forte, graças a Deus — respondeu a irmã. Orville só sorria, meio que forçosamente.

— E você, Bubo, como vai? — insistiu Wilbur.

— Estou bem. Ótimo, na verdade. Mas como está fazendo frio por aqui, hein? — desconversou. Claramente, ele ainda não estava de todo recuperado do acidente em Fort Myer. Tinha vergonha do irmão, sentia que havia fracassado e o havia decepcionado.

— É... não fica muito pior do que isso — Wilbur logo compreendeu tudo. — Mas vamos falar de negócios. Temos muito trabalho pela frente! Devemos partir em dois dias para Pau, com o objetivo de treinar três franceses na operação do *Flyer*. Faz parte do acordo que fechamos, e eu preciso muito da sua ajuda, Bubo!

Pela primeira vez naquele dia, Orville sorriu de verdade. Ficou feliz por ter seu irmão por perto e sentiu um laço forte entre os dois. As palavras estrategicamente proferidas souberam reavivar seu espírito e acalentá-lo.

— E depois iremos a Roma! — prosseguiu Wilbur. — Sim, você precisa ver como estamos em alta conta aqui na Europa, Bubo. Até meu primeiro vôo de demonstração, tratavam-me como a escória. Depois, nunca fui tão bem recebido em toda a minha vida. Os franceses realmente sabem ser simpáticos e agradáveis. Quando querem, claro. Até mesmo os parisienses, de vez em quando, conseguem me surpreender com alguma afabilidade.

Os três riram. Wilbur continuava irônico e sutil, como de costume. Parecia mais saudável do que nunca. Sentia-se realizado.

— Bem, fica difícil mesmo contrariar demonstrações tão contundentes quanto as que você deu por aqui. Até mesmo Farman teve de engolir suas próprias palavras. — Orville se arriscou a tomar parte ativa na conversa. Mas Katharine logo desviou o assunto.

— Ah, a Cidade Eterna! Não vejo a hora! Quando vamos?

— Tudo a seu tempo, minha querida irmã. — Wilbur assumiu um tom grave, paternal. — Primeiro precisamos treinar os franceses em Pau e acertar a ida à Itália. Lembre-se bem: antes da diversão, e eu lhe asseguro que haverá diversão, ainda temos muito trabalho pela frente.

Em 19 de fevereiro, Glenn Curtiss e Augustus Herring fundam a Herring-Curtiss Company, uma empresa fabricante de aviões. Em nenhum momento, eles manifestam o interesse de licenciar as patentes dos Wright. Com o afastamento de Curtiss e a morte do tenente Selfridge, Alexander Graham Bell dissolve a Associação de Experimentos Aéreos.

Em 1º de março, Alberto Santos-Dumont estava pronto para fazer o primeiro teste de seu novo aeroplano, o *Nº 20*. A máquina era muito parecida com sua antecessora, e foi natural que o apelido pelo qual a primeira ficou conhecida tenha passado à segunda. O pequeno avião era chamado em toda parte de *Demoiselle*, que em francês poderia significar tanto "senhorita" como "libélula". Nas duas traduções, o nome era perfeito.

Com suas pequenas asas de seda — uma envergadura de apenas cinco metros, um pouco maior que a do *Nº 19* —, a nova *Demoiselle* lembrava um desses insetos, quando em vôo. Além disso, por seus traços delicados e seu tamanho diminuto — se a envergadura aumentou um pouco, o comprimento diminuiu bastante —, parecia mais do que justo chamá-la de senhorita. O desempenho do avião era excelente, muito veloz.

Alberto testou mais de um motor, e o que mais se adaptou foi um construído segundo suas próprias especificações pela companhia de automóveis Darracq, com trinta cavalos de potência. Menos potente que isso, e o *Nº 20* perderia em desempenho; mais que isso, e a frágil máquina não agüentaria enfrentar os ventos. Com esse motor, Santos-Dumont obteve grande sucesso. Pela primeira vez desde que havia iniciado suas pesquisas sobre um "mais pesado que o ar", Alberto experimentou o que era um vôo realmente estável de aeroplano. Não precisava mais se esforçar para atingir a parca distância de duzentos metros. A máquina agora conseguia levá-lo por vários quilômetros, e suas dimensões tornavam-na praticamente seu meio de transporte pessoal até as regiões mais afastadas da cidade. Foi o avião que mais se aproximou do seu dirigível *Nº 9*, a *Baladeuse*, em termos conceituais.

Uma vez que se certificou da qualidade do invento, passou a voar com ele praticamente todos os dias. Fazia visitas inesperadas a amigos, pousando na porta de castelos afastados como saído do nada. Estava tão satisfeito com a máquina que chegou a ambicionar o prêmio mais atraente da época, oferecido desde outubro do ano anterior pelo jornal britânico *Daily Mail*. Ao vencedor caberiam 5 mil libras esterlinas. Para conquistá-lo, o aviador precisaria fazer uma viagem entre a França e a Inglaterra, sobrevoando o canal da Mancha.

Muito mais que um teste de resistência — vários aviadores já haviam atravessado distâncias comparáveis e até mesmo superiores em suas máquinas —, era um teste de audácia: no caso de fracasso, só restaria ao piloto mergulhar nas águas gélidas com sua máquina e, se sobrevivesse à queda, torcer muito por um resgate.

Às vezes, Alberto sentia que era esse tipo de desafio que faltava em sua vida. Finalmente, tinha uma máquina com que poderia tentá-lo.

De volta ao lar, após a glória, os irmãos Wright são recebidos com todas as honras em Dayton. Assim que chegam, imediatamente retomam o trabalho, identificando o que houve de errado com as hélices propulsoras do *Military Flyer*. Eles pretendem retomar os testes em Fort Myer o quanto antes, para concretizar a primeira venda de um aeroplano a um governo. Mas nada poderá evitar que participem de uma grande festa organizada em homenagem aos dois, agora aclamados heróis da aviação, marcada para os dias 17 e 18 de junho. Até uma recepção na Casa Branca está prevista para os irmãos, ecoando os feitos de um outro aeronauta famoso. Wilbur, no entanto, não estava nada feliz por todo esse inconveniente. O que ele queria mesmo era trabalhar em paz. Escreveu a Chanute, em 6 de junho.

Estivemos muito ocupados numa máquina para Fort Myer, e como somos muito interrompidos o trabalho vai mais devagar do que poderíamos desejar, mas esperamos estar voando antes que o mês termine. Cerca de uma semana desse tempo será consumida em viagens de ida e volta entre Dayton e Washington para receber medalhas. A apresentação de Dayton se tornou uma desculpa para um elaborado carnaval e uma propaganda da cidade sob a camuflagem de uma homenagem a nós. Tudo foi feito a despeito de nossos conhecidos desejos, e não estamos tão agradecidos quanto poderíamos estar.

Chanute respondeu com a usual e insuspeita simpatia.

Você diz que essa última demonstração foi contrária a seus próprios desejos. Eu sei que a recepção dessas honrarias se torna opressiva para homens modestos e eles deveriam evitá-las se pudessem, mas neste caso vocês criaram o problema para si mesmos ao concluir a solução de um problema muito antigo, realizado com grande engenhosidade e paciência, aceitando muitos riscos de se ferirem, e eu espero que quando a presente gritaria terminar, vocês continuem a atingir mais sucessos e a receber amplas recompensas de todos os tipos.

Enquanto os Wright se ocupavam com as honrarias, a Herring-Curtiss faz a primeira venda de um avião, à Sociedade Aeronáutica de Nova York. É o primeiro aeroplano comercializado nos Estados Unidos, a um custo de 7.500 dólares. O *Golden Flier,* como foi batizado, era equipado com *ailerons* para controle de equilíbrio lateral.

Lá ia o intrépido aviador à caça das 5 mil libras esterlinas. Com um aeroplano pesado, equipado com um motor similar ao que dera potência ao velho *14bis*, partia rumo ao canal da Mancha o piloto Hubert Latham. O avião era chamado *Antoinette IV*.

A travessia consistia em meros 38 quilômetros, aproximadamente. A maior parte, claro, sobre a água. Latham partiu de Sangatte, Calais, França, na direção do Reino Unido. Embora o *Daily Mail* permitisse vôos nas duas direções, os aeronautas franceses pareciam mais imbuídos na tarefa de atravessar o canal. Afinal de contas, a ilha era a Inglaterra.

O avião era tão robusto que dava confiança, construído pela equipe de Léon Levavasseur, o fabricante de motores. Após alguns testes mais ou menos bem-sucedidos, e alguns reparos, Latham não quis esperar mais para tentar a façanha. Sabia que muitos outros estavam nos seus calcanhares. Anunciou sua tentativa para o dia 15 de julho, uma quinta-feira.

Uma multidão se reuniu em Sangatte para acompanhar a partida. Naquele dia, até mesmo um visitante ilustre esteve lá para ver o esforço de Latham: Santos-Dumont. O francês ficou encantado pela ilustre presença e respondeu a todas as perguntas que o brasileiro lhe fez. Aliás, o parisiense Latham se mostrava um cavalheiro em todos os momentos, mesmo os mais constrangedores. Naquele dia mesmo, por conta da forte neblina, foi impedido de tentar a travessia.

Na sexta, o tempo parecia bom, mas diversos problemas com a máquina mais uma vez adiaram a tentativa, para a frustração do aviador. Houve até quem suspeitasse de sabotagem. As autoridades pressionaram por uma decolagem: o destróier francês Harpon, designado para o resgate no canal em caso de acidente, não podia esperar para sempre. Levavasseur, no entanto, estava determinado.

— Não há vôo hoje.

O sábado voltou a amanhecer com uma forte neblina, somada a ventos muito fortes. Tenso, Latham escapou dos jornalistas e foi até Paris, ver sua mãe. A imprensa não perdoou sua saída, ao que ele respondeu, indignado.

— Posso garantir que é preciso muito mais fibra para ficar em Sangatte esperando por uma oportunidade favorável do que para de fato fazer a tentativa de voar pelo canal.

Domingo continuou ruim. E o conde Charles de Lambert, um concorrente equipado com um biplano do tipo Wright, anunciou a realização de um teste. A equipe de Latham e Levavasseur ficou preocupada.

Na segunda-feira o tempo amanheceu tão ruim quanto nos dias anteriores. Mas às 5:30 da manhã a situação do nevoeiro começou a melhorar. Informações do outro lado do canal davam conta de que havia uma visibilidade de dez milhas. Longe do ideal, mas dentro do praticável. Era agora ou nunca.

O time trabalhou depressa e Latham partiu às 6:42. A decolagem fora a melhor já feita com o *Antoinette IV*, e o aviador estava muito confiante. Ao longo do caminho, diante da paisagem, pensou em tirar fotografias. Foi quando ouviu alguns barulhos estranhos vindos do motor. Começou a verificar as conexões elétricas que podia alcançar. Mexeu no carburador e na ignição. Em vão. Após uns poucos segundos, o motor falhou completamente. Latham fez o que pôde para planar até o mar. E torceu muito por um resgate breve. Acendeu um cigarro e relaxou, enquanto seu aeroplano flutuava sobre as águas, sustentado pelas asas. Ambos, avião e aviador, foram resgatados pelo Harpon. A despeito de não ter tido grandes acidentes, a tentativa terminava em fracasso. A imprensa buscou comentários de um especialista.

— Estou surpreso de que o *Antoinette* tenha ido tão longe quanto foi — respondeu Wilbur Wright, por telegrama, à revista *Flight*.

A notícia chegou rapidamente a Paris, ao mesmo tempo que o *Daily Mail* recebia a notificação da tentativa de um outro concorrente: Louis Blériot, dono da licença de piloto número um do Aeroclube da França.

Foi uma competição acirrada para ver quem iria primeiro. Blériot declarou suas intenções, mas os organizadores interpretaram que Latham havia anunciado antes sua nova tentativa e deveria receber prioridade do destróier francês. O recém-chegado à disputa usou sua influência com o governo e fez vir outro navio para acompanhá-lo. Ele e seu *Blériot XI*, um elegante monoplano que fizera seu primeiro vôo em janeiro daquele ano, cerca de duzentos metros, já estavam em Calais desde 21 de julho, mas o tempo voltou a não colaborar.

Às 2:00 da manhã do dia 25, os céus finalmente se mostravam limpos e o vento parecia calmo. Blériot e sua esposa são acordados e levados às pressas para que o aviador possa realizar sua tentativa antes de Latham. Às 4:00 da manhã, o motor do aeroplano estava aquecido. Blériot faz um pequeno vôo-teste de 15 minutos sobre Calais. A decolagem acertou um cachorrinho que estava no campo durante a corrida, mas nenhum dano grave causou ao aeroplano. Satisfeito, Blériot espera o amanhecer, para cumprir as regras estabelecidas pelo *Daily Mail*. Por telescópio, sua equipe observa o acampamento de Latham e Levavasseur. Nenhum movimento. Os dois pareciam cansados demais para perceber o que estava acontecendo.

Às 4:45, Blériot faz a segunda decolagem do dia e parte rumo à Inglaterra. Sobre o mar, o aviador rapidamente deixa para trás o navio que deveria resgatá-lo em caso de acidente. Em dez minutos, começa a sentir um certo pavor. Lá de cima, não via nenhum ponto de referência, exceto as ondas logo abaixo. Não se via a França, a Inglaterra ou navio algum. Uma tensa solidão tomou conta do piloto. Ele teme não estar na rota correta. Mais dez minutos e ele vê a costa inglesa. Mas o seu local pretendido de pouso não está à frente, e sim a oeste. Os ventos o levaram para outra direção. Vira o aeroplano, que responde perfeitamente aos seus comandos. Procura um campo vazio para o pouso. Tenta descer duas ou três vezes, até conseguir fixar as rodas no solo. Desliga o motor. A máquina desce ao chão. Soldados se aproximam, junto com um policial. Dois franceses também estão ali. Eles beijam as bochechas de Blériot. O aviador, com seus longos bigodes, guarda uma expressão quase vazia em seu rosto. Mal acredita que conseguiu.

Ele desceu às 5:12, após um vôo de 37 minutos. Ao chegar à Inglaterra, teve de preencher um formulário da alfândega. Não havia opções para se declarar "piloto" ou dizer que chegou num "aeroplano". O excêntrico aeronauta, já com seus 37 anos de idade, assinala que é mestre de um iate chamado "Monoplano". Parte para Londres, onde é recebido de forma gloriosa.

Latham fica sabendo do ocorrido e, sem mais o que fazer, envia um recado conformado ao vencedor, por telegrama.

Cordiais congratulações. Espero segui-lo em breve.

Santos-Dumont também transmite os parabéns a Blériot.

Essa transformação da geografia é uma vitória da navegação aérea sobre a navegação marítima. Um dia, talvez, graças a você, o avião irá atravessar o Atlântico.

Recebe resposta.

Não fiz mais do que segui-lo e imitá-lo. Seu nome para os aviadores é uma bandeira. Você é o nosso líder.

E é o escritor H. G. Wells que melhor exprime o impacto do sucesso de Blériot para o futuro da aviação — e do mundo:

A Inglaterra não é mais, de um ponto de vista militar, uma ilha inacessível.

Dois dias depois do sucesso de Blériot, levando o tenente Frank P. Lahm como seu passageiro, Orville Wright voa por uma hora, 12 minutos e 37 segundos. O vôo preenche todos os requisitos estabelecidos pelo Exército. É presenciado pelo presidente dos Estados Unidos, William H. Taft, seu gabinete e uma multidão de 10 mil pessoas. A venda do *Military Flyer* está concluída, e agora os irmãos se voltam para seus algozes. Em 18 de agosto, entram com um processo contra Glenn Curtiss e a Herring-Curtiss Company, pela venda de um aeroplano sem licenciamento de sua patente. Também processam os compradores, a Sociedade Aeronáutica de Nova York, impedindo-os de fazerem demonstrações com o *Golden Flier*. A questão será resolvida nos tribunais.

De 22 a 29 de agosto, a França parou para a Grande Semana da Aviação. Realizada em Reims, uma cidadezinha conhecida por suas videiras, a competição reuniu 38 pilotos, vindos de todas as partes do mundo. Claro, a maioria era da França. E o público tinha seus favoritos.

Foi o momento em que Blériot e Latham, os competidores pelo sobrevôo do canal da Mancha, se reencontraram. O duelo chamou a atenção da imprensa, e o perdedor da disputa pelo *Daily Mail* se deu melhor aqui, estabelecendo o recorde de altitude para um aeroplano, 155 metros. Ao descer do avião, foi recebido por duas francesas ensandecidas, que correram até o campo de provas e o beijaram freneticamente. Não que ele tenha se queixado.

Outro grande vencedor das disputas foi Henry Farman, voltando às manchetes. Somando todos os prêmios conquistados durante o evento, ele acumulou 63 mil francos. O maior destaque entre as suas conquistas, no entanto, foi a vitória no concurso de distância percorrida. Logo no primeiro teste, o *Farman III* atravessou 180 quilômetros pelo ar, durante três horas, quatro minutos e 56 segundos. Um recorde mundial.

A taça mais cobiçada do evento, no entanto, foi a Copa Gordon Bennett. No valor de 25 mil francos cedidos pelo *publisher* do *New York Herald* (homem que dera nome à competição), ela seria dada ao aviador que atingisse a maior velocidade. Blériot era o favorito. Mas um novo competidor, desconhecido dos franceses, parecia ameaçá-lo: Glenn Curtiss.

O americano havia levado à Europa uma versão modificada de seu *Golden Flier*, chamada de *Reims Racer* — um biplano com um motor de cinqüenta cavalos. Teria de enfrentar o avião de corrida de Blériot, que trabalhava freneticamente num novo motor de oitenta cavalos. Além dos dois, Latham, Lefebvre e Cockburn disputavam o prêmio.

O dia da competição foi 28 de agosto. Curtiss, que se recusou a entrar em qualquer outra disputa para não danificar seu aeroplano, foi o primeiro a decolar. O teste era realizado num circuito fechado de dez quilômetros. Cada piloto deveria dar duas voltas nele, e o que contaria era a velocidade média.

O *Reims Racer* partiu e zuniu por sobre a pista, completando as duas voltas em 15 minutos e cinqüenta segundos. Isso deu a Curtiss a impressionante velocidade média de 75 quilômetros por hora. Latham, Lefebvre e Cockburn se seguiram, mas nenhum deles conseguiu superar a marca. Era a vez do *Blériot XII*. O francês já estava acostumado a ser o último a tentar e o primeiro a vencer. Decolou confiante. Concluiu a primeira volta com quatro segundos de vantagem sobre o tempo de Curtiss, atingindo uma média de cerca de 77 quilômetros por hora. Mas, de forma inexplicável, seu aeroplano perdeu rendimento na segunda volta, e Blériot terminou com um tempo seis segundos maior que o do americano. A primeira reação do público foi de decepção, mas os franceses sabiam reconhecer um campeão quando viam um. Declararam Curtiss o aviador mais rápido do mundo e o trataram com toda a pompa e circunstância.

O evento teve no total cerca de 500 mil espectadores. E o espetáculo não se passou sem acidentes graves. Um avião pousou mal e matou um casal de entusiastas. Blériot e um passageiro chegaram a cair sobre a multidão, sem causar vítimas. Pulham colidiu com Delagrange, e Cockburn caiu. A aviação estava longe de ser um negócio seguro. Santos-Dumont, embora inscrito, não participou de nenhuma das competições. Jamais disse isso a ninguém, mas temeu por sua vida. Não achava que seus reflexos estivessem tão bons como antigamente, e sentia tremedeiras com certa freqüência. Também sentia vertigens ocasionais, sem avisos. Nenhuma dessas coisas combinava com pilotar aviões, e Alberto sabia disso.

Em 7 de setembro, Eugène Lefebvre perde o controle e despenca com seu avião, o mesmo *Model A* fabricado pela companhia dos Wright na França que ele havia usado para a disputa em Reims. É o primeiro piloto a morrer no comando de seu aeroplano.

A conversa estava animada naquela noite, no Maxim's de Paris.

— Então não acredita ser possível? — argüiu Santos-Dumont.

— Sou capaz de apostar, Santos, que meu avião tem desempenho superior ao seu — respondeu Geoffroy, um aviador amigo do brasileiro.

— Pois eu acho uma excelente idéia — retorquiu Alberto. — Apostemos então. Eu garanto que posso ir de Saint-Cyr a Buc, até sua casa, antes que você possa chegar a Saint-Cyr, vindo de Buc. Parece-lhe justo?

— Muito justo. Quanto? Mil francos?

— Parece adequado.

Uma voz irrompeu ao lado.

— Mil francos? Por esse valor, até eu gostaria de entrar nessa.

Era Henry Farman, se intrometendo na conversa dos dois. Claro, ele era bem-vindo à disputa.

— Quer apostar também? — perguntou Geoffroy.

— Sim. Mas proponho termos ligeiramente diferentes, para favorecer um pouco o nosso amigo Santos. Eu aposto mil francos que sua *Demoiselle* jamais poderia executar um vôo como este que estão propondo. Faça o percurso, Santos, mesmo que seja depois de Geoffroy, e você ganha.

— Sob circunstâncias normais, amigo Farman, eu jamais aceitaria uma tarefa tão fácil. Mas, se é para provar que a minha *Demoiselle* tem toda a estabilidade e conveniência de um grande aeroplano, que seja. — Santos-Dumont demonstrava frieza, mas por dentro era pura indignação. Farman, por sua vez, não gostava muito da atenção que a *Demoiselle* atraía. Além de ser o menor aeroplano do mundo, era o mais barato e o favorito dos jovens e iniciantes na aviação. E note que nem sistema sofisticado de controle lateral ele tinha; fios presos às costas do piloto transferiam a inclinação do corpo para as asas, controlando o ângulo de ataque da cada uma delas. A aeronave tinha uma simplicidade estonteante. Só servia a pilotos de pequena estatura, como Alberto, mas funcionava belamente.

— Não me leve a mal, Santos, aprecio muito a elegância de seu aeroplano — Farman tentava desfazer o clima desagradável no ar. — É só que considero a distância de Saint-Cyr a Buc muito grande para a sua "libélula". Ela é frágil demais.

— Isso é o que veremos, em breve... — Alberto fez suspense. Olhou para seu relógio de pulso, um modelo feito especialmente para ele pelo amigo Louis Cartier para facilitar a consulta às horas enquanto ele pilotava alguma de suas aeronaves, e arrematou. — A conversa está agradável como sempre, cavalheiros, mas tenho muito trabalho pela frente.

Não demorou muito até o aeronauta brasileiro decidir fazer sua tentativa. Às 5:00 da tarde do dia 13 de setembro, pediu que tirassem seu aparelho do hangar, sentou-se na posição do piloto, ligou o motor e a *Demoiselle* rapidamente subiu rumo ao ar, a uma altitude de sessenta metros. Chegou a Buc em cerca de cinco minutos, para assombro de Geoffroy. A viagem foi feita numa velocidade de cerca de noventa quilômetros por hora. Bem mais rápido que a média atingida por Curtiss em Reims. Alberto ganhou as duas apostas.

Na volta, o aeronauta foi abordado por jornalistas e mostrou novas ambições.

— E aí está! Vocês vêem que isso vai muito bem. Estou convencido, quanto a mim. Amanhã à tarde farei com que me cronometrem, oficialmente, numa prova de classificação. Desejo bater o recorde de Curtiss, que levantou vôo depois de correr oitenta metros. Estou quase certo de que, em trinta ou quarenta metros, poderei decolar. Que farei depois? Prosseguirei nas minhas experiências. Quero estabelecer os recordes de velocidade de quatro, cinco, dez, vinte quilômetros, e mais ainda, se tudo correr bem.

De fato, dois dias depois de vencer as apostas com Geoffroy e Farman, Alberto tentaria superar Curtiss. Trinta ou quarenta metros de corrida antes de uma decolagem não foram possíveis. Mas, na quinta tentativa, subiu após percorrer setenta metros em seis segundos. Quebrava mais um recorde com sua pequena *Demoiselle*.

Fez novas demonstrações no dia seguinte, voando por mais de dez minutos e atirando do ar um peso morto de vinte quilos, para provar que seu aeroplano não perderia o equilíbrio por conta disso. Dado o sucesso da máquina, um repórter do *Le Matin* teve de perguntar.

— O senhor pretende comercializar seu aeroplano?

A resposta veio firme e convicta.

— Não, de modo algum. Não construo nem desejo construir aeroplanos. Aliás, se quer prestar-me um grande obséquio, declare, pelo seu jornal, que, desejoso de propagar a locomoção aérea, ponho à disposição do público as patentes de invenção do meu aeroplano. Toda gente tem o direito de construí-lo, e para isso pode vir pedir-me os planos. O aparelho não custa caro. Mesmo com o motor, não chega a 5 mil francos.

Havia decidido que todas as suas pesquisas estariam a serviço da humanidade, em domínio público.

— Estamos aqui com uma injunção para confiscar o aeroplano do sr. Curtiss — disse friamente Wilbur Wright, ao se dirigir aos oficiais da alfândega no porto de Nova York. A atitude pegou a Comissão Hudson-Fulton totalmente de surpresa. A responsabilidade do grupo era organizar as comemorações dos trezentos anos da exploração de Henry Hudson do rio que levou seu nome, e dos cem anos da realização do mesmo percurso com um barco a vapor, por

Robert Fulton. A cidade de Nova York estava preparando uma grande semana festiva, que incluía uma espetacular exibição aérea. Entre os contratados para o *show* estavam os irmãos Wright e o novo herói do cenário americano da aviação, Glenn Curtiss. Mas o evento estava prestes a perder pelo menos metade da graça, caso não conseguissem convencer aquele homem a desistir do confisco do aeroplano.

— Mas você não pode fazer isso, sr. Wright! Vai arruinar o espetáculo! — protestou um dos representantes da comissão.

— Eu lamento muito, sr. Noteworthy, mas tudo isso teria sido evitado se o sr. Curtiss tivesse licenciado nossa patente antes de iniciar a exploração comercial de seus aeroplanos. Agora o assunto já é, como dizem, favas contadas. Sugiro que tomem dele as satisfações.

— Mas... mas ele acaba de voltar ovacionado da Europa! Não seria bom para a imagem da sua companhia, sem falar na sua e na de seu irmão, hostilizar dessa maneira um herói americano, recém-aclamado no outro lado do mundo! — insistiu.

Wilbur pensou um pouco. Talvez realmente essa pudesse não ser mesmo a melhor escolha.

— Eu imploro que não faça isso! — suplicou Noteworthy.

Wilbur pensou um pouco mais.

— Hmmm... muito bem. No interesse das festividades, e em respeito ao povo de Nova York, que nada tem a ver com as atividades irregulares do sr. Curtiss, adiarei o confisco por ora. Mas, assim que o evento estiver encerrado, espero que os senhores garantam que eu terei o seu avião pronto para ser desmontado e enviado a Dayton.

— Sim, sim, claro — o organizador diria qualquer coisa para aplacar a fúria dos Wright.

Em retrospecto, talvez nem tenha valido a pena. O avião de Curtiss vindo da Europa, o famoso *Reims Racer*, não estava em condições de voar. O aviador teve de usar outro, mandado às pressas de Hammondsport — uma máquina mais pesada e com um motor fraco, construída sob a supervisão de seu sócio, Augustus Herring. Durante a semana os dois aviadores escalados para o evento foram entrevistados pela imprensa, e tentavam não falar mal um do outro. Mas ambos estavam desgostosos, para não dizer pior: Curtiss, por ter um avião horrível em mãos. Wilbur, por ter de se associar a um aeronauta que considerava um ladrão e a quem estava processando judicialmente.

No final das contas, o destino quis que Curtiss fracassasse. Em sua demonstração, mal conseguiu sair do chão com a máquina que Herring havia mandado a ele. Voou por trezentas jardas, e as rodas por pouco não se desprenderam do solo. Os organizadores ameaçaram nem pagarlhe pela demonstração, e só o fizeram depois de uma longa negociação para redução do preço estipulado. Com o público decepcionado, todas as esperanças da comissão responsável pelas comemorações repousavam sobre os ombros de Wilbur Wright.

Ele não decepcionou. Em 4 de outubro, realizou um magnífico vôo, sobrevoando Nova York e contornando a Estátua da Liberdade, para o delírio de mais de 1 milhão de espectadores. A fama dos irmãos como pais da aviação estava mais do que assegurada. Ou assim parecia.

1910

As tremedeiras haviam voltado, piores do que nunca, assim como as vertigens. Em 4 de janeiro, Alberto realizou mais um rotineiro vôo com sua *Demoiselle*. O que não saiu como o habitual foi o desfecho. Segundo as poucas testemunhas presentes, ele caiu de uma altura de 15 metros. Não sofreu muitos danos, exceto os psicológicos. Sabia que não estava mais em condições de exercer a função de piloto. Precisava parar de voar, ou acabaria morrendo num desses surtos.

Pensando bem, talvez fosse melhor. É o que ele pensava, ao se lembrar de todos que já haviam morrido a bordo de uma máquina voadora. Em seu íntimo, sabia que as coisas só tendiam a piorar. Arrependia-se de ter começado tudo isso. Sentia-se culpado. Então veio a notícia. No mesmo dia em que ele sofria seu acidente, Léon Delagrange teve um pior. Morreu com seu aeroplano. Não podia mais suportar. Doía-lhe cada morte consumida pelos aviões. Era culpa dele. Dele e somente dele.

Decidiu encerrar sua carreira. Antes, consultou um médico. O diagnóstico foi fatal: pelo menos desde o ano passado, então com 36 anos de idade, ele sofria de esclerose múltipla. Não contou a ninguém. Trancou-se em sua casa na rua Washington e por lá ficou, meses a fio. Poucos foram os que deram pela sua falta, com tantos aviadores notáveis e inventos idem para preencher o céu de todas as partes do mundo.

O avião era uma realidade. E Alberto se considerava pai desse movimento — para o bem, ou, muito mais provavelmente, para o mal. Recolheu-se. Mais tarde, naquele ano, venderia sua *Demoiselle* a um jovem francês que queria se iniciar na aviação. Seu nome era Roland Garros.

No dia 12 de janeiro, um grande jantar seria promovido em Boston para homenagear Octave Chanute, tido como o padrinho dos experimentos dos irmãos Wright. Wilbur e Orville já haviam confirmado presença no evento. Mas, a caminho de lá, ainda cumpririam uma última missão. De passagem por Nova York, deveriam ceder uma entrevista ao *New York World*, o prestigiado jornal de Joseph Pulitzer. Seriam questionados por Kate Carew, que tinha feito fama ao entrevistar os ricos e famosos da época e ilustrar o material com caricaturas do encontro. Ao longo da história, passariam por ela nomes como os de Mark Twain, Sarah Bernhardt, Jack London e Pablo Picasso. Agora era a vez dos irmãos Wright, num rápido encontro no saguão do Hotel Manhattan, antes de seguirem rumo à estação para pegar o trem das 8:00. "Uma conversa voadora com os homens voadores", como mais tarde descreveu Carew.

Wilbur era o mais nervoso dos dois. Além de sua timidez habitual — um problema que Orville não tinha —, ainda havia o nervosismo adicional por ser uma mulher a entrevistá-lo. Fez o que pôde para não perder a compostura. Os dois irmãos caminhavam muito próximos um do outro na direção de Carew. Ao se aproximarem, os dois tiraram seus chapéus, em sinal de respeito à dama. Eles pareciam um pouco assustados. Os dois se sentaram em duas cadeiras, Carew num sofá, formando um triângulo. Um breve silêncio tomou conta e os dois começaram a dar umas risadinhas, fazendo o máximo para contê-las. Wilbur, sentado à esquerda de Carew, era o mais tenso — e o mais risonho.

— Bem, antes de mais nada, para que eu não cometa enganos, e perdoem-me pela pergunta, mas qual de vocês é qual dos irmãos Wright?

— Ah, não faz a menor diferença... — respondeu Wilbur.

— A diferença é de apenas alguns fios de cabelo — complementou Orville.

Os dois caíram na risada, enquanto Carew avaliava a dupla. Orville de fato parecia mais jovem e mais sentimental. Tinha um tufo de cabelos no topo da cabeça, que faltava a Wilbur. E um bigode para acompanhar.

— Você com certeza vai se confundir de todo jeito e colocar nossos nomes sob as fotografias erradas — reiterou Wilbur, voltando a rir. Carew olhou para Orville, implorando-lhe para tomar as rédeas do irmão. Ele agiu, tentando olhar nos olhos de Wilbur, mas não conseguiu. Então se voltou para Carew e, com uma expressão séria, disse:

— Ele é Wilbur, e eu sou Orville.

— Muito bem, então vamos começar. Digam-me: voar é um esporte saudável?

— Tudo isso depende da velocidade a que você voa. — disse Wilbur, entre risos.

— O que quer dizer?

— Bem, pode não ser nada saudável se você voar rápido demais! — e Wilbur voltou a gargalhar. Estava tão tenso que parecia ridículo. Carew voltou-se para Orville.

— Ele quer dizer — disse o irmão mais novo, contendo suas próprias risadas — que você pode cair e, é claro, isso não seria saudável.

Wilbur respondeu a sério.

— Oh, sim, eu acho que é bem saudável. Você escapa da poeira, dos micróbios. E dos mosquitos.

— E então — prosseguiu Orville — você pode subir o suficiente para pegar um clima de montanha.

— Vocês já subiram tão alto?

— Oh, sim.

— Quando? Pode me contar?

— Bem, por exemplo, em Potsdam, na Alemanha, eu subi ao céu a uns mil pés — disse Orville.

330

Carew conhecia a história. Foi na frente do imperador alemão e sua corte, mas os Wright preferiram omitir esse detalhe.

— Você achou isso muito estimulante?

— Não tive tempo de pensar nisso.

Orville olhava para Wilbur de forma repreensiva, e Carew notou que o irmão mais velho esteve todo o tempo fazendo caretas, para ver se induzia o outro a cair na risada. Ela pensou em quanto gostaria de deixar Wilbur virado para uma parede ou mandá-lo para a cama sem jantar, como faria com uma criança mimada. Na falta dessas opções, preferiu espetar-lhe uma pergunta.

— Você já sentiu medo enquanto estava no ar?

— Não mais do que quando estava na água — Wilbur não conseguia conter as piadas. — Não há tantas pedras no ar, e certamente não há mais perigos.

— Voar é tão seguro quanto andar de automóvel?

— Mais seguro. Você não está sempre se perguntando sobre o que vai aparecer ao dobrar a esquina.

— Há sinais de que nossos jovens milionários estejam pegando a aviação como esporte?

— Sim, eu acho que há.

— Vocês estão fabricando máquinas de corrida?

— Não ainda, mas pretendemos.

— Por quanto posso comprar uma?

— Sete mil e quinhentos dólares.

— É isso? Não parece um preço inacessível para um aeróstato perfeito...

— Aeróstato!... — gritaram os dois irmãos, revoltados.

— É a palavra errada?

— Um aeróstato é um grande e desajeitado balão cheio de gás — retorquiu Wilbur.

— Bem, eu não vejo por que o seu biplano não possa ser chamado de aeróstato também.

— É uma máquina voadora — disse Wilbur.

— O nome que preferimos é "*flyer*" — complementou Orville.

— Um aeróstato custaria 50 mil dólares — continuou Wilbur.

— Está mais para 150. — Orville se virou para o irmão. Os dois discutiram a questão.

— Quanto tempo vai levar para vocês construírem seus *flyers*? — interrompeu Carew.

— Esperamos ter alguns no mercado lá para junho — disse Wilbur.

— Poderiam me dizer quem já encomendou uma máquina?

— Lamento, não podemos revelar isso.

— E sobre os processos que vocês abriram contra outros...

— Também não falaremos sobre isso.

— O vento não é um perigo para um *flyer*?

— Nossos *flyers* podem voar em qualquer vento — disse Orville.

— Sério? Mesmo um vendaval?

— Depende do que você chama de vendaval — prosseguiu Wilbur. — Eu diria que o *flyer* é tão seguro quanto um navio. Nosso *flyer* é construído sobre os princípios de um pássaro, e você não vê muitos pássaros aí fora num vendaval.

— Voar é divertido para as mulheres?

— A melhor coisa do mundo para elas — declarou Wilbur. — Você deveria...

— Por favor, não me convide. Eu não vou!

— Oh, você não ficará nem um pouco assustada depois de ver nossa máquina subir uma ou duas vezes.

— Nossa irmã já subiu umas duas ou três vezes, e ela é louca por isso! — complementou Orville.

— Eu já levei outras mulheres também — arrematou Wilbur.

— Elas são difíceis de lidar?

— Elas são muito melhores que os homens — Wilbur começava a relaxar. — Não esperneiam e pulam no início, como os homens sempre fazem.

— O que aconteceria se você estivesse no ar e o motor subitamente parasse de funcionar?

— Oh, não haveria problema. Apenas planaríamos até o chão. Claro, essa é sempre a forma como descemos, quando queremos pousar.

— E o que mais os *flyers* podem fazer? Eles poderão transportar grande número de pessoas, como as estradas de ferro fazem?

— Não — disse Wilbur. — Isso seria caro demais.

— E quanto a transporte de carga?

— Necas.

— Elas poderiam ser usadas para correio de primeira classe — sugeriu Orville.

— É basicamente isso, em tempos de paz — confirmou Wilbur.

— E na guerra?

— Principalmente como batedores, para reconhecimento da posição do inimigo, e assim por diante.

— Não para transportar tropas?

— Não. Você precisaria de muitos deles.

— Ou para atirar bombas e coisas nas pessoas.

— Ah, sim. Vai saber — disse Wilbur, friamente.

— Eles tornariam os fortes e navios de guerra inúteis?

— Não, acho que não.

— Então, para voltar ao campo do esporte, eles serão os automóveis do ar?

— Sem pneus para queimar — disse Wilbur.

— E, quando cada família de respeito da Quinta Avenida e de West Side tiver um ou dois *flyers*, e o ar estiver cheio deles num dia de bom tempo, quais serão as chances de uma viagem de verão até San Francisco?

Uma pausa.

— Isso será praticável o bastante — aquiesceu Orville. — Quando chegarmos a esse tempo, certamente haverá estações em cada cidade para pouso e lançamento de máquinas voadoras e para fornecer a gasolina. E então você poderia fazer uma viagem a San Francisco em etapas de, digamos, quinhentas milhas, voando, digamos, dez horas por dia. Os números são apenas aproximados, mas eles estão bem dentro das possibilidades atuais. Isso daria uma fácil viagem de seis dias, e, claro, você poderia reduzir o tempo voando 12, 14 ou mais horas a cada dia.

— Parece para mim que os seus *flyers* podem ser bem úteis para que se chegue a lugares inacessíveis, como o Vale da Morte.

— Bem úteis — respondeu Wilbur.

— E o cume de montanhas inexploradas.

— Claro, o dr. Cook poderia subir o monte McKinley com um dos nossos *flyers* — brincou Wilbur.

— Mas, para voltar ao cotidiano, o que é o melhor que um simples homem de negócios pode fazer com um *flyer* após um dia exaustivo de trabalho?

Wilbur olhou para Orville, como se o irmão mais novo fosse a autoridade nesse assunto. Ele pareceu constrangido, mas deu a melhor resposta que pôde.

— Se ele não quisesse viajar a um lugar em particular, poderia apenas voar a uma grande altura, desligar o motor e planar pelas correntes de ar ascendentes, como os grandes pássaros fazem.

— Mas, que graça, isso é bonito demais para homens de negócios. Isso deveria ser reservado aos poetas.

— Poetas! — desdenhou Wilbur. — Eu acho que os poetas fazem a maior parte dos seus vôos em suas mentes.

— Como sempre fizeram — assentiu Carew, embora soubesse que ele não queria dizer isso num tom elogioso.

— Eles realmente não precisam do *flyer* Wright, mas talvez os homens de negócios sim.

Carew imaginou os grandes magnatas de Nova York voando com suas máquinas por aí. Uma visão estranha.

— Seus *flyers* de 7.500 dólares se mostrarão bem úteis, penso eu, para estabelecer uma aristocracia segura e erguida. Finalmente aprenderemos a olhar para cima, para nossos superiores. Eu só espero que eles não se animem a jogar coisas na nossa cara.

— Eu não concordo com vôos sobre cidades — disse Wilbur. — É perigoso.

— Qual de vocês foi o primeiro a pensar em voar?

— Eu não sei.

— Acho que pensamos nisso juntos, não foi?

— Meio que evoluiu.

— Você disse um dia que gostaria de voar.

— Mas qual de vocês...

Os dois responderam juntos.

— Eu não sei. Simplesmente veio...

— Dá a vocês alguma emoção... — Wilbur já olhava torto, e Carew decidiu reformular. — Como vocês se sentem sendo os Reis do Ar?

Orville ergueu uma sobrancelha, com um ar de reprovação. Wilbur apresentou um sorriso amarelo. Carew se arrependeu da pergunta cretina.

— Tudo bem, vocês não precisam responder isso. Tenho a impressão de que deve ter sido um trabalhão para vocês.

Wilbur respondeu, depois que ambos cumprimentaram a entrevistadora.

— Oh, poderia ter sido pior...

E os dois ficaram ali, enquanto Carew dava as costas e partia.

— Não estou acreditando nisso, Ullam — Orville mostrou a Wilbur uma edição do *New York World*, do dia 17 de janeiro.

— O que tem?

— Chanute. Ele faz de tudo para nos prejudicar nessa entrevista que deu. Veja só o que ele diz. "Eu admiro os Wright. Sinto amizade por eles pelas maravilhas que conseguiram; mas você pode facilmente calcular como me sinto com relação à atitude deles pelo comentário que fiz a Wilbur Wright recentemente. Eu disse que lamentava vê-los processando outros experimentadores e se abstendo de entrar em concursos e competições nos quais outros homens estavam brilhantemente conquistando láureas. Disse-lhe que estavam perdendo tempo precioso com processos judiciais, tempo que eles deveriam dedicar a seu trabalho. Pessoalmente, não acho que as cortes irão julgar que o princípio por trás da torção das pontas pode ser patenteado. Eles podem ganhar sobre a aplicação de seu mecanismo particular." E continua. "O princípio fundamental por trás da torção das pontas para os propósitos de equilíbrio era entendido mesmo antes da sugestão contida no Panfleto d'Esterno, cinqüenta anos atrás. Nos tempos modernos, a torção das pontas foi de fato usada em vôo por Pierre Mouillard, um engenheiro francês. Ele voou com um planador contendo pontas flexíveis perto do Cairo, Egito, em 1885. A idéia foi protegida por uma patente concedida a ele pelo governo dos Estados Unidos, em 1901."

— Ei, peraí — interrompeu Wilbur. — A patente de Mouillard é de 1897, lembro-me bem. E em nenhum momento menciona "controle lateral". Isso está muito esquisito, Bubo.

— E vai ainda mais longe. "Os Wright, segundo me informam, estão fazendo seu ataque mais forte sobre o fato de que eles torcem as pontas em conexão com a virada de seu leme. Mesmo isso é coberto por uma patente concedida a um americano em 1901. Não há dúvida de que o princípio fundamental subjacente era bem conhecido antes que os Wright o incorporassem à máquina deles."

— Nossa, se o Chanute está mesmo dizendo isso, se disser isso no tribunal, ficará muito mais difícil vencermos a briga judicial — disse Wilbur, completamente atordoado. — Mas ele é nosso amigo! Como teria coragem? Será que não estão inventando essas declarações dele? É uma coisa que o Herring muito bem poderia fazer, aquele canalha.

— Não sei não. Não é a primeira vez que vejo Chanute falar coisas assim ao *New York World*. Mas agora ele foi longe demais. E menciona coisas que teria dito a você. Como alguém mais poderia saber disso? Ele falou mesmo a você alguma dessas coisas?

— Bem, em Nova York ele disse que achava uma perda de tempo ficarmos com essas disputas judiciais. E há tempos ele defende que deveríamos entrar nas corridas pelos prêmios... — Wilbur achava difícil acreditar que Chanute poderia tê-los traído. — Agora, uma coisa é certa. Ele nunca disse que nossas idéias não eram totalmente inovadoras. Muito pelo contrário.

— Ao que parece, está dizendo agora... — ironizou Orville.

— Não sei. Estou abismado. Vou escrever a ele e perguntar. É o melhor jeito de sabermos o que está havendo — decretou Wilbur. — E, por falar em *New York World*, nossa entrevista com Carew já saiu?

— Só no domingo — respondeu Orville.

Chicago, 23 de janeiro de 1910.

Caro sr. Wright,

Tendo sido extraviada, sua carta do dia 20 demorou um pouco para chegar até mim. Envio de volta o envelope. O *clipping* que você me envia (devolvo aqui) é o primeiro que eu vi do *New York World* referindo-se a mim. Ficarei feliz de ver os outros.

Essa entrevista, que eu não procurei de nenhum modo, é tão precisa quanto essas coisas costumam ser. Em vez de discuti-la, prefiro falar dos principais princípios em questão.

Eu disse a você em 1901 que o mecanismo pelo qual as suas superfícies eram torcidas era original de vocês. A isso eu subscrevo, mas não segue daí que isso cobre o princípio geral de torcer ou curvar asas, as propostas para fazer isso são antigas. Você sabe, é claro, o que Pettigrew e Marey disseram sobre isso. Por favor, veja meu livro, página 97, para o que d'Esterno disse das leis do vôo; a terceira é a torção das asas e a sexta, a torção da cauda. Também, na página 106, Le Bris, movimento rotatório da borda frontal das asas. As fontes originais da informação estão indicadas nas notas de rodapé. Eu não expliquei o mecanismo porque não tinha os dados.

Quando dei a você uma cópia da patente de Mouillard, em 1901, acho que chamei sua atenção para seu método de torcer a traseira das asas. Se os tribunais decidirem que o propósito e os resultados eram inteiramente diferentes e que vocês foram os primeiros a conceber a torção das asas, melhor para vocês, mas meu julgamento é que vocês serão restritos ao método particular pelo qual fazem isso. Por isso eu disse a você em Nova York que você estava cometendo um grande engano ao se afastar da disputa de prêmios enquanto a curiosidade pública era tão grande e ao criar processos judiciais para evitar que outros fizessem isso. Essa ainda é a minha opinião e eu temo, meu amigo, que o seu julgamento usualmente razoável tenha sido torcido pelo seu desejo por grande riqueza.

Se, como eu concluo por sua carta, minhas opiniões criam uma mágoa em sua mente, eu lamento, mas isso me leva a dizer que eu também tenho uma pequena mágoa contra você.

Em seu discurso no jantar de Boston, em 12 de janeiro, você começou dizendo que eu "apareci" na sua loja em Dayton em 1901 e que você então me convidou para seu acampamento. Isso deu a impressão de que eu fui atrás de vocês naquela época e omitiu o fato de que você foi o primeiro a me escrever, em 1900, pedindo informações que eu alegremente cedi, que muitas cartas se passaram entre nós, e que tanto em 1900 como em 1901 você havia me escrito e me convidado a visitá-lo, antes que eu "aparecesse" em 1901. Isso, vindo depois de alguns comentários meio pejorativos sobre a utilidade que eu possa ter tido, atribuídos a vocês por vários jornais franceses, que eu, é claro, desconsiderei como papo de jornal, tem me assombrado desde aquele jantar, e eu espero que, no futuro, você não passe a impressão de que eu fui o primeiro a querer conhecê-lo, ou me fará cumprimentos de pouco valor, como dizer que "algumas vezes o conselho de uma pessoa experiente era de grande valor para homens mais jovens".

Sinceramente,

Octave Chanute

P.S.: A afirmação de que a torção em conexão com a virada do leme foi patenteada em 1901 não era minha. O repórter deve ter pego isso em outro lugar.

Em julho, a Wright Company apresentava o seu *Flyer Model B*. Já incorporando modificações e influências de aviadores como Blériot e Curtiss, o aeroplano abandonava a configuração *canard* tradicional dos Wright e passava a ter os lemes horizontais e verticais todos posicionados na porção traseira do veículo. Ecoando os esforços iniciados por Alberto Santos-Dumont na França, este avião decolava a partir de rodas, quatro ao todo. Foi o primeiro avião dos irmãos Wright a ser amplamente fabricado e vendido.

Octave Chanute morreu em 2 de novembro, sem ter a chance de se reconciliar com os inventores de Dayton, que arrastaram suas disputas judiciais nos Estados Unidos até 1917, quando a entrada na Grande Guerra Mundial obrigou o governo a suspender todos os conflitos judiciais de patentes entre os construtores de aviões americanos. Na Europa, as exigências dos irmãos Wright foram consideradas inválidas bem antes disso, o que facilitou enormemente o avanço das tecnologias da aviação.

1927

O quarto era muito claro, as paredes brancas. Uma cama, lençóis brancos. Uma mesa branca, circular. Uma cadeira. Sobre a mesa, vários livros encadernados, outros por encadernar. Era o principal passatempo de Alberto na clínica de repouso em que se enfiara, em Valmont, na Suíça.

Passava por altos e baixos. No mais dos dias, se esforçava por esquecer seu próprio passado. Não só porque não se orgulhava tanto dele, com toda a desgraça que trouxe para o mundo, mas principalmente porque as pessoas se esqueceram muito facilmente de sua existência. Ninguém mais falava de seus balões, de seus dirigíveis, de seus aviões. Do primeiro avião. O mundo havia sucumbido ao que ele considerava um embuste, um conjunto de afirmações sem provas, de que, longe de tudo e de todos, dois irmãos americanos haviam construído e testado as primeiras máquinas voadoras mais pesadas que o ar.

Embora tentasse evitar esse assunto de aviação, nem sempre era possível.

Certamente não o foi naquele final de maio. Recebera um convite. Era um evento extraordinário, realizado em Paris, em homenagem a um certo aviador, Charles Lindbergh. Outro americano. Este sim, pensava Santos-Dumont, com algo realmente novo e impressionante a demonstrar. Lindbergh havia acabado de concluir um vôo ininterrupto de avião de Nova York a Paris. Realizada em 33 horas e meia, entre os dias 20 e 21 de maio, a façanha garantia a Lindbergh a conquista do Prêmio Orteig, o mais cobiçado de sua época. Era também a primeira travessia do Atlântico feita sem nenhuma parada por um aeroplano. Alberto já havia previsto o feito quando Blériot cruzou o canal da Mancha. Mas ver a profecia se realizando trouxe à tona velhos sentimentos sobre sua eterna paixão — o vôo.

Santos-Dumont ficou muito emocionado ao ver que ao menos Lindbergh o reconhecia, a ponto de enviar um convite da celebração de sua vitória. Decidiu não comparecer — tinha medo de demonstrar publicamente os sinais de sua doença —, mas chorou de forma contida e intensa por ter sido lembrado.

De resto, voltou a seus cadernos de poesia. Encaderná-los tirava sua mente de pensamentos perigosos. E podiam ser realmente perigosos, às vezes. Certa vez, ficou tão obcecado com o vôo que decidiu pela concepção de um novo invento: um motor ligado a asas que, preso às costas do usuário, permitiria que voasse. Chegou a tentar testá-lo, colando penas em seus braços, mas fora impedido pela enfermeira em Valmont. Fingiu esquecer completamente o episódio, mas no fundo lembrava. E entristecia-o pensar que os outros já o tinham por maluco. Ele estava ali por vontade própria, em razão de sua saúde frágil e sua tristeza. Tinha motivos para isso.

Passou a divagar sobre os velhos tempos. Décadas antes, ele era o mais famoso e prestigiado homem sobre o planeta. Literalmente *sobre* o planeta. Era recebido por reis e rainhas, presidentes e primeiros-ministros...

— Sr. Santos-Dumont?

Era a enfermeira.

— Pois não?

— Tem alguém aqui que insiste em vê-lo, senhor. Declarou-se um amigo e diz que gostaria de relembrar com você velhas histórias do passado. Você concordaria em recebê-lo por alguns minutos?

Imóvel, olhando para a enfermeira, refletiu. Já estava pensando nos velhos tempos mesmo, que mal poderia ter? Aquiesceu. Ela saiu e em seu lugar apareceu um homem. Na casa dos cinqüenta e tantos, estimou Alberto. Da mesma idade que ele. Mas os traços ele logo reconheceu. Muito mais envelhecidos do que havia se acostumado a ver nos jornais, é verdade, mas ainda assim os mesmos. Os olhos azuis, o bigode, agora grisalho, o chapéu ocultando a calvície — fato que também afligiu Alberto com o passar dos anos —, as sobrancelhas. Era Orville Wright.

Nunca havia conversado com nenhum dos irmãos americanos, e se sentiu imediatamente arrependido por ter concordado em receber a visita. O que esse homem poderia querer? Apesar de sentir a cólera queimar-lhe o peito, Alberto recuperou sua *persona* de vinte anos antes e decidiu oferecer toda a fria cortesia a seu rival.

— Pois não? Em que posso ajudá-lo? — Alberto ainda estava em dia com seu inglês.

— Oh, inglês! Podemos falar em francês, se preferir. — Orville respondeu, também tentando ser tão polido quanto possível. Claramente não estava ali para ofender o brasileiro, já por demais acuado em seu retiro suíço.

— Inglês está ótimo, sr. Wright. Obrigado. Suponho que português não seja uma opção, não é?

Orville riu.

— Isso é verdade.

— Sente-se, por favor. O que o traz aqui?

Orville puxou uma cadeira branca da mesa e sentou-se nela. Alberto ainda estava sentado na cama.

— Para ser bem honesto, vim porque queria conhecê-lo. Duas décadas atrás, quando nos envolvemos nos primeiros experimentos na arte do vôo mecânico, jamais tivemos a chance de nos conhecer. Esperava encontrá-lo no jantar de Lindbergh, mas...

— Eu estava indisposto para ir — respondeu, seco, o brasileiro.

— Pois é. Uma pena. Sabe como é, aqueles tempos é que eram divertidos. Agora, tudo que eu ouço falar de aviação diz respeito à burocracia. No final, fiquei apenas como engenheiro-consultor da companhia. Vendi, junto com meu irmão, todos os direitos sobre ela. Foi um bom jeito de fazer dinheiro. Bons eram os tempos em Kitty Hawk. Sinto falta do meu irmão. Morte besta, febre tifóide. Nem parece que já se vão 15 anos...

— Entendo bem o que o senhor quer dizer — Alberto quis logo cortar os sentimentalismos do outro, ou, do jeito que estava, acabaria chorando por ele também. — Por isso mesmo, sempre evitei conceber meios de ganhar dinheiro com meus inventos. Meu prazer sempre esteve em criar e experimentar, mas não comercializar — alfinetou o brasileiro.

— Bem, eu e meu irmão apenas queríamos uma justa recompensa pelos nossos feitos. Passamos pelo menos cinco anos à frente de todos no desenvolvimento dos aeroplanos e fomos os primeiros a contemplar as soluções do vôo controlado e sustentado. Achávamos que merecíamos algo por isso.

— Desculpe-me pela descrença, sr. Wright, mas até hoje não estou tão convencido de que foram os primeiros a fazer o que dizem ter feito.

— Eu entendo, sr. Santos-Dumont, entendo perfeitamente. Na verdade, meu irmão e eu nunca nos preocupamos em fazer fama. Verdade seja dita, fazíamos tudo para evitá-la. Estávamos desenvolvendo uma máquina com o propósito de vendê-la aos governos e ganhar nossa vida. Sabe como é, não tínhamos à disposição tantas terras para plantar café... — agora era a vez de Orville espetar Alberto.

— Não se iluda, sr. Wright. Não sou tão rico quanto pensa. E vi muitos amigos, como Blériot, gastando todo o seu dinheiro em experimentos aéreos. Procuraram recuperá-lo fabricando aviões, não impedindo outros de fazerem isso por meio de artifícios legais bastante questionáveis.

— Os tribunais dos Estados Unidos nunca concordaram com esta sua interpretação. Tanto que ganhamos todos os processos que abrimos, a despeito das declarações de Chanute, Herring, Curtiss e tantos outros contra nós.

— Pois é. Não sei como, mas vocês foram muito eficientes em convencer o mundo de que criaram antes que todos um aeroplano prático.

— Aí é que você se engana, meu caro Santos. Esta foi uma luta diária, que se estende até hoje. Veja você que estou despachando o nosso primeiro *Flyer*, de 1903, para o Museu de Ciências de Londres. Você me pergunta: por que não deixar esta máquina histórica nos Estados Unidos? Eu de pronto respondo. Porque a Instituição Smithsonian, órgão que estaria mais apto a receber o aparelho, insiste em dizer que o primeiro aeroplano funcional capaz de carregar um homem foi o *Aérodrome* de Samuel Langley!

— Bem, mas, que eu me lembre, o *Aérodrome* não fez nenhum vôo bem-sucedido...

— Aí é que está. Em meio ao processo que movemos contra Curtiss, ele resolveu reconstruir o *Aérodrome*, para provar que era capaz de voar. E de fato voou. Claro, não sem sessenta e tantas modificações introduzidas posteriormente para torná-lo aéreo. Foi ridículo. Mas serviu para a Smithsonian se apegar à versão distorcida de que foi a máquina de Langley a primeira capaz de voar, não o nosso *Flyer*.

350

Pois que fiquem com o *Aérodrome*. O *Flyer* vai a Londres e ponto final.

— E quanto às disputas de patente?

— Foram perturbadas pela guerra. Depois reavivadas. Mas a ironia é que agora já se discute unificar a companhia Wright à Curtiss. Pode uma coisa dessas?

— Bem, mas pelo menos o mundo ainda se lembra de você e do seu irmão. O mundo os tem na mais alta conta. E eu, que fui completamente esquecido, até mesmo na França?

— Você está exagerando um pouco, não está?

— Estou? Então ouça esta: 1914. A guerra começa. Eu me mudo para uma casa de praia e passo as noites observando as estrelas com meu telescópio, tentando esquecer o que os meus aviões estão fazendo com a humanidade...

— Ei, você trata os aviões como os vilões da história.

— E não são? — pergunta Santos-Dumont, revoltado. — E não são?! Eles estão matando mais do que todas as outras armas juntas. Permitem o ataque aos civis. Rompem com todas as normas civilizadas de guerra. São a perdição dos homens, meu caro colega...

— Eu não vejo dessa maneira. Pois não era o lema do conflito "A Guerra para acabar com todas as guerras"? Acho que a introdução dos aeroplanos no cenário tornará a idéia de uma nova guerra de tal modo intolerável que ninguém jamais arriscará travá-la.

— Você subestima a sede de sangue entre os homens de poder, sr. Wright. Pois veja que eu mandei no ano passado uma carta à Liga das Nações, pedindo pela desmilitarização dos aviões. Recebi uma resposta, mas ninguém se comprometeu a fazer isso. Eles estão se preparando para um novo conflito, sr. Wright, não para a paz.

— Bem, mas você me contava...

— Sim, 1914... eu estava com meu telescópio em minha casa, quando o Exército francês ordena sua ocupação. Ocorre que uns vizinhos pensaram que eu fosse um espião, com aquele telescópio, e me denunciaram. Reviraram tudo e, quando foram embora, pediram muitas desculpas. Mas a verdade era que, só por ser estrangeiro, eu já era tido como suspeito. Mesmo depois de tudo que fiz. Mesmo depois de ter colocado meus dirigíveis a serviço do governo francês. Pode acreditar nisso?

— Não deve ter sido a melhor das experiências — Orville começava a lamentar por Alberto.

— Foi terrível. Tanto que, assim que eles foram embora, pus fogo em tudo. Queimei todos os meus documentos, meus projetos, meus papéis, minhas cartas... tudo.

— Compreensível, mas lamentável. Um desserviço à história.

— Sr. Wright, a história parece já ter desistido de registrar o meu papel. Por que eu deveria me esforçar mais para documentá-lo? Ademais, minha preocupação maior é com o destino que se pretende dar aos aeroplanos.

— Como eu disse, não tenho grandes problemas com isso. Acho que eles servem como uma boa forma de deter os conflitos.

— Não vai funcionar, sr. Wright. Não é assim que vai funcionar.

E os pensamentos corriam céleres pela mente de Alberto. Cada acidente. Cada ataque aéreo. Cada morte. Cada ferimento. Cada família destruída. Ele não podia conter. Não podia. Era tudo culpa dele. "Por quê? Por quê? O que foi que eu fiz? O QUE FOI QUE EU FIZ?"

O brasileiro abriu os olhos, aos prantos. Estava deitado em sua cama. Teve a impressão de ouvir a porta se fechar, mas não seria capaz de dizer com certeza.

Alberto Santos-Dumont e Orville Wright jamais se encontraram.

2003

Era um dia como outro qualquer na redação do jornal *Folha de S. Paulo*, por volta das 4:30 da tarde. As editorias de internacional e ciência ficam lado a lado, e há uns dois televisores no local, geralmente ligados o tempo inteiro na CNN. De súbito, a famosa rede americana de notícias interrompe sua programação normal para a transmissão de um evento ao vivo.

O cenário era uma praia pouco aprazível. Arquibancadas haviam sido montadas no local, e milhares de espectadores se espremiam, também para combater o frio, no intuito de observar o espetáculo que se desenrolava. Várias celebridades haviam passado por ali. Entre artistas de cinema e astronautas, houve a presença do presidente dos Estados Unidos da América, George W. Bush.

Mas o que se ouvia naquele momento não era o discurso de ninguém. Em vez disso, um profundo silêncio. O dia era 17 de dezembro, ponto culminante de uma comemoração que havia começado no início do ano, em homenagem aos primeiros vôos motorizados dos irmãos Wright, em Kitty Hawk.

A idéia dos organizadores foi construir uma réplica tão exata quanto possível do *Flyer* de 1903 e, no dia preciso, tentar fazer um vôo com ela. Era o que estava prestes a acontecer, ao vivo para o mundo inteiro. O ambiente nas encostas de Kill Devil Hills estava bem diferente, comparado a cem anos atrás. E não eram só as arquibancadas. Um dia muito chuvoso e com menos vento do que o que havia ajudado os Wright aguardava os homens responsáveis pela reprodução da decolagem original. A areia não estava fofa, como de costume, mas molhada e pesada pela água da chuva. Poças lamacentas pincelavam o chão.

Mesmo assim, o dia era o dia, e o *show* tinha de prosseguir. O interesse estava longe de circunscrito aos que foram a Kitty Hawk. O mundo inteiro acompanhava o episódio. Na redação da *Folha*, como em outros pontos do Brasil, o evento era de um interesse ainda maior. Para a imensa maioria dos brasileiros, os irmãos Wright e seus seguidores eram os falsários responsáveis pela maior mácula na imagem do grande herói nacional, Alberto Santos-Dumont.

Todos se amontoaram ao redor de um televisor, enquanto se via o aeroplano avançar lentamente, de forma débil, por sobre o trilho. Os organizadores esperaram a tarde inteira por ventos que pudessem auxiliar a decolagem, e tinham dúvidas de que a meteorologia favoreceria a tentativa. Mas o tempo era escasso. Resolveram tentar.

A máquina avançou, lentamente percorreu o trilho inteiro. Em seu interior, um piloto profissional, paramentado como Orville Wright, com direito a boina e roupa de época, além de um bigode falso, tentava operar o *Flyer*. Ao fim do trilho, ele direcionou o elevador para cima. A máquina rumou para o ar. Como em câmera lenta, por uma fração de segundo, pareceu voar. Em seguida, apontou para baixo. Mergulhou numa poça de lama, e lá ficou. O elevador havia sido danificado. A torcida presente calava. Os brasileiros, à minha volta, comemoravam. Riam. Para eles, era a consagração de uma grande mentira. Santos-Dumont era o pai da aviação. Fim da conversa.

Foi uma sensação estranha constatar que eu era o único jornalista ali a não ter torcido pelo fracasso da demonstração. Não que eu fosse americanófilo, ou coisa do tipo. Era só que eu conhecia, ao menos em parte, o verdadeiro papel que os irmãos Wright tiveram na história do vôo mecânico.

Eu havia pegado essa doença (sim, o interesse pelos primórdios da história da aviação parece uma doença, porque se instala no organismo de forma insidiosa e resiste a qualquer esforço posterior de "cura") dois anos antes, ao ser designado para escrever uma reportagem sobre outro centenário aeronáutico importante, mais afeito ao gosto de meus conterrâneos: a circunavegação da Torre Eiffel por Santos-Dumont em seu dirigível *Nº 6*, que lhe conferiu a conquista do Prêmio Deutsch. Falar desse evento me pareceu uma excelente oportunidade para tocar no tema realmente polêmico que envolve o inventor brasileiro: foi ou não ele o criador do avião?

É muito compreensível, natural até, que os franceses tenham considerado Santos-Dumont por alguns anos como o primeiro aviador. Não somente tinham o interesse patriota de dizer que um experimento na França havia sido o pioneiro — e o fato é que eles prefeririam ter declarado um francês o dono da honraria; na falta de quem se apresentasse, um brasileiro residente na França teve de bastar — como não circulavam na época comprovações dos espetaculares feitos declarados pelos irmãos americanos entre 1903 e 1905. Essas provas só emergiriam mais tarde, consagrando os Wright no mundo todo. E isso de fato incluiu *todos* os países, com a exceção do Brasil, que decidiu fazer do não-reconhecimento do sucesso americano uma política de Estado.

Mesmo depois que as provas dos vôos dos americanos apareceram (e não são poucas; vão desde fotografias dos inúmeros vôos até a correspondência trocada pelos irmãos, passando por anotações detalhadas de seus diários e dos resultados de seus experimentos, que demonstram não só os feitos mas também todo o conhecimento de causa que eles tinham), não houve abalo algum ao orgulho nacional. Uma vez que as façanhas dos Wright se mostraram inegáveis, os defensores da primazia de Santos-Dumont passaram a um outro expediente: criou-se o mito de que, por uma razão ou por outra, os vôos dos irmãos "não valeram".

Acho que vale a pena perder alguns instantes para analisar os principais argumentos reunidos ao longo dos anos em torno dessa premissa. Durante muito tempo, a principal "acusação" era a de que os irmãos Wright precisavam de uma catapulta para decolar.

Antes de mais nada, é importante discutir a motivação por trás disso. O que levou os inventores de Dayton a adotarem esse sistema? Não foi necessariamente uma falha de projeto; a decisão esteve mais para uma aposta tecnológica. Ao perceber que precisavam realizar uma corrida muito longa para decolar, e indispostos a carregar o peso extra do trem de pouso em sua máquina (que voava "no osso", no que diz respeito à relação de potência do motor *versus* peso do veículo), eles concluíram que o uso da catapulta seria a forma mais eficiente e segura de levantar vôo. É uma solução inválida? Claro que não. Hoje, pelo mesmíssimo motivo (falta de espaço para uma corrida), aeroplanos decolam de porta-aviões com o auxílio de catapulta. Isso não faz deles aviões menos dignos do que os que partem de pistas de decolagem convencionais.

O único argumento contra essa opção dos Wright que ainda resiste ao escrutínio é o fato de que, historicamente, ficou provado que o método mais prático para decolar era com trem de pouso e uma longa pista, em vez de trilhos curtos e catapultas. Só. Não que isso anule o feito dos irmãos americanos. E, mesmo que anulasse, que fazer dos quatro vôos de 1903, que não dispuseram de uma catapulta?

Os defensores de Santos-Dumont mais uma vez são rápidos na resposta. Não havia catapulta, mas havia uma tremenda ventania contrária para artificialmente inflar a capacidade de sustentação do *Flyer*. "Se não fossem os ventos de Kitty Hawk, a máquina jamais teria levantado vôo", é o que eles dizem. E, convenhamos, eles estão absolutamente corretos.

O único problema — e um dos grandes — é que o próprio Santos-Dumont só experimentou sucesso absoluto com seu primeiro aeroplano, o *14bis*, voando contra o vento, em 12 de novembro de 1906. As três primeiras tentativas de decolagem naquele dia produziram apenas pequenos saltos, inferiores a cem metros de distância percorrida. "Ah, mas era uma leve brisa, não a ventania de Kitty Hawk." Bem, isso também é verdade, mas o que deveria contar é o elemento qualitativo (houve ou não ajuda externa para o vôo?), não o quantitativo (muita ajuda ou pouca ajuda?). Se quisermos anular as decolagens de 1903, precisaremos também anular a de 1906, e a glória do primeiro avião recairá sobre outro inventor, que não seria nem o brasileiro, nem os americanos.

Os defensores de Santos-Dumont voltam à carga. Mas o *14bis* fez outros vôos — menores, é verdade —, várias vezes voando na mesma direção que o vento. Isso não vale? Lamento, não vale. Ao menos se considerarmos os critérios adotados pela Federação Aeronáutica Internacional — FAI para o reconhecimento de um vôo. É bom dizer que foi desses critérios que saiu a idéia de que a decolagem precisa ser realizada sem assistência de elementos externos, em que tanto se apóiam os advogados da primazia brasileira. Ocorre que a FAI também diz que, para ser um vôo, é preciso atravessar mais de cem metros. Por isso, o primeiro recorde da aviação é o quarto vôo do *14bis* de 12 de novembro de 1906, e não nenhum dos outros vôos — este sim foi o primeiro sem catapulta a passar dos cem metros, excetuando-se o último vôo dos Wright em 1903, que, no entanto, não é reconhecido pela FAI.

Muitos dizem que o fato de a federação não registrar em seus anais as decolagens dos irmãos americanos em 1903 é um sinal de que tais vôos "não valeram". Mas como se pode exigir de uma instituição fundada em 1905 que dê valor de fato a eventos realizados dois anos antes de sua criação?

A verdade em tudo isso é que esse papo de "critérios da FAI" tem de ser encarado com uma pitada de sal. Veja, por exemplo, o caso dos vôos pioneiros ao espaço. Caso fôssemos seguir os critérios da FAI, a viagem espacial de Yuri Gagarin, em 1961, entraria no rol dos vôos que "não valeram". A federação determina que, para garantir seu lugar nos registros históricos, o piloto precisa voltar ao chão dentro de seu veículo. Gagarin foi ejetado antes de chegar ao solo. Portanto, não cumpriu esse critério. (A ex-União Soviética mentiu descaradamente sobre esse fato por várias décadas, somente para proteger sua entrada nos registros.) Agora, a não ser que queiramos proclamar o americano Alan Shepard como primeiro homem a ir ao espaço "para valer", precisamos aceitar que, ao menos às vezes, a história fala mais alto que a FAI.

Por fim, o último (e possivelmente mais defensável) argumento dos defensores de Santos-Dumont é o mais óbvio: os vôos dos Wright não valem, porque, embora tenham acontecido, não foram testemunhados por ninguém confiável e não obtiveram o reconhecimento público imediato. Ou seja, na época, para todos os efeitos, salvo alguns relatos questionáveis, o primeiro vôo *comprovado* foi o do brasileiro com o *14bis*. De fato, isso é verdade, e é um fato que só realça o sucesso de Santos-Dumont. Os americanos falem o que quiser, mas é inegável que, de forma independente, Alberto chegou a uma solução (ainda que precária) do problema do "mais pesado que o ar". Daí a usar isso para defender sua primazia, décadas depois de terem sido apresentadas provas tão contundentes em favor dos irmãos, vai uma enorme distância. É bom lembrar que, durante muito tempo, nem foi preciso ser brasileiro para desprezar os inventores de Dayton. Ninguém fez mais força para desmoralizar e descredenciar a primazia dos Wright ao longo da história do que os próprios americanos, na tentativa de convencer os tribunais a não darem ganho de causa aos irmãos em suas disputas de patentes. Ninguém conseguiu. Hoje, o sucesso da dupla não é mais questionado seriamente, exceto em terras tupiniquins.

Para constatar isso, basta perguntar por aí. Eu já fiz o experimento com um amigo inglês e outro alemão. "Quem inventou o avião?", eu perguntava, seco. A resposta era sempre a mesma: "Os irmãos Wright." Do ponto de vista de quem levou a fama, fora do Brasil, Santos-Dumont já pode ser declarado o perdedor.

Agora, é bem verdade que nem sempre quem leva a fama chega a ter deitado na cama. Picuinhas de critérios da FAI e de "vôos que não valem" à parte, vamos ao que realmente interessa: são mesmo os irmãos Wright os inventores do avião?

Essa é uma pergunta mais capciosa do que parece. Primeiro, o que é o avião? Segundo o *Novo Aurélio século XXI*, por exemplo, avião é um "aeródino dotado de meios próprios de locomoção, e cuja sustentação se faz por meio de asas". Se seguirmos essa definição, teremos de nos confrontar com a verdade: os irmãos Wright foram os primeiros a voar num avião. (Ironicamente, a versão eletrônica 3.0 do "pai-dos-burros", de 1999, que tem essa definição, traz como um exemplo de uso da palavra a frase: "O inventor do avião foi o brasileiro Santos-Dumont.")

Mas é isso mesmo? Um avião é apenas uma máquina aérea funcional dotada de asas para sustentação e motor para locomoção? Ou avião é, além disso, aquele invento maravilhoso que foi capaz de ligar os continentes, transportar cargas prodigiosas e carregar centenas de passageiros de cada vez por cada um dos cantos do mundo, tornando, em última análise, o planeta Terra muito menor e, pela primeira vez, um só?

Se estamos falando dessa acepção mais abrangente do avião (que passarei a partir de agora a chamar de Avião, com

365

"A" maiúsculo), então certamente os irmãos Wright não podem ser declarados os pais dessa máquina. Muito ao contrário, aliás. É certo que a dupla de Dayton encontrou a primeira solução efetiva do problema do vôo mecânico, qual seja, catapulta para a decolagem, propulsão por hélices ligadas a um motor, sustentação com asas e controle de vôo por lemes e pela torção das asas. Funcionava? Sem dúvida. Funcionava bem? É discutível. É a base tecnológica do avião moderno? De jeito nenhum.

Os irmãos Wright tiveram um valor inestimável na concepção do vôo mecânico. Sua principal contribuição foi enfatizar a necessidade de estabelecer controle sobre a máquina, mais do que dotá-la de propulsão adequada. Foram os primeiros a determinar com clareza que tipo de controle seria preciso para manter um aeroplano no ar. Antes deles, ninguém havia conseguido conceber um aparelho que tivesse direção nos três eixos possíveis (para cima e para baixo, para a esquerda e para a direita, e ao redor de si mesmo). O grande lampejo foi o conceito da torção de asas, que completou o sistema de controle.

De resto, o que eles fizeram foi muito valoroso, mas não beirou a genialidade. Consistiu basicamente em desenvolver procedimentos objetivos, pragmáticos e eficazes para o aperfeiçoamento de sua máquina. Por esse feito, eles são tidos hoje como os pais da engenharia aeronáutica. Seus experimentos com túneis de vento, embora não tenham sido os primeiros, foram essenciais para o aprimoramento de seu avião. Com eles, a dupla pôde aperfeiçoar a tabela de valores de sustentação de Lilienthal e testar os melhores formatos de asa e de hélices propulsoras. Eles elevaram seu próprio conceito de avião ao potencial máximo, aperfeiçoando-o pouco a pouco, à moda dos engenheiros. Ao final desse processo, em 1905, tinham em suas mãos o primeiro avião prático da história.

O grande erro dos irmãos foi pensar que a sua solução particular para o problema do vôo mecânico fosse a única existente. Com isso, Wilbur Wright traiu seus próprios princípios, ao renegar o conceito de que a contribuição de múltiplos inventores seria a melhor forma de atingir o sucesso final, opinião que ele mesmo havia manifestado a Octave Chanute em sua primeira carta ao engenheiro de Chicago. Mais que isso, os irmãos se fecharam para os potenciais aperfeiçoamentos que acabariam levando ao Avião.

Embora o esquema de torção de asas funcione, é fácil imaginar que ele não permite que a máquina cresça demais. Para que dê certo, é preciso que as asas do avião sejam flexíveis. E, para que sejam flexíveis, é preciso que elas sejam leves. E máquinas leves e pouco robustas não combinam com aviões de passageiros para centenas de pessoas. (O mesmo problema se dá com o conceito da catapulta, que dificilmente poderia lançar um Boeing 747 aos ares.)

Foi preciso, antes de mais nada, encontrar uma alternativa ao controle lateral. Ela surgiu antes mesmo do vôo do *14bis* de Santos-Dumont, nos planadores do francês Robert Esnault-Pelterie. Os *ailerons*, como foram chamados (ou *flaps*, como também são conhecidos hoje), faziam o mesmo papel da torção de asas, com uma vantagem adicional: podiam ser aumentados indefinidamente, e permitiam que a máquina adquirisse uma construção mais robusta.

Outro elemento do *Flyer* que impediu o aperfeiçoamento da máquina era o elevador frontal — um leme que permitia o controle vertical do aparelho e estava ali com o objetivo de evitar os estóis (da palavra inglesa "*stall*", a perda súbita de sustentação e a subseqüente queda do aparelho). Foi um estol o responsável pela morte de Otto Lilienthal, em 1896, e os Wright acreditavam que colocar o leme à frente ajudaria a impedir o fenômeno.

O que eles não contavam era com o fato de que essa configuração tornava a máquina inerentemente instável. Para quem estava acostumado à instabilidade de uma bicicleta, não parecia um inconveniente. Mas logo ficou claro que se tratava de um problema, quando vários aviadores começaram a perder o controle de seus aviões Wright em pleno ar, muitas vezes ocasionando acidentes graves e com vítimas.

Essa abordagem dos irmãos americanos acabou contagiando muitos outros inventores. Santos-Dumont, em seu *14bis*, tinha um leme à frente. Com os experimentos e sua genialidade intuitiva, o brasileiro imediatamente percebeu que aquilo estava errado e, a partir de seu *N° 15*, passou a colocar o leme atrás. Essa decisão, além da realização da primeira demonstração pública de um aeroplano motorizado e do intenso trabalho de divulgação da aeronáutica como meio de transporte viável, é provavelmente a maior contribuição do inventor brasileiro ao desenvolvimento do Avião. Mas só se mostrou frutífera em 1907, quando do primeiro vôo bem-sucedido do *Demoiselle Nº 19*, e só revelou sucesso absoluto em 1909, com o *Demoiselle Nº 20*. Antes disso, outros inventores também contribuiriam para a maravilhosa máquina que mudou o mundo.

Louis Blériot, ainda por atravessar o canal da Mancha com um de seus aeroplanos, foi o primeiro a conceber uma máquina com uma fuselagem, na acepção moderna do termo. Sua máquina era fechada, com um abrigo para o piloto e para os dispositivos mecânicos que propiciavam seu funcionamento. A Associação de Experimentos Aéreos, liderada por Alexander Graham Bell, foi essencial para o desenvolvimento de conceitos avançados de *ailerons*, que foram usados de forma mais crua antes por gente como Santos-Dumont, em seu maior vôo com o *14bis*. O inventor brasileiro, assim como seus colegas europeus, consagrou definitivamente o uso de um trem de pouso e a decolagem sem assistência de aparelhos, método essencial ao surgimento do Avião.

Todas essas pequenas peças, trazidas por seus geniais criadores, contribuíram para que se partisse do aeroplano cru dos Wright e se chegasse àquela máquina com que Santos-Dumont sempre sonhara. Dizer que fulano ou sicrano é "O Criador" não faz justiça à história. Foi uma revolução coletiva, que teve os irmãos de Dayton como um de seus elementos mais importantes e, paradoxalmente, mais atravancadores do processo.

Não se questiona o fato de que as declarações e os experimentos dos Wright foram, por algum tempo, o único fio de esperança na idéia de que os aeroplanos fossem práticos, depois de fracassos retumbantes como os de Maxim, Ader e Langley. Foi o propagandeado sucesso americano que colocou os franceses, Santos-Dumont com eles, e mais tarde os rapazes de Bell, nos Estados Unidos, na rota e na corrida pelo desenvolvimento da aviação.

Por outro lado, os Wright não perceberam que ainda havia muito mais a ser feito no aperfeiçoamento dos aviões depois de 1905. Com um pedido de patente leonino, atrapalharam a vida de quem quer que pensasse em construir uma máquina com controle lateral, mesmo que o método nada tivesse em comum com a torção de asas. Nos Estados Unidos, o efeito foi fatal, e a aviação pouco evoluiu nos anos posteriores aos grandes sucessos vindos de Dayton. Na Europa, com a pressão da guerra de um lado e o despeito pelas demandas dos Wright de outro, a aviação pôde finalmente florescer e realizar todo o seu potencial. Sim, o Avião nasceu, apesar dos Wright.

A essa altura, a pergunta que podem me fazer é: então por que diabos eu estava torcendo pela réplica do *Flyer* naquele 17 de dezembro? Porque, como já dizia Isaac Newton, parafraseando a antiga sabedoria grega, "Platão é meu amigo. Aristóteles é meu amigo. Mas minha maior amiga é a verdade". É inegável que os eventos ocorridos naquela data, cem anos antes, tiveram um papel central na história da aviação — assim como muitos outros episódios, antes e depois de 1903. Não se pode mais deixar que razões nacionalistas, ou de qualquer outro tipo, perturbem o entendimento do que foi o processo de criação dessa máquina. Longe de serem os farsantes que os brasileiros queriam que eles fossem, os Wright tiveram atuação fundamental nesse processo.

Claro, é inevitável que haja alguma dose de nacionalismo na discussão. Se você defende Santos-Dumont tãosomente porque ele é brasileiro, saiba que não está sozinho. Há quem defenda com unhas e dentes o alemão Gustave Whitehead (que teria feito vôos espetaculares em 1901 e 1902, para depois, misteriosamente, trabalhar com planadores do tipo Chanute dali em diante). Na Alemanha, uma réplica de uma de suas máquinas foi construída e acoplada a um motor moderno. Voou. Em cantos obscuros dos Estados Unidos, há até quem argumente em favor dos saltos de Augustus Herring, em 1898. Ou que, na França, defenda a primazia de Clément Ader, muito embora seus experimentos tenham sido classificados como fracassos pelo próprio Exército francês. Outro alemão que poderia ter voado antes dos Wright é Karl Jatho. Os russos, sobretudo no regime comunista, ouviram muito falar de Aleksandr Mojaiski. O romeno Trajan Vuia pode ter voado na Europa antes de Santos-Dumont — sem o reconhecimento da FAI, naturalmente. Os neozelandeses dizem que Richard Pearse voou antes dos Wright, mas não sabem nem o dia do vôo.

Na Escócia, fala-se de um tal Preston Watson. Enfim, se você achava que a disputa pela primazia era unicamente entre os Wright e Santos-Dumont, pense de novo.

Eu estava torcendo pela reprodução do vôo dos Wright cem anos depois porque, cem anos atrás, ele havia acontecido. Auxiliado pelo vento? Sim. Importante mesmo assim? Não há dúvida.

Alberto Santos-Dumont é, assim como os irmãos Wright, o inventor de um avião. O brasileiro é também, talvez, o maior dos pais do Avião. Mas certamente não é o único. Tentar mensurar quem tem mais direito à paternidade talvez seja a perspectiva incorreta. Daí veio a motivação, cultivada desde o fracasso da réplica do *Flyer*, para que eu escrevesse este livro.

Para evitar um discurso analítico (ao menos até agora) e permitir que você chegasse às suas próprias conclusões, preferi narrar a história toda como se estivéssemos lá, de volta aos pouco mais de 15 anos que separaram dois mundos: um, em que ninguém sabia voar; outro, em que todo mundo sabia. Por qualquer ângulo que se olhe, ela é espetacular. Não só pelo significado que teve na história da humanidade, mas pela própria dinâmica de seus atores. E o melhor: é tudo verdade.

Bem, quase tudo. A redação de um romance histórico naturalmente permite que o escritor tome algumas licenças poéticas. Devo admitir que usei esse expediente em alguns pontos. Confesso, portanto, meus poucos pecados.

Em 1896, se Kelvin e Rayleigh se encontraram para conversar sobre vôo mecânico, qualquer relato da história foi perdido. Usei um encontro fictício dos dois (que eram amigos e ambos interessados no assunto) como uma forma de introduzir o tema e mostrar o ceticismo que imperava nos altos círculos científicos da época a respeito da possibilidade de sucesso dos aeroplanos. Embora a conversa em si seja fictícia, as opiniões dos dois são bem próximas das reais. E Kelvin de fato enviou uma carta a Baden Baden-Powell, recusando a filiação à Sociedade Aeronáutica.

Outra obra da minha imaginação foi o encontro fictício/delirante de Orville Wright e Santos-Dumont, em 1927. Este nem poderia ter acontecido mesmo; o americano passou aquele ano inteiro nos Estados Unidos e no Canadá. Ainda assim, achei que seria uma forma dramaticamente interessante de dar ponto final à trajetória dos personagens, mostrando o que teria acontecido com eles depois de 1910. A despeito da fantasia da situação, os eventos que eles contam um para o outro são verídicos.

Quanto ao resto, é tudo verdade mesmo. Claro, tomei a liberdade de imaginar alguns diálogos (muitas vezes emprestando frases e idéias que os personagens reais teriam expressado em outras circunstâncias) e usei (e abusei) do fato de que os irmãos Wright eram dois, como forma de expressar o espírito da dupla por meio de conversas. Provavelmente, em alguns casos, atribuí a Orville o que merecia ir para Wilbur, e vice-versa, mas achei que seria mais saudável manter uma consistência na personalidade dos dois ao longo da narrativa do que deixar que oscilações menores de temperamento perturbassem a visão do grande escopo.

Para reconstruir a história, procurei me ater ao máximo às fontes da época. Do lado americano, há um arquivo fenomenal de material digitalizado no sítio da Biblioteca do Congresso dos Estados Unidos (http://memory.loc.gov), que vai desde a correspondência trocada entre Wilbur Wright e Octave Chanute até centenas de recortes de jornal sobre toda a trajetória dos inventores de Dayton. Outra fonte excepcional é a biblioteca digital do sítio "To Fly is Everything" (http://invention.psychology.msstate.edu), que conta com a reprodução de muito material original, incluindo a obra clássica de Chanute, *Progress in flying machines*. Do lado europeu, as principais fontes foram revistas de época e, no caso particular de Santos-Dumont, seus dois livros publicados, *Dans l'air* (1904) e *O que eu vi, o que nós veremos* (1918). Lamentavelmente, o inventor brasileiro de fato destruiu grande quantidade de documentos, cartas e recortes depois que a polícia francesa invadiu sua casa para investigar a suspeita de que ele fosse um espião, na Primeira Guerra Mundial, o que dificultou um pouco a reconstrução de seu pensamento na época.

Claro, nem tudo que aconteceu durante todos esses anos foi documentado e preservado de forma cristalina, mesmo em momentos essenciais. Nos casos em que há margem para dúvidas, optei por seguir o rumo que fosse mais interessante do ponto de vista da narrativa. Por exemplo, há discordância entre os documentos sobre quem foi o adversário de Santos-Dumont em 12 de novembro de 1906. A maioria dos relatos dá conta de que foi o próprio Blériot que pilotou seu aeroplano e fracassou na decolagem, antes do sucesso do brasileiro. O jornal francês *Le Matin* disse que o piloto era Gabriel Voisin, e eu achei essa possibilidade interessante demais para deixar de lado. De toda forma, o importante é que ninguém, exceto Alberto, voou nesse dia, de modo que, se eu cheguei a reescrever a história à minha conveniência, foi num detalhe menor. Espero que isso valha para todos os momentos em que me permiti essas licenças.

Como fontes adicionais de informação e referência, fiz uso de algumas biografias de Santos-Dumont e dos irmãos de Dayton, como *A vida, a glória e o martírio de Santos-Dumont*, de Fernando Jorge, *Asas da loucura*, de Paul Hoffman, *Santos-Dumont e a invenção do vôo*, de Henrique Lins de Barros, e *A life of Wilbur and Orville Wright*, de Tom Crouch. Entrevistas com especialistas no assunto, ao longo dos anos, também ajudaram a desenhar na minha cabeça o panorama que usei como moldura para reconstruir a história da invenção do avião.

Ao final da jornada, a conclusão inescapável é a de que todos os protagonistas são heróis de uma história escrita no desejo ancestral da humanidade de voar. Todos, desde Leonardo da Vinci, que primeiro projetou um aeroplano, passando por *sir* George Cayley, indo até Otto Lilienthal, para chegar a Percy Pilcher, Octave Chanute e Samuel Langley, que influenciaram Wilbur e Orville Wright, que inadvertidamente incentivaram toda uma geração de inventores na Europa a trabalhar no problema, que pareceu ter tido uma solução pelas mãos de Alberto Santos-Dumont, para depois ser aprimorado por Henry Farman, Gabriel Voisin e Louis Blériot, que então voltaram a influenciar os irmãos Wright, até Charles Lindbergh atravessar o Atlântico, todos eles, sem exceção, são legítimos pais da aviação. Mais que um mero sucesso de um ou dois inventores, o Avião é um símbolo retumbante do triunfo do espírito humano.

2006

Meu amigo Ulisses Capozzoli foi quem melhor definiu, da forma humilde e sábia que lhe é própria, o significado de escrever um livro. É um esforço quase impulsivo do escritor de compartilhar seus próprios desassossegos. Assim sendo, devo começar mais uma vez a lista de agradecimentos por você, leitor. Obrigado por novamente — ou pela primeira vez, caso não tenha lido meu livro anterior, *Rumo ao infinito* — me permitir passear pela sua cabeça com algumas das idéias que havia algum tempo estavam represadas nas sinuosas correntes de meus próprios pensamentos.

E, se eu sou o "pai" de *Conexão Wright-Santos-Dumont*, este livro teve dois "avôs", por assim dizer. O primeiro é Reinaldo José Lopes. O coitado teve de servir, mais uma vez, na ingrata função de "leitor de provas". Se o texto agora parece tão ajeitadinho, saiba que foi por conta do sofrimento dele. A boa notícia é que agora ele já está escrevendo um livro. Coisa boa. Comprem assim que sair.

O outro avô é Henrique Lins de Barros, caro amigo e meu "guia espiritual" nessa viagem apaixonada pelos primórdios da aviação. Muito embora ele não compartilhe várias das minhas opiniões, não posso deixar de registrar o enorme papel que ele teve ao me atrair para o tema. Sem falar em todas as vezes que disparei um *e-mail* para ele com alguma dúvida histórica, para receber de volta uma detalhada explicação de como as coisas aconteceram e/ou foram registradas, seguida por sugestões aplicáveis ao meu romance.

Também não poderiam passar sem uma menção todos os especialistas em Santos-Dumont, aviação e engenharia aeroespacial com quem conversei sobre esse assunto desde que peguei a "doença", em 2001. Agradeço a Otavio Durão, Paul Hoffman, Peter Jakab, Guto Lacaz, Roger Launius, Gustavo de Freitas Morais, Aguinaldo Prandini Ricieri, Tony Rothman e Petrônio Noronha de Souza.

É óbvio que de nada adianta um livro se não houver uma editora. Por isso, agradeço a Luciana Villas Boas e à Editora Record a fé depositada no projeto.

Um agradecimento especial à minha família, Salvador, Silvia, Elisa e Paulo, pelo entusiasmo. Segundo eles, este aqui é melhor do que o primeiro. Eu, como não sou de dar preferência a um filho em detrimento do outro, prefiro não opinar a esse respeito.

Finalmente, a Eliane Cristina Capistrano, por ter respirado todo esse processo muito mais do que qualquer ser humano mereceria. Só amor explica.

Este livro foi composto na tipologia Aldine 401 Bt,
em corpo 11,5/16,5, e impresso em papel
off-white 80g/m² no Sistema Cameron da
Divisão Gráfica da Distribuidora Record.

Seja um Leitor Preferencial Record
e receba informações sobre nossos lançamentos.
Escreva para
RP Record
Caixa Postal 23.052
Rio de Janeiro, RJ – CEP 20922-970
dando seu nome e endereço
e tenha acesso a nossas ofertas especiais.

Válido somente no Brasil.

Ou visite a nossa *home page*:
http://www.record.com.br